古典詩歌研究彙刊

第二三輯

襲鵬程 主編

第 7 冊

明詩話之曹丕研究

陳建志 著

國家圖書館出版品預行編目資料

明詩話之曹丕研究／陳建志 著 — 初版 — 新北市：花木蘭文
化事業有限公司，2018〔民 107〕

目 2+160 面；17×24 公分

（古典詩歌研究彙刊 第二三輯：第 7 冊）

ISBN 978-986-485-283-3（精裝）

1.（三國）曹丕 2.明代詩 3.詩評

820.91   107001411

ISBN-978-986-485-283-3

9 789864 852833

古典詩歌研究彙刊
第二三輯 第七冊   ISBN：978-986-485-283-3

明詩話之曹丕研究

作　　者　陳建志
主　　編　龔鵬程
總 編 輯　杜潔祥
副總編輯　楊嘉樂
編　　輯　許郁翎、王筑　美術編輯　陳逸婷
出　　版　花木蘭文化事業有限公司
發 行 人　高小娟
聯絡地址　235 新北市中和區中安街七二號十三樓
　　　　　電話：02-2923-1455／傳真：02-2923-1452
網　　址　http://www.huamulan.tw 信箱 hml 810518@gmail.com
印　　刷　普羅文化出版廣告事業
初　　版　2018 年 3 月
全書字數　132232 字
定　　價　第二三輯共 14 冊（精裝）新台幣 22,000 元

明詩話之曹丕研究

陳建志 著

作者簡介

陳建志，台灣省高雄市人，1972 年生，國立高雄師範大學國文教學研究所碩士，於 1998 年起任教於高雄市仁武區登發國民小學，迄今二十年，現爲該校教師兼任事務組長。

提　　要

　　曹丕，三國時期魏國開國君主，建安文學的重要詩人，在明代之前因政治、道德因素而飽受貶抑。在明代，不僅評價曹丕的文獻增多，而且所持觀點也偏於褒揚。基於此，本文相信對明詩話——明代詩學重要的詩學批評形式的爬梳，不僅可以更清楚，且較全面地揭示曹丕的價值，還能了解明代社會政治、文化以及詩學的特點。本文共五章，以第二、三、四章爲主體。其中第一章是緒論，說明本文研究動機、研究目的、研究方法、研究限制以及對創新性、可行性的論證；第五章是結論，總結全文觀點，透過明詩話曹丕接受的影響更深入地呈現本文研究的價值。

　　第二章介紹明詩話與曹丕間的關係。本章分三部分：首先回顧中國詩話的發展史，揭示明詩話作爲中國詩話發展的第二個高潮的重要價值；其次回顧明代之前曹丕評點的狀況，可知明代之前的曹丕形象是政治的，多受貶抑；最後論述明詩話曹丕論說的概況，揭示明詩話曹丕評點對曹丕形象的重要意義。正是明詩話對曹丕的論說使曹丕的形象更加全面也更爲客觀，不僅具有政治形象，也具有文學形象。

　　第三章是對明詩話曹丕論說的具體分析與研究。本章從四個方面展開。首先是明詩話對曹丕才情與品級的論述，多以曹丕爲極具才情的帝王，有文學天份，能單純在文學視角上給予較高評價。在品級時，王世貞甚至認爲其在曹植之上，此外，很多明詩評家則認爲曹丕位列建安七子之前。其次是本事與性格方面，明詩話承繼明代之前對曹丕的政治性評價，以曹丕爲嫌忌、無義的不道德者。第三是關於文學作品的，明詩話論說到曹丕文學的各方面，如介於漢代質樸與六朝華麗之間的詩歌風格、大量的文學作品以及影響、成績與水準特出的樂府與七言詩等等。最後是文學理論，明詩話詳述曹丕的文學理論，或引用或解釋，表明曹丕文學理論在明代的影響與價值。透過這些，明詩話建構出以文學家曹丕爲主的曹丕形象，改變明代之前以魏文帝爲主的曹丕形象。

第四章是對明詩話評點曹丕方法的論述，透過明詩話之曹丕論說詳論明代社會的文化、政治特徵，揭示明代詩學理論的特點以及文化內涵，說明曹丕評點的語言特點。本章共有五節。第一節仔細分析明詩話評點曹丕的觀點，以及觀點所隱藏的明代文人心態：試圖將文學從政治中獨立出來。第二節概括性地論述明詩話對曹丕形象的建構，不僅明確指出明詩話接受的曹丕詩歌風格，亦指出明詩話曹丕評點中所使用的詩學理論，以復古詩學為主。第三節則比較明詩話曹丕論述與正史記載之曹丕的關係，表明明詩話曹丕評點的客觀性與事實基礎。第四節主要回答「明詩話何以會接受曹丕，建構詩人曹丕」的問題，透過梳理明詩話對建安文學的接受觀點與明代詩學理論，發現明代詩學的「古雅」傳統。第五節是對明詩話曹丕評點語言修辭特點的分析，分析明詩話曹丕評點中的修辭特點與文化內涵。

目

次

第一章 緒 論

第一節 研究動機與研究目的

一、研究動機

提到曹丕，一般人往往會浮現棄妻、逼弟、篡位等不良形象，忽略了其文學上的功業。透過明代的詩話重新評價、發現曹丕，正是本文研究動機之一。

曹丕（西元 187～226），字子桓，卒諡魏文帝，三國時代著名文學家與文學批評家。其一生有兩個重要的時間：建安十六年（西元 211 年）與建安二十五年（延康元年、黃初元年，西元 220 年），並以此而分為三個階段。建安十六年，時年 25 歲的曹丕被任命為五官中郎將，置官屬，為副丞相。當時，漢室傾頹無力，曹操〔註1〕以丞相名行皇帝權力，「挾天子以令諸侯」，號令天下。對曹丕的這一任命，無異於昭告曹操準備以其為繼承人，故至建安二十二年，漢獻帝詔曹操設天子旌旗，曹丕被立為太子，只是順理成章的事。由於曹操獨斷，因此曹丕雖為五官中郎將、副丞相，但並無政治、經濟、軍事方面的

〔註1〕曹操，西元 155～220，字孟德，政治家、軍事家、文學家，建安時代之丞相，實行皇帝之權，有平定北方之功。死後尊為魏武帝。

建樹。但這些官職，卻使建安文人們很快地聚攏到他身邊，多所唱和，互相切磋，遂成建安文學之盛事。〔註2〕建安二十五年，不僅於曹丕至爲重要，對於整個三國時代乃至其後歷史都具有重要的影響。正月，曹操病逝，曹丕繼任爲丞相，加封魏王，改建安二十五年爲延康元年；冬，曹丕受禪爲皇帝，改漢延康元年爲魏黃初元年。這意味著朝代之更替，魏代漢；亦開了六朝時，出現數次的假禪讓實篡奪之先例。雖然曹丕追尊曹操爲魏武帝，然其實爲魏國開國之君。總體來說，曹丕一生在政治、文學諸方面皆可謂成績斐然：政治上，挾乃父之勢，創曹魏之社稷；文學上，於建安之世，以詩賦創作與文學主張揭開文學自覺之時代，創作有古詩、樂府歌行、辭賦、詔、書、序、論、誄等各種體裁無數，目前存世者二百餘篇左右。曹丕於文學上被評價最高的有兩點，一爲其七言詩創作，一爲其對文學之論述。

　　曹丕，與父曹操、弟曹植〔註3〕以「三曹」並稱於世，然而，與父、弟相比，受評論的次數，所得到的評價，都遠遜於他們。〔註4〕以至早在梁代時，劉勰便開始作翻案之論：

> 魏文之才，洋洋清綺，舊談抑之，謂去植千里，然子建思捷而才俊，詩麗而表逸；子桓慮詳而力緩，故不競於先鳴；而樂府清越，《典論》辯要，迭用短長，亦無懵焉。但俗情抑揚，雷同一響，遂令文帝以位尊減才，思王以勢窘益價，未必篤論也。〔註5〕

〔註2〕參見章新建，《曹丕》，大陸：黃山書社，1985年。頁29～30。

〔註3〕曹植，西元192～232，字子建，曹操第四子，文學家。

〔註4〕王玫，〈「抑丕揚植」傾向的形成與演繹〉，《廈門大學學報》(哲社版)，總第158期，2003年第4期，頁49～55。文中論述了歷代對曹丕與曹植之評價傾向。河北師範學院中文系古典文學教研組編，《三曹資料彙編》，大陸：中華書局，1980年。書中收集了歷代對曹丕及曹植的評點，數量上，曹丕的部分遠少於曹植的部分，而與曹操的部分不相上下，然而除少數讚賞曹丕外，大部分關於曹丕的評點皆是貶抑的。而讚賞的部分多出自明代文人的觀點。

〔註5〕劉勰著，周振甫注釋，《文心雕龍注釋》，臺北：里仁書局，1984年，頁803。

可見，在魏亡後便有抑丕揚植之論，甚而忽略曹丕文學成就之傾向。在疏理宋代詩話對曹植的評論時，筆者發現，宋詩話中涉及曹丕的內容，不僅數量上僅有十五條，在態度上更多貶抑。這種狀況，直至明代才有所改變。

　　當然，任何改變都有其脈絡可循。因此，本文的第二個研究動機，是希冀透過明詩話對曹丕的評點，來探尋明代對曹丕的評價觀點何以異於前代。

　　明代在評價曹丕時觀點的變異，與明代文壇的復古思潮有關。朱東潤略述明代文壇道：

> 明代文壇派別之紛雜，與兩宋相類似。自弘、正後，迄於隆、萬，其時主持壇坫者，則有前後七子，一呼百應，奔走天下，譽之者謂爲盛唐復生，漢魏不遠，而詆之者呼爲贋體，爲古人影子。……竟陵、公安之派大張，論詩論文，漸入歧途，……〔註6〕

此論頗能概括明代文壇發展大要，以詩論來說，更爲適切。綜觀明代的文學批評，大致經歷了明初、前七子、後七子、公安派四個重要階段，而兼及唐順之〔註7〕等「古文」派之主張與通俗文學（戲劇、小說）之評論等。單以詩論而言，明初的師古法、前七子的復古、後七子近於復古的「格調」、公安派之「性靈」，這些主張交替，代表明代文學理念的轉變。〔註8〕其中相當長時間內，由持「復古」觀點者主

〔註6〕參見朱東潤，《中國文學批評史大綱》，大陸：上海古籍出版社，2001年，頁221。弘、正、隆、萬皆指明代年號，分別爲弘治（西元1488～1505）、正德（西元1505～1521）、隆慶（西元1567～1572）、萬曆（西元1573～1620）等。

〔註7〕唐順之，1507～1560，字荊川，明代文學家、軍事家，有《荊川先生文集》，在文學上早年追隨前七子的文學主張，後來自立主張，強調文章須表現自己的意見，而不應復古。

〔註8〕朱東潤《中國文學批評史大綱》與郭紹虞的《中國文學批評史》都對明代文學批評取此觀點。朱的觀點從註6中可見一斑，郭紹虞論述明代文學批評時亦先從明初師古之論談起，經前、後七子而至公安派。參見郭紹虞的《中國文學批評史》，臺北：文史哲出版社，1989年。

持文壇，號召向盛唐、乃至漢魏學習，甚至摹擬盛唐漢魏之作。復古，正是明詩話曹丕評價觀點的變異基礎。

乍看之下，明人詩論多以復古為核心，近於瑣屑，不思創見。唯至明末主張直抒「性靈」，倡言文學之質實乃表現情感，乃揭文學之新聲。事實上，不僅是公安派、竟陵派的直抒性靈之論具有創見，復古之論亦具有相當積極之意義，在此需要辨明。

明代文學批評確實經常打著「復古」之口號，甚而分出宗秦、漢與宗唐、宋之區別，給人一種保守與古板之印象。事實上，明代之「復古」非同於唐宋之「復古」。在初唐，因詩歌與文章創作繁富，欲改當時文風與內容空洞之弊，亟需重新發現傳統與經典，故有重造新聲之舉，謂之「復古」。〔註9〕所復之「古」亦「道」，儒家傳統之「道」。在明代，「復古」並非是要糾偏文風，只是對於文體傳統以及文學歷史的一種確認，其核心是文學傳統的「繼承」問題。之所以要重認傳統，原因有二：其一，明代社稷得於華夏文化荒蕪、文壇傾圮之元代，文人若欲開創新局，便不得不回溯秦漢、唐宋的文學，以弭平文化斷層；且不僅在思想意識方面，亦需在文體形式方面。其二，明代之前體裁，不管哪一種，數量堪稱繁富、藝術水準皆有極高之成就，若要

〔註9〕這方面代表是陳子昂與李白。事實上，陳子昂的〈修竹篇序〉不僅提出「魏晉風骨」，也表明陳子昂文學理論的復古傾向，要復五百年前的文「道」──文學要有「骨氣」、有「聲情」之道，即以內容充實的古代文學為經典，並希望重繼它們的傳統。參見〔唐〕陳子昂，《陳子昂集》，北京：中華書局，1960年，頁15。李白的復古思想主要展現於其創作的系列作品〈古風〉中，〈古風〉（一）寫道：「大雅久不作，吾衰竟誰陳？……聖代復元古，垂衣貴清真。群才屬休明，承運共躍鱗。文質相炳煥，眾星羅秋旻。我志在刪述，垂暉映千春。希聖如有立，絕筆於獲麟。」李白不僅回顧唐以前詩風由「雅」（《詩經》之雅）到「騷」到「建安」的種種詩風變化，還以「復元古」為志向，表明以復《詩經》「風雅」傳統的決心。參見〔唐〕李白，《李白集校註》，臺北：裡仁書局，1981年。卷二，頁91。然而，陳子昂、李白的詩歌形式和風格都與《詩經》，甚至建安五言，存在很大不同。可知，陳子昂、李白之復古實則是重新發現經典與傳統，但以之重造新聲。

創有明一代之文學，自必對它們詳加辨明，並試圖尋找一種新的內容與形式。〔註 10〕因此，明代文學批評中的「復古」，要點在於強調中國古代的文學形式，以詩而論，即是語言與詩法。

這個觀點明初文評家林弼可謂先聲，他說：

> 夫三百篇者，詩人情性之正，而形於溫厚平易之言也。後世能言之士，有極力追倣不能及者，則固非無法也，非無辭也，其法非後世之所謂法，其辭非後世之所謂辭也，蓋情之所發者，正理之所存者，順則形於言也，自有其法，自有其辭，有不待於強爲者也，惟能有得於古人之法之辭，則後之作者皆可以與之並駕齊驅，而無愧矣。〔註 11〕

林弼認爲只有在「辭」、「法」上合於古人，方能與古人並駕齊驅。因此，「復古」的實質是借古人之「辭」、「法」尋古人之精神。但在實際創作與批評中，往往強調形式的優先性，以形式來確認中國文學的文體傳統以及文學歷史。

此段話另一個值得關注的焦點是，林弼指出，「辭」、「法」是由性情自然而生，可見性情之說並非公安、竟陵之獨言，「復古」並不排斥抒寫性情。換言之，明代文學理念雖以「復古」爲基石，但在思想上，實以「性情」爲風標，爲要義。故明代末期之公安派、竟陵派的論述，具有著極爲重要的意義與價值。袁震宇、劉明今認同此觀點，他們認爲，「文學批評的內省傾向」，是明代文學批評受心學思想影響表現出來的特點，而「情感論的流行與發展」、「詩歌藝術批評的發展」都是明代文學批評所體現的思想實質。〔註 12〕

〔註 10〕 參見黃如焄，《明代詩學精神與神韻傳統》，國立中正大學中國文學系博士論文，2000 年。頁 3～6。

〔註 11〕 明林弼著，《林登州集》，吳文治主編：《明詩話全編》，南京：江蘇古籍出版社，1997 年，冊 1，頁 175，第 3 則。

〔註 12〕 王運熙、顧易生主編，袁震宇、劉明今著，《中國文學批評通史‧明代卷》，上海：上海古籍出版社，1996 年，頁 3～24。該序言中將明代文學批評的特點列爲四條，本文舉其三，最後一條是「通俗文學批評的新發展」。

以上對明代文學批評之簡論，是開啓筆者研究視域之動機。

二、研究目的

明詩話中對曹丕的評論，可以使讀者再發現曹丕的文學功業。基於此，本文所要解決的的問題便是：明詩話在哪些方面對曹丕進行了評論？這些評論顯示怎樣的曹丕形象？這些評論中，體現了明人什麼樣的文學觀點與評論態度？透過這些，後學該如何看待曹丕與明代文學批評或明詩話？解答這些問題便是本文之研究目的，具體說來如下：首先，疏理明代詩話對曹丕（詩歌、詩論等）之論述與評價。其次，藉由對資料的疏理，審視明代詩話中曹丕之形象與價值，從而發現其中對曹丕之評點所引伸的意涵。第三，發現明代詩話所蘊含之文學思想與文學主張，進而了解明詩話關於曹丕的評點態度，與其背後深刻的文學文化根源。最後，比較明人心目中的曹丕形象，與歷史中的曹丕形象之差別，並提出自己之心得。

第二節　研究方法

本論文試圖藉由分析明詩話對曹丕的評價，來探析明代的詩學理論。其中的核心問題是明人對曹丕及其詩歌的賞鑒，及今人對曹丕、明人觀點的接受與理解等。因此，本文的研究方法都圍繞著文學接受展開。文學賞鑒的理論中外皆有，如劉勰的「博觀」與現代外國流行的「接受美學理論」。〔註13〕其中劉勰的觀點對本文影響廣泛，需在

〔註13〕接受美學理論（Aesthetics of Reception），又稱接受理論或接受研究，是20世紀60年代末、70年代初，在德國興起的一種全新的文學研究範式，隨後在歐美各主要國家的學術界得到廣泛的響應。其理論特點不同於文本分析與思想內容研究，更強調「審美者」（讀者或接受者）對審美的決定性意義，從審美理念、作品價值與社會思想的角度來認知美的價值。代表人物有兩個：堯斯（Hans Robert Jauss，西元 1921～1997），又譯作「姚斯」；伊澤爾（Wolfgang Iser，西元 1926～2007），又譯作「伊瑟爾」。其中堯思獲聘爲康斯坦茨大學的教授，在1967年12月21日就職典禮上，發表的〈研究文學史的意

此處加以說明。劉勰在《文心雕龍・知音》中說：「凡操千曲而後曉聲，觀千劍而後識器，故圓照之象，務先博觀。」〔註14〕這對筆者有兩方面的啓發。首先，劉勰指出，欲認識文學家及其作品的價值，需要先充分地、完整地了解和其相關、相類似的文學家及作品，而它們多半出自同一個時代。落實到本論文，筆者將不僅研究明詩話之曹丕論述，還將在研究中引證曹丕同時代的建安文學家，參照明代社會、文學以及文化的諸多方面，從而使本文的研究在博觀之後，對曹丕有更深一層的認識。

其次，「操千曲，觀千劍」亦可指對同一件文學作品，反覆探查後，獲得更多的見解。「一部作品的藝術特點在其初次顯現的視野中不可能被立即感知到。」〔註15〕曹丕的創作，亦是在歷代閱讀者的討論下，才顯現出其獨特的藝術價值。落實到本研究，筆者一方面從明詩話的論述，進一步理解曹丕及其作品的價值；另一方面則藉此討論，明代對曹丕的評點，何以異於前人。

文本分析法是較爲基本的研究方法，指在文本分析的基礎上進行歸納、比較、分析、總結及引發新的問題加以研究之方法，而文本可能是專書、期刊論文、學位論文、評論文章等。以本文來說，文本包括曹丕之創作、明詩話以及明代文學批評作品的相關評述等，文本分析包括對曹丕創作的認識，對明詩話中相關論述的整理、統計與分析等內容。

蔡鎭楚認爲：「詩話，是中國古代一種獨特的論詩體裁。……是

圖是什麼?爲什麼?〉（講稿在出版時更名爲〈文學史作爲向文學理論的挑戰〉），被認爲是接受美學的奠基性作品，伊澤爾則爲這種研究理論發現了具體的文本分析方法與研究方法。參見〔德〕H.R 姚斯、〔美〕R.C 霍拉勃著，周寧、金元浦譯：《接受美學與接受理論》，大陸：遼寧人民出版社，1987 年。

〔註14〕劉勰著，周振甫注釋，《文心雕龍注釋》，臺北：里仁書局，1984 年，頁 847。

〔註15〕〔德〕H.R 姚斯、〔美〕R.C 霍拉勃著，周寧、金元浦譯：《接受美學與接受理論》，大陸：遼寧人民出版社，1987 年，頁 43。

詩本事與詩論的統一，屬於中國古代詩歌理論批評的一種專著形式。……它不是嚴肅正經的崇論閎議，而是親切隨意的漫談隨筆，輕鬆平易，不拘一格，信筆所至，優遊自在。」〔註16〕蔡鎮楚的觀點表明：隨意性與用詞的模糊性，是詩話的特色之一。這對現代研究者有時會是一種困擾，但若藉修辭格爲工具，來類比、比喻要突顯的意象，則可更清楚掌握文本的語義或鮮明的對比，有助於筆者辨析明詩話的的主旨。

第三節　文獻回顧、研究範圍及研究限制

　　研究動機與目的決定研究對象；研究方法決定研究方向與思路，文獻回顧分析則表明研究可行性與創新之處。本文的研究對象是明詩話關於曹丕的論述，研究方向則是透過爬疏資料呈現明代文化與文學批評之特點。以下是曹丕、明詩話的研究現狀，此依據的資料有專書、學位論文以及期刊論文等。依歷史形象、文學成就、評點分別探討。

一、文獻概述

（一）曹丕歷史形象與生平之研究

　　儘管曹丕在政治、文學諸方面都具有重要的地位，然而關於曹丕的專書，仍以生平傳記類的作品爲主，而學術性研究則大多將之放入到建安文學、或在曹操、曹植的專門研究中略爲涉及。

　　生平傳記類的專書有章新建《曹丕》〔註17〕、洪順隆《魏文帝曹丕年譜暨作品繫年》〔註18〕、方北辰《曹丕新傳》〔註19〕、高海夫等編《曹丕》〔註20〕、潘兆賢《魏文帝曹丕評傳》〔註21〕1 等。除洪

〔註16〕蔡鎮楚，《詩話學》，大陸：湖南教育出版社，1990年，頁29。
〔註17〕章新建，《曹丕》，大陸：黃山書社，1985年。
〔註18〕洪順隆《魏文帝曹丕年譜暨作品繫年》，臺北：商務印書館，1989年。
〔註19〕方北辰，《曹丕新傳》，臺北：國際文化出版事業有限公司，1990年。
〔註20〕高海夫等編，《曹丕》，臺北：地球出版社，1993年。
〔註21〕潘兆賢，《魏文帝曹丕評傳》，香港：向日葵出版社，2000年。

順隆的《魏文帝曹丕年譜暨作品繫年》僅提供了簡略生平與創作年表外，其餘諸作皆於生平之外，就曹丕一生之政治行徑、文學功業做出相應之評價。其中，章新建的《曹丕》較偏重文學特色，書中大部分篇幅都是對曹丕文學創作的研究。全書共七部分，除第一、二部分是對曹丕生平與生活時代的介紹外，其餘五部分都是對曹丕的文學研究：第三部分是對曹丕的整體性評價；第四部分介紹了曹丕與建安文學的關係，認為其才是建安文學的實際領導人；第五部分評論曹丕的文學理論，剩餘兩部分分別研究了曹丕的文與詩。方北辰的《曹丕新傳》則偏向用歷史的角度來看待曹丕，對曹丕的一生，以及相應之政治、軍事以及相關軼事有極精細的描摹，但關於曹丕的文學功業論述較少。

除了這些，張作耀的《曹操評傳》〔註22〕有部份篇幅對曹丕一生作了簡略的介紹，內容著重於其身為開國帝王所具有的歷史地位，文學功業僅略提帶過，認為曹丕是建安文學的實際組織者。整體來說，對曹丕評價不高。王巍的《三曹評傳》〔註23〕將曹操、曹丕、曹植放在一起評論與敘述，在肯定曹操的歷史功績、曹植的文才之外，亦強調了曹丕對建安文學的組織之功，但並未具體研究曹丕的文學貢獻。

（二）有關曹丕文學成就之研究

1. 專書

雖然關於曹丕文學成就的專書數量並不多，但在研究建安文學的專書中，曹丕大都佔有一席之地，如李寶均的《曹氏父子和建安文學》〔註24〕、沈達材的《建安文學概論》〔註25〕等。《曹氏父子和建安文學》試圖透過對三曹文學成就的評價來分析建安文學的特點與成就，

〔註22〕張作耀，《曹操評傳》，大陸：南京大學出版社，2001年。
〔註23〕王巍，《三曹評傳》，大陸：遼寧古籍，1995年。
〔註24〕李寶均，《曹氏父子和建安文學》，臺北：萬卷樓書局，1993年。
〔註25〕沈達材，《建安文學概論》，北平樸社，1932年。

沿襲了將曹丕作為一個帝王來評價的思路。雖是晚近的著作，在觀點上卻不如沈達材具有建設性。《建安文學概論》就建安文學的發展、概貌以及文學傳統與影響等作了系統性的介紹，並分別對曹操、曹丕以及曹植作了論述。書中論及曹丕時說：「曹丕在文學上的位置，頗受著他的政治地位的影響，不獨很少人去注意，也就很少人去推崇了。其實，在文學本身上去估量他的價值，他確也有不可以磨滅的地方。」〔註26〕沈達材不僅認為曹丕的文學具有「不可磨滅」的價值，而且認為其在後世受到不該有的忽略。不過，就書中對曹丕的研究而言，仍只是因襲傳統：透過對曹丕詩歌的分析認為，其文學創作與父弟一樣，皆反映出建安時代，文人慨嘆人生無常與苦悶的風格。這種評價曹丕文學的觀點在《建安文學論稿》〔註27〕、《建安文學概論》〔註28〕等專書中皆有所呈現。不同在於，《建安文學論稿》與《建安文學概論》在文學成就外，還讚揚曹丕對建安文人集團的組織之功。

2. 學位論文

對曹丕文學成就更具體、全面的評論是學位論文。國家圖書館的學位論文數位資料中，共有四本以曹丕為主題的學位論文，皆出自文學系所，分別是王弘先《曹丕及其詩文研究》〔註29〕、金昭希《曹丕詩賦研究》〔註30〕、李韋民《曹丕思想研究》〔註31〕、黃銀珠《曹丕《典論·論文》之研究》〔註32〕等。

〔註26〕沈達材，《建安文學概論》，北平樸社，1932年，頁105。

〔註27〕張可禮，《建安文學論稿》，大陸，山東教育出版社，1986年。

〔註28〕王巍，《建安文學概論》，大陸：遼寧教育出版社，1991年。

〔註29〕王弘先，《曹丕及其詩文研究》，中國文化大學中國文學研究所碩士論文，2000年。

〔註30〕金昭希，《曹丕詩賦研究》，國立臺灣大學中國文學研究所碩士論文，2003年。

〔註31〕李韋民，《曹丕思想研究》，國立彰化師範大學中國文學系碩士論文，2005年。

〔註32〕黃銀珠，《曹丕《典論·論文》之研究》，南華大學文學研究所碩士論文，2006年。

　　王弘先的《曹丕及其詩文研究》具開創性。全文分為七章，除第一章緒論外，分別從曹丕所處的外在環境、生平交遊、思想意識、文學理論、詩歌創作、文章作品等六個方面做了論述與評價。論文展示了曹丕人生與文學貢獻的全貌，尤其讚賞曹丕之文學理論，認為《典論·論文》是中國第一篇系統性的理論作品。金昭希的《曹丕詩賦研究》集中探討曹丕的詩賦作品，並透過對創作的疏理與研究，重新解讀曹丕的文學理論。論文分為五章，除緒論與結論外，分別對曹丕的文學主張、詩賦作品作了研究，其中詩部分又分為詩歌與徒詩兩部分。文中指出，曹丕詩賦的特色為強調情感表達、華美修辭，並認為這是其文學主張「詩賦欲麗」的體現。論文還從文學史的視角對曹丕詩賦展開評述，認為這些創作繼承總結建安時代的文學思想，開啟富有文采與綺麗的文學風格，同時亦揭櫫文學自覺時代的來臨。該論文的貢獻，在於發現曹丕的詩賦，對於建安文學詩風、文風的代表性意義，從而進一步肯定了其在文學理論方面的貢獻。

　　李韋民的《曹丕思想研究》則以曹丕的文學作品做為研究的基礎，從其人生觀、政治態度以及尊儒思想等三個方面展開論述，試圖對曹丕的思想意識做一個整體性的評價。論文向我們展示了曹丕是一個理性、多情、多疑、悲觀個性的帝王，亦是一位有著崇高志業、開明尚賢的士君子形象。不過，文中僅將曹丕的作品與人生做了總結與疏理，既沒有對其生活背景進行文化探尋，亦沒有討論其思想所反映之時代特點，在細緻與深度方面還可加強。黃銀珠的論文則就曹丕的文學理論文章《典論·論文》進行了精微的分析，進而研究了曹丕的文學理論思想。全文從文氣論、文體論、文學批評論、文學價值論等四個方面展開論述，並將之放回到中國文學批評史中加以評論。黃銀珠認為，在這四方面，曹丕的觀點都深具開創性。正是透過它們，曹丕開創了中國文學獨立、自覺的新時代。因此《典論·論文》無愧為中國第一篇文學專論。

　　綜上而言，這四本學位論文對曹丕的文學創作概貌、詩賦創作、

文學理論思想以及整體思想都有詳細的論述，並逐漸呈現出由泛論至深刻，由單純文學作品疏理至思想深度挖掘的趨勢。它們爲後繼的研究者，提供了很好的基礎與先見視野。

3. 期刊論文

不僅曹丕及其文學具有研究價值，對曹丕及其相關的建安文學之評論，亦具有重要的學術價值。文獻中有三篇論文是以此爲主題的：分別是宋戰利的學位論文《曹丕研究》〔註33〕、王玫發表的期刊論文〈「抑丕揚植」傾向的形成與演變〉〔註34〕與學位論文《建安文學接受史研究》〔註35〕。《曹丕研究》從文獻學的視角考察對曹丕的評點，〈「抑丕揚植」傾向的形成與演變〉回顧了歷代文人在評論曹丕與曹植時所持的態度，並初步分析了這種評價與所持觀點的形成原因，與各朝代文學理念之間的關係。這篇期刊論文僅有七頁，當然不可能做到詳細，然而其觀點對於研究曹丕的評論史，是很好的基礎性工作。它提示筆者，曹丕的形象與價值在明代才得以受到廣泛評價，並一度有超越曹植的趨勢。《建安文學接受史研究》涵蓋了對曹丕的接受，但論述未及明清兩代，不能不說是遺憾。

綜上所述，曹丕的形象與各朝代的思想文化有著密切的關聯。具體來說，晉朝至明代的一千多年間，偏重於以政治視角探究曹丕，所以多偏貶抑。明代、清代，其文學家的身分才得以逐漸受重視，曹丕的形象亦漸趨完整。這些都提示筆者，明代的曹丕評點研究具有相當重要的價值。而文獻探討中的諸篇論文，雖爲後繼的研究者提供了很好的基礎與先見視野，然而缺少創新，對於曹丕對歷史，特別是對文學史的貢獻與影響難以切中肯綮。筆者由此獲得啓發，採用了接受美

〔註33〕宋戰利，《曹丕研究》，鄭州：河南大學研究生博士學位論文，2007年。

〔註34〕王玫，〈「抑丕揚植」傾向的形成與演變〉，《廈門大學學報》（哲社版），總第158期，2003年第4期，頁49〜55。

〔註35〕王玫，《建安文學接受史研究》，福州：福建師範大學中文系博士論文，2002年。此學位論文後出版爲專書《建安文學接受史論》。

學理論這一新的研究方法，試圖從明詩話對曹丕的評論，探究當時代文人之期待視野、文學理念與文化狀況。

二、研究範圍及版本

　　蔡鎮楚、吳文治都將詩話看成「中國古代詩歌評論的一種專著形式」〔註36〕，並將之作為一項專門學問加以研究。其中，蔡鎮楚的主要工作是試圖建立一門「詩話學」，對詩話的發生、發展乃至準確內涵加以界定；而吳文治對於詩話研究的重要貢獻在於資料的蒐集與整理上。

　　二人的工作給本文的完成提供了極為難得的基礎。此體現於兩個方面，一是詩話認知、理念的形成，一是資料的使用。前一方面構成了本文研究的思想性基礎。後一方面則提供本文所使用之詩話資料。

　　關於明詩話現有兩套較完整的書籍：一為周維德集校，2005 年由齊魯書社出版的《全明詩話》，全書共六冊，一為吳文治主編，1997年由江蘇古籍出版社出版的《明詩話全編》，全書共十冊。本研究以《明詩話全編》為研究資料範疇，原因在於《全明詩話》對詩話的定義較狹隘，僅收明代獨立成書的詩話 91 種。《明詩話全編》則對詩話採取較廣泛的定義，所以不僅收明代詩話 722 家，單獨成書者 120 餘種，另外還包括詩文集，隨筆，史書，類書等諸書中的論詩之語，包括論詩的詩，及詩歌評點等。由於《明詩話全編》蒐羅較多、較廣，所以本研究採用此書。

　　有學者認為，全集或匯編性質的書，尚不夠嚴謹，所以，不宜在學術論文上使用，而吳文治的《明詩話全編》亦確實存有缺失，例如標明的出處有錯誤、文字錯誤或疏漏等，但若將書中所引用的每一則詩話都一一回對原典，勢必花費相當多時間，而且有的詩話早已經亡

〔註36〕蔡鎮楚，《詩話學》，大陸：湖南教育出版社，1990 年，頁 32。吳文治的說法只是用用辭略為不同，「古代詩學理論批評的一種專著形式」，《五朝詩話概說：宋遼金元明》，黃山書社，2002 年，頁 1。

佚，更加無法比對。文獻學的研究及考證並非本文的重點，比較各種版本後，以《明詩話全編》最完善，故選擇其作爲研究的文本，但在使用上，再三斟酌，用其明確者，捨其有疑義者，研閱當中，若覺有疏漏、缺失處，亦會抽空回對原典，力求小心謹慎。

三、研究限制

本論文並非對曹丕與明詩學的比較研究，在實際論述曹丕價值時，主要依賴明詩話的資料，在討論明代詩學特徵時，多從明代社會入手，所以在處理曹丕的詩歌、文學理論與明代詩學理論的關聯性，難以深細與完整。

正如論文中所論述的，明代之前關於曹丕的論述較少，對曹丕詩歌的評論更少，直至明代，才廣泛認識到其詩歌的價值，進而影響到明代之後，以至當代的曹丕形象。這意味著，明代之後的曹丕評點，觀點可能更爲豐富，評價更爲公允。然而，筆者囿於才學與時間，不得不將研究時限侷限在明朝，未能使脈絡延申，涵蓋明代之後豐富的曹丕論述與曹丕文學評論，亦是本論文研究之不足之處。

第四節　論文架構

根據研究動機、研究目的與研究內容，本文包括緒論共有五章，第一章是本文的開端，論述本文的研究動機、研究目的、研究方法，論證本文的可行性與可能創新性特點。具體而言，筆者研閱曹丕的詩歌及其影響時，對明詩話曹丕論述發生興趣，因此決定本文的研究目的在於呈現明詩話曹丕評論的觀點、態度以及方法等內容。而對相關文獻的回顧，將有助於理解本文的創新、可行性與價值所在。

第二章是本文主要內容的鋪墊：通過論述詩話的起源、發展、成熟以及體裁形式特點、價值等呈現明詩話的概況；通過爬梳詩話中曹丕形象的變化，展現研究明詩話曹丕評點的重要意義以及可行性。本章分爲兩節，分別對詩話史、詩話與曹丕的密切關係兩方面做出論

述。本章的兩節內容排序具有遞進關聯，主要目的在於討論曹丕與詩話間的密切聯繫，相應內容及引出後續研究內涵。

　　第三章是本文的主要內容之一，主要是文本內容觀點的歸納與分析。具體而言，本章在研讀明詩話的基礎上，歸納出明詩話曹丕論說的各個面向，並對論說的觀點做說明與分析。筆者依據曹丕的身份、歷史評價、文學成就等，分為四個小節論述，依序為才情與品級、本事與性格、文學作品與文學理論等。其中，才情與品級以才情定文學家高低；本事與性格涉及曹丕的政治身份，文學作品包括曹丕的創作成績、詩體淵源以及影響等方面；文學理論則重點論述明代詩評家對曹丕文學批評、文學理論的評論。

　　第四章是本文綜合分析的主要部分，目的在體現文學接受理論在本文的應用、方法與意義。具體而言，這一章從五個方面呈現明詩話對曹丕評論的觀點、方法。首先，是明詩話評點曹丕時抑揚並存的態度，並由貶抑與贊揚兩種評論態度，分析明代詩評家的士人、文人心態。其次，通過整合展現明詩話對曹丕評點的統一性，進而呈現明代詩學的基本傾向，特別是明詩話定位曹丕詩歌的詩學理念。第三，分析明詩話何以會大量論述曹丕，結合明詩話對建安文學的評價與定位，重新理解明代詩學的傳統——更偏重於形式體裁的「雅」的詩學傳統。最後用兩節篇幅去論述明詩話對曹丕評點的方法，包括明詩話曹丕論說中歷史資料的運用、明詩話曹丕論說的修辭手法。

　　第五章作為全文的結尾，首先對全文內容與觀點做總結，然後就本文的研究特色做一說明。總結分成三方面敘述，首先是明詩話曹丕論說，重點評述明詩話建構的曹丕總體形象，其次是明詩話對曹丕評點的態度與方法，包括明詩話對曹丕評點時體現的思想內涵與詩學理論。第三則是明詩話評點曹丕對後世的影響，包含呈現完整曹丕形象、確立其文學創作的價值與地位，及這兩方面對清代與現代的影響。

第二章　詩話史與明代之前曹丕形象概述

第一節　詩話史概貌

　　詩話，是中國文化獨特的詩學批評形式，作爲一個學術概念則有狹義與廣義之分。狹義的詩話，指詩歌之「話」〔註1〕，即隨筆性的詩歌評論體裁，尤其指稱以「詩話」命名的說詩、評詩著作或者詩評集，如歐陽修《六一詩話》、阮閱《詩話總龜》、嚴羽《滄浪詩話》、王士禛《漁洋詩話》等，或者雖不以「詩話」命名，但與「詩話」作品相類的詩評詩學作品，如姜夔《白石道人詩說》、徐禎卿《談藝錄》、胡應麟《詩藪》等。廣義的詩話則應包涵一切評論詩人、詩歌、詩派以及記述詩人議論與生命軌跡的著作。〔註2〕而詩話史正是「詩話」這一概念出現、延伸以至變成獨特詩學評說形式的過程。本節將簡略敘述詩話產生、發展、繁盛、以至消散的過程，並對明詩話數量、內容與思想傾向做一概述。

〔註1〕「話」是唐宋民間文藝的一種重要題材，指帶有情節內容的文藝形式，如講佛經的「講話」、小說形式的「話本」等，參見蔡鎮楚，《詩話學》，湖南：湖南教育出版社，1990年，頁20～21。

〔註2〕此亦蔡鎮楚的觀點。蔡鎮楚在其詩話專著《詩話學》、《中國詩話史》中皆有類似的說法，參見蔡鎮楚，《詩話學》，湖南：湖南教育出版社，1990年，頁29；《中國詩話史》，長沙市：湖南文藝出版社，1988年，頁5。

一、詩話的起源與流變

關於詩話的起源，說法有三種。第一種來自清代詩話研究者何文煥，其《歷代詩話‧序》說：「詩話於何昉乎？虞歌紀於《虞書》，六義詳於古序，孔孟論言，別申遠旨，《春秋》賦答，都屬斷章。三代尚已。」〔註3〕「昉」，「始」也，何文煥雖認為詩話起源於三代，然而其所編之《歷代詩話》卻是從鍾嶸《詩品》開始的。這或許是因為其所輯詩話是皆已成書之詩話，而《詩品》無疑是最早專門的詩評著作。第二種來自清代文史學家章學誠，其《文史通義‧詩話》中有言：「詩話之源，本於鍾嶸《詩品》。……後世詩話家言，雖本於鍾嶸，要其流別滋繁，不可一端盡矣。」〔註4〕第三種來自著名古典文學研究專家羅根澤，他認為詩話來源於筆記小說與專記詩歌、詩人遺事的詩本事。〔註5〕上述三種觀點，事實上並不矛盾，綜合起來不僅進一步表明詩話是中國文化環境產生的獨特詩歌評說體裁，而且提供詩話產生的具體過程：「虞歌」、「古序」、「孔孟論言」奠基了中國詩歌批評的詩文評系統，鍾嶸《詩品》則啟發了詩話品第、定位等評論效能，至於筆記小說、本事詩與各種「話」則直接催生了詩話的產生與出現。〔註6〕起源並不意味著開端，因為在「詩話」這一概念出現之前是不可能有詩話創作的。對於詩話來說，其歷史的開端是歐陽脩於宋熙寧

〔註3〕清何文煥，《歷代詩話》，臺北：藝文印書館，1971年，頁1。

〔註4〕參見章學誠，《文史通義》，臺北：臺灣中華書局，1970年，頁559。

〔註5〕羅根澤在談論晚唐孟棨《本事詩》時說：「本事詩是『詩話』的前身，其來源則與筆記小說有關。……『詩話』出於本事詩，本事詩出於筆記小說，則『詩話』的偏於探求詩本事，毫不奇怪了。」參見羅根澤，《中國文學批評史》，上海：上海古籍出版社，2003年，冊2，頁244。

〔註6〕當代詩話研究學者蔡鎮楚亦持這一觀點，其在《詩話學》中談及詩話源流時認為有四種觀點，第四種觀點為詩話起於詩律之細，最後綜論說明三種觀點分別代表了詩話產生過程的三種階段：胚胎期（漢魏之前）、孕育期（漢魏六朝）以及成型期（隋唐五代）。參見蔡鎮楚，《詩話學》，湖南：湖南教育出版社，1990年，頁50～62。事實上，蔡所舉第四種觀點既無明確時代指示，亦無精深之義理，任何一種理論與思想必然是愈發展愈細緻與深入的。

四年（西元 1071 年）撰寫的《六一詩話》。〔註7〕這不僅因爲《六一詩話》是現存最早的詩話著作，更因爲它亦是歷史記載中最早以「詩話」命名的文學批評作品，並且在體裁形式與內容理念等方面都產生過廣泛而深入的影響。

在《六一詩話》的影響下，宋代詩話創作盛極，從而構成了詩話史的第一個高潮時期。蔡鎮楚在談及《六一詩話》時說：

> 在整理舊稿之餘，平日讀詩、寫詩、談詩、論詩中的某些瑣聞軼事、點滴體會、一得之見、片言隻語，歐公反倒覺得有必要隨手筆錄下來，「以資閑談」。於是他在「宋人言詩」的時風之中，取法於民間「詩話」之名，編纂成篇，名之曰《詩話》。……之後，其文學好友司馬光追效其體而作《續詩話》，劉攽繼其後而撰《中山詩話》。從此，宋人接踵而來，效者雲集，詩話創作盛極一時，蔚爲風尚。詩話之體也逐漸發展成爲中國古代詩歌評論的主要樣式。〔註8〕

此道盡歐公做詩話之動機與其對詩話之影響，亦言明宋詩話創作之繁富。據郭紹虞《宋詩話考》可知，宋代詩話現仍流傳者便有四十一部，至於部分流傳或後人輯錄、僅存名稱者更不下百部，可見宋代詩話創作數量之豐。在體裁形式方面，宋代詩話多沿襲《六一詩話》取「以資閑談」的隨筆性與條陳式等特點，並強調詩話的記事內容，正如司馬光在其《續詩話》所明言的：「《詩話》尙有遺者。歐陽公文章名聲雖不可及，然記事一也，故敢續之」。〔註9〕於「以資閑談」之外，倡言詩歌理論、標示詩派亦漸成爲詩話創作的重要動機，故北宋末許顗

〔註7〕歐陽脩撰寫此書只稱《詩話》，後世爲稱引之便才名之爲《六一詩話》、《歐公詩話》、《歐陽文忠公詩話》等名稱，參見郭紹虞，《宋詩話考》，臺北：中華書局，1979 年，頁 1、2。另，郭紹虞、蔡鎮楚等亦將詩話史開端定爲歐陽修之《六一詩話》，認爲此書不僅確定了「詩話」之名，亦開創了詩話之體。

〔註8〕蔡鎮楚，《詩話學》，湖南：湖南教育出版社，1990 年，頁 67。

〔註9〕司馬光，《溫公續詩話》，收入吳文治主編，《宋詩話全編》，南京：江蘇古籍出版社，1998 年，冊 1，頁 367。

《彥周詩話》說「詩話者，辨句法，備古今，記盛德，錄異事，正訛誤也」〔註10〕，並出現葉適《石林詩話》這類理論性較強的作品。這種觀念直接導致了南宋詩話創作中的批評內容與理論深度，以陳師道、呂本中等人標示江西詩派理論的詩話與嚴羽《滄浪詩話》爲代表，尤以後者最爲系統與精到。郭紹虞《宋詩話考》談嚴羽《滄浪詩話》曰：「宋人詩話以此書最享盛名，影響亦最大。……專尙理論，較有系統，迥異於時人零星瑣碎之作。」〔註11〕若《六一詩話》開創了詩話之體，爲宋詩話之代表，《滄浪詩話》則代表了宋詩話的最高成就，並影響到後世之詩話創作與概念。

二、遼金元詩話

　　詩話起源於宋代，並在宋發展成一種詩話批評形式。然而，宋詩話並不包括遼金詩話，儘管遼國、金國與宋同時，而遼金詩話確受宋詩話之影響。因爲皆有非漢族統治的文化背景，在詩話史上，遼金元詩話往往被放在一起討論，被認爲是詩話發展一個低潮期。其中，遼國詩話幾乎可以忽略，不僅數量少，亦無值得一提的詩話著作。這或許是因爲遼國強大的時代，宋詩話還遠沒有興盛。〔註12〕金詩話在形式上受宋詩話影響明顯，內容上相當有自己的特點：求眞，主張詩寫性情。金國詩壇中多宋代貳臣或貳臣之後代，故多受宋代詩壇影響，做詩多從字句著手；而詩論則往往能直指此弊端，故多從重視內容、摹寫性情立論。〔註13〕王若虛的《滹南詩話》是金詩話中最具代表性，亦最有價值的詩話專著，書中多詩評詩論，思想觀點以「哀樂之眞，

〔註10〕許顗，《彥周詩話》，收入吳文治主編，《宋詩話全編》，南京：江蘇古籍出版社，1998 年，冊 2，頁 1392。

〔註11〕郭紹虞，《宋詩話考》，臺北：中華書局，1979 年，頁 103～104。

〔註12〕遼國建國於西元 907 年，被滅於 1125 年。而歐陽修的《詩話》寫成於 1071 年。算上流傳的時間，遼詩話也僅有五十年歷史，其數量少而藝術水準低，可以想見。

〔註13〕參見蔡鎮楚，《中國詩話史》，長沙市：湖南文藝出版社，1988 年，頁 118～120。

發乎性情，此詩之正理」〔註14〕爲核心。

　　元爲外族強權朝代，漢族不獨政治、經濟地位受到歧視，漢族傳統的文化、文學，除以民間藝術爲基礎的戲曲外，幾乎是歷代最爲衰落的。詩話亦不例外，其數量或不見少，但在內容與創見方面都未見突破，以「閑談」爲主要內容，思想多襲取宋人，如方回《瀛奎律髓》襲江西派、吳師道《吳禮部詩話》之學嚴羽等。最具創見者爲辛文房《唐才子傳》，雖名爲傳記，實爲評唐詩之詩話，頗能勾勒唐詩風格之變遷，具詩史意義。另外，元代詩話中有一種近於詩格的形式，如范梈《詩學禁臠》、《詩格》、揭傒斯《詩法正宗》等，雖非傑出作品，但在教詩、傳承詩法、詩式與詩律等方面有極大價值。此類作品亦影響到了一些明代詩話創作。

三、明清時期詩話的發展

　　明代在驅趕外族的紛爭中建立，故有復興中原王朝與傳統儒家文化之宏願，於是士階層與文人重新受到重視，詩歌創作又興盛起來，談詩亦蔚然成風。這讓明代詩話成爲詩話史上第二個高潮。整體來說，明代詩話之興盛肇因於詩壇之派別紛爭以及文學批評的發展，而其形式與內容特點亦多與詩壇之風氣相類：體裁形式以理論建構、詩派倡言與詩學權興爲主，而內容則以復古與反復古爲核心，經歷了從宗唐、宋、秦漢到重視時代思潮（心學）的過程，體現了明代詩壇思想的變遷。

　　在數量方面，明詩話無清代詩話之卷帙繁浩，與宋代詩話相當。蔡鎮楚則認爲共有一百五十七部，名「詩話」者爲三十七部。〔註15〕吳文治所編《明詩話全編》收詩話七百二十二家，單獨成書「詩話」有一百二十多種。〔註16〕蔡鎮楚從現存明詩話書目統計，吳文治收錄

〔註14〕王若需，《滹南詩話》，收入吳文治主編，《遼金元詩話全編》，南京：鳳凰出版社，2006年，冊1，頁197。

〔註15〕蔡鎮楚，《中國詩話史》，長沙市：湖南文藝出版社，1988年，頁138。

〔註16〕吳文治主編，《明詩話全編》，南京：江蘇古籍出版社，1997年，前言，頁1。

「詩話」是現仍流傳的明詩話。二人共同展示了明詩話之數量。《明詩話全編》，作為吳文治以廣義的現代詩話概念編輯之類書，足可看成其對明代詩話的重寫，其豐富程度亦可看作明代詩論的全記錄。內容方面，明詩話之理論傾向可分為兩大系列：「一個係以『前後七子』為代表的復古派詩學，一個係以公安、竟陵為代表的反復古派詩學。」〔註17〕其中，復古派的詩話佔有相當之比重。吳文治根據詩話創作的理論傾向將明詩話分為三個時期：明洪武至成化（西元 1368～1487）為前期，以尊唐，重視儒家詩學傳統為主，從中孕育了明代詩學復古的傾向；弘治至隆慶（西元 1488～1572）為中期，是復古理論發展並廣泛流傳的時期，不管是尊唐、宋，或者是標舉先秦與漢魏，都以尊古賤今為取向，體現出明代士人試圖恢復漢唐盛世之理想以及他們對中國古典詩歌創作與發展的困惑；萬曆至崇禎（西元 1573～1644）為後期，以對復古理論的反思與對性靈在詩歌中的書寫與抒發為主要內容，表現了明代士人對傳統詩學觀念以及創作的擺脫與對創造性的追求，亦是他們於理想破滅邊緣而奮起的思索，其中不少詩論家都經歷了從復古到反復古的轉變。復古，或者說對過去詩歌成就的評價，正是明詩話最為重要的內容。

在詩話體裁來說，明詩話則是詩話史上重要的過渡期，無論在創作傾向上還是在詩話概念上都表現為由記事向理論創作方面的過渡。明詩話雖未完全擺脫「以資閑談」的內容侷限，仍然有大量考釋詩句、詩法、詩格、詩式等方面的內容，但在創作動機上多以理論探索與詩歌品評為主，並表現出較強的理論色彩，同時在詩話的編選、創作等方面加強了系統性追求。

經過了宋明的創作與發展，詩話在清代迎來了黃金期。這首先展現在詩話創作的數量上，幾乎是宋、元、明詩話作品的數量之和〔註18〕；

〔註17〕蔡鎮楚，《中國詩話史》，長沙市：湖南文藝出版社，1988 年，頁 199。
　　　　吳文治，《五朝詩話概說》，合肥：黃山書社，2002 年，頁 88～89。
〔註18〕據蔡鎮楚編纂《中國歷代詩話書目》的統計，僅各大圖書館收藏的

其次體現於詩話概念的發展上以及作品的藝術水準上。何文煥與章學誠對詩話的理解可以代表清代學者的詩話概念。何文煥將三代、先秦的論詩之言都劃入詩話的範圍內，而章學誠則以《詩品》作為詩話之開端。二人關於詩話起源的觀點或有失偏頗，但其中透露對詩話的理解卻是頗具代表性的：詩話不僅是「以資閑談」的敘述性作品，更應該承繼先賢評詩說詩、鍾嶸《詩品》詩學品評的傳統，成為詩學理論與詩學批評的藝術體裁。正是此詩話概念使得清代出現一些詩話名家，創作了理論化較強、系統性完整、詩學思考頗深入的詩話作品，如葉燮《原詩》、王士禎《帶經堂詩話》、趙執信《談龍錄》、沈德潛《說詩晬語》、袁枚《隨園詩話》、趙翼《甌北詩話》等。更有一些詩話作品為詩話本身的評述、研究之作，以潘德輿《養一齋詩話》為代表，其在評點各代詩歌創作的同時亦評點重要詩話，論點精到，如評宋詩話說：雖一向認為以嚴羽、姜夔為佳，但《滄浪詩話》、《白石道人詩話》「皆就詩論詩」，不如黃徹《鞏溪詩話》「詩外有事在」，更令人敬佩。〔註 19〕

　　清代詩話的創作興盛至遲可推延到近世之王國維與梁啓超。王國維之《人間詞話》雖名「詞話」，實則是用詩話形式進行的文學批評實踐，拈出「境界」作為中國古典審美之精髓。梁啓超之《飲冰室詩話》則於時代、學術變遷後所產生之詩話佳作。〔註 20〕之後，隨著傳

　　　詩話作品便有五六百部，比之宋代、明代都多出幾倍，如果算上一些地方收藏、流傳的作品當更多。

〔註 19〕《養一齋詩話》卷十有言：「宋人詩話，予向以嚴羽、張戒、姜夔為佳，然皆就詩論詩；若黃徹之《鞏溪詩話》，更能知詩外有事在，尤可敬也」。潘德輿，《養一齋詩話》，參見郭紹虞編，《清詩話續編》，臺北：木鐸出版社，1983 年，頁 2154。

〔註 20〕五四新文化運動之後，學術規範與理論建構形式漸向西方學習，有學科與系統之分野，而理論著作不復傳統之法式。胡適《中國哲學史大綱》與魯迅《中國小說史》是這種變遷之標誌，梁啓超之《近三百年學術史》亦是這種變遷後的著作。陳平原在討論中國現代學術轉型時強調了學科出現的重要性，說：「一個新學科的建立與拓展，如胡適、魯迅在北大的講課以及《中國哲學史大綱》、《中國小

統文化與學術理念的向西方靠近，詩話這一中國傳統文化環境中產生的獨特詩學批評形式無復興盛，幾近絕跡。

綜觀詩話史，詩話的起源、產生、發展與黃金時期乃至消散，都映照了時代詩歌創作與詩學發展的狀況，同樣亦是詩話概念從無到有，從狹義到廣義發展的過程。因此，儘管先秦之評詩語言與《詩品》對後世詩話有相當重要的影響，卻不能算作詩話作品；在廣義的詩話概念流行後，詩話才真正成為獨特詩學批評特質的體裁形式，成為詩論家闡揚詩學理論，建構詩學體系的重要文本，直至被現代學術理論著作形式取代為止。而詩話最初只是「以資閑談」的談詩之作，狹義的詩話概念便是當時士人對詩話之理解，強調其作為「話」的獨特性。

第二節　明代前曹丕形象變化

詩話記事、論辭之特性最適於詩人形象之流傳，不獨傳其人其事，亦見其世其思。而詩話產生之前，甚至在曹丕生前，對曹丕之評價便是士人之論題，特別是對其文學才華與文學成就議論最多。本節將略述明以前對曹丕之評點，尤其是對其文學形象之評論。

一、曹丕的文學貢獻

明・王世貞在其《藝苑卮言》中說：「三代而後，人主文章之美，無過於漢武帝、魏文帝者。」〔註21〕又說：「自古文章與人主未必遇，遇者政不必佳耳。」〔註22〕此或過譽之詞，但實道出曹丕一生之功業與貢獻：在文學而非政治。

此貢獻首先表現於建安文學的代表成員。漢魏之間的時代，歷史

　　説史略》的開山闢路……」參見陳平原，《中國現代學術之建立》，
　　北京：北京大學出版社，1998年，頁16。
〔註21〕王世貞，《藝苑卮言》，卷8，收入吳文治主編：《明詩話全編》，南京：
　　江蘇古籍出版社，1997年，卷4，頁4303。
〔註22〕王世貞，《藝苑卮言》，卷8，收入吳文治主編：《明詩話全編》，南京：
　　江蘇古籍出版社，1997年，卷4，頁4304。

習慣稱之爲建安時代，稱其文學爲建安文學，稱其代表人物爲「建安七子」。〔註23〕相較於建安七子，曹氏父子三人實更具重要性。他們不僅作品流傳甚多，才情較高，更是建安文學繁榮之組織者與領導者。就現在流傳之資料來看，曹操開建安一世重文之風氣，曹植爲建安時期中最具才情之詩人，而曹丕則爲建安文學實際之組織者與領導者。曹丕文中不止一次表現了與建安七子之友情。曹丕〈與吳質書〉言「今果分別，各在一方。元瑜長逝，化爲異物，每一念至，何時可言？……」〔註24〕，〈又與吳質書〉言「昔年疾疫，親故多離其災，徐、陳、應、劉，一時俱逝，痛可言邪！昔日遊處，行則連輿，止則接席，何曾須臾相失！」〔註25〕曹丕之回憶不僅說明其與徐幹、陳琳、應瑒、劉楨從遊之盛景，亦表明其對文學、交遊生活之懷念與嚮往。由此可推知，曹操或許爲推崇文士政策之制定者，曹丕卻是實際執行者，亦是實際招待、交結文士之人，此亦符合曹丕之身份地位。另，「建安七子」之稱呼亦由曹丕而來，語出曹丕《典論‧論文》：舉七子之名後評論道「斯七子者，於學無所遺，於辭無所假，咸以自騁驥騄於千里，仰齊足而並馳」〔註26〕，遂爲後世談論建安七子之出發點。而曹丕文學貢獻的第二方面正是文學批評。

　　曹丕總結漢末文學思想以及建安文學狀況，並以此爲基礎創造出開啓時代的文學理論，開啓了六朝文學自覺時代，而《典論‧論文》正是曹丕文學理論思想的集中體現與書寫。以內容來說，《典論‧論

〔註23〕「建安」，漢獻帝年號，西元196～220。建安七子指：孔融、陳琳、王粲、徐幹、阮瑀、應瑒、劉楨等七人。參見馬積高、黃鈞，《中國古代文學史》，臺北：萬卷樓圖書公司，1998年，冊1，頁337、319。
〔註24〕參見嚴可均輯，《全上古三代全漢三國六朝文》，北京：中華書局，1958年，頁1089。
〔註25〕參見嚴可均輯，《全上古三代全漢三國六朝文》，北京：中華書局，1958年，頁1090。
〔註26〕參見嚴可均輯，《全上古三代全漢三國六朝文》，北京：中華書局，1958年，頁1097。文後還有引用《典論‧論文》，皆出於此書此處，不再加註。

文》有幾個重要面向:「夫人善於自見,而文非一體,鮮能備善,係以各以所長,相輕所短……蓋君子審己以度人,故能免於斯累而作論文」言文學批評之可能性;「文本同而末異,蓋奏議宜雅……惟通才能備其體」言文體之不同而文學實質相通,通才實爲知本之才;「文以氣爲主,氣之清濁有體,不可力強而致」言文學本質所在;「蓋文章經國之大業,不朽之盛世」言文學之價值,無異於建功立業。短短兩千字,系統性地涉及文學理論各方面,可視爲是中國第一篇成系統的文學批評著作。更難得的是,這篇文論強調了個人才性對文學的決定性意義,認爲才性實爲文學之本質,此觀點開啓了六朝文學創作重情感、重才性等觀念。

文學創作同樣是曹丕文學貢獻的重要方面。曹丕在散文、詩歌等方面都有著非常優秀的作品,並爲後世所記流傳下來。詩歌是曹丕創作中最爲突出、最常被論及的文類。其詩歌,體裁形式多樣,四言〈善哉行〉、五言〈雜詩·西北有浮雲〉與〈黎陽行〉、七言〈燕歌行〉、樂府〈陌上桑〉與〈上留田行〉等都是優秀作品,描寫內容廣泛,從民生哀苦到個人遭遇皆有涉及,足可代表建安文學的高水準。其散文雖不常被提及,整體成就亦不如曹植,但在理性與體裁形式創新等方面都有相當成就。

二、六朝與唐對曹丕抑揚簡述

西元 220 年,曹丕登上歷史舞臺,先繼其父爲魏王、丞相,後由漢獻帝禪位而成魏文帝,國號、年號悉改。曹操「挾天子以令諸候」之行爲與政治文學功業歷來便是世人評論的話題,影響所及,曹丕之代漢與文學創作亦不免受人評價與議論。對曹操的評價以政治面向上爲主,文學爲其次;而矛盾性評價亦多是政治上的,文學則評價較高。對曹丕的評論則以文學面向爲主,且褒貶不一,從而不同時代有不同之態度。

對曹丕之評價於其在世時便已出現。吳質於〈答魏太子箋〉有「發

言抗論，窮理盡微，摛藻下筆，鸞龍之文奮矣」的評語〔註27〕，而卞蘭〈贊述太子賦〉更是通篇贊譽〔註28〕，由此可見曹丕文學創作在當時之影響。即便其無太子、文帝之地位，亦值得一讀，且特點係以理性見長。然而，整個六朝時代，對曹丕的評價還是偏向於貶抑，例如《世說新語》中有曹植做「七步詩」的記載〔註29〕，劉勰評曹丕時亦說「舊談抑之」。〔註30〕這種傾向表現於文學家的觀點中便是：鍾嶸《詩品》將曹丕列爲中品，認爲其作品「率皆鄙質如偶語」〔註31〕；蕭統所編《文選》只收錄曹丕作品九篇〔註32〕；謝靈運〈擬魏太子鄴中集・序〉雖有褒語〔註33〕，然褒揚的是曹丕組織與聚攏建安諸子的功業，實則與一般士人將之作爲政治家看待與評價無異。然在一片貶抑之聲中，劉勰對曹丕的推崇更顯可貴，亦更爲客觀一些。劉勰《文心雕龍》中七處提及曹丕。其中，四處將之與曹植合評〔註34〕，並無

〔註27〕吳質〈答魏太子箋〉，參見嚴可均輯，《全上古三代全漢三國六朝文》，北京：中華書局，1958 年，頁 1221。

〔註28〕卞蘭〈贊述太子賦〉，參見嚴可均輯，《全上古三代全漢三國六朝文》，北京：中華書局，1958 年，頁 1222～1223。

〔註29〕楊勇，《世說新語校箋・文學篇》，臺北：宏業書局，1972 年，頁 192。

〔註30〕劉勰，《文心雕龍》，周振甫注，臺北：里仁書局，1984 年，頁 873。

〔註31〕鍾嶸，《詩品》，臺中：五南出版社，1997 年，頁 78。鍾嶸所評曹丕詩爲〈雜詩二首〉。

〔註32〕《文選》所選 9 篇作品有：詩〈雜詩二首〉（「漫漫秋夜長」、「西北有浮雲」）、〈燕歌行〉、〈善哉行〉、〈芙蓉池作〉5 首，書〈魏文帝與朝歌令吳質書〉、〈又與吳質書〉、〈與鍾大理書〉3 篇，論〈典論・論文〉1 篇。參見蕭統編，《文選》，臺北：藝文印書館，1971 年。

〔註33〕謝靈運，《擬魏太子鄴中集・序》中以曹丕之語氣說：「余時在鄴宮，朝遊夕燕，究歡愉之極，天下良辰、美景、賞心、樂事，四者難並；今昆弟友朋，二三諸彥，共盡之矣。古來此娛，書籍未見。」可見謝氏對曹丕集宴、遊樂之盛事的推崇。參見《謝靈運集》，臺北：里仁書局，2004 年，頁 135。

〔註34〕分別是〈樂府〉，言「魏之三祖，氣爽才麗，宰割辭調、音靡節平」；〈時序〉，言「建安之末，區宇方輯。魏武以相王之尊，雅愛詩章；文帝以副君之重，妙善辭賦；陳思以公子之豪，下筆琳琅」；〈明詩〉，言「建安之初，五言騰躍，文帝、陳思，縱轡以騁節」；以及〈才略〉篇。〈才略〉篇於第三章將會引用，故此處先不錄原文。分別參見劉

貶抑之語,單獨評論曹丕的三處,則不僅表達出對曹丕文學理論觀點的敬佩,並稱讚曹丕的散文創作。〔註35〕劉勰的評論呈現出六朝人對曹丕評論之觀點:首先是將他視爲一位政治家來評價,故多有貶抑之語。其次從文學環境潮流立論,由於當時重駢文,崇尚文辭華麗,輕視古樸詩風,故重視曹丕文章的創作與理論作品,而非著重其體現才情的詩歌與辭賦。

　　唐人對「建安風骨」最爲推崇〔註36〕,尤其視曹植、王粲或劉楨爲建安文學之代表。曹丕,作爲建安時代重要的作家與詩人,亦受到唐人之關注,然而態度是多樣的,且偏於貶抑。對曹丕的貶抑展現於對其文學創作的評論,常將曹丕當成了「建安風骨」的反面。這種觀點首先出現於唐太宗李世民的論述裏,並漸成「定論」。李世民有〈頒示禮樂詔〉,意在批評淫靡之音,提倡「以禮治國」,其中魏文帝曹丕的文風便是反面例證。李世民說:「魏文所重,止於鄭衛」〔註37〕,

勰,《文心雕龍》,周振甫注,臺北:里仁書局,1984 年,頁 112、790、74 等。

〔註35〕《文心雕龍》中,〈詔策〉篇:「魏文帝下詔,辭義多偉」;〈總術〉篇:「魏文比篇章於音樂,蓋有徵矣」;〈知音〉篇:「故魏文稱『文人相輕』,非虛談也」。分別參見劉勰,《文心雕龍》,周振甫注,臺北:里仁書局,1984 年,頁 372、801、887。

〔註36〕唐人對建安風骨的重視起於陳子昂,他提出「骨氣端翔,音情頓挫,光英朗練,有金石聲」(〈與東方史虬修竹篇序〉)的看法,其後詩人,「由其雄直古奧的詩風,發展爲雄渾的盛唐風骨。」參見蘇珊玉,《盛唐邊塞詩的審美特質研究》,國立高雄師範大學國文研究所博士論文,2000 年度,頁 252～256。但盛唐風骨和建安風骨並不完全一樣,雖然兩者都具有感情濃烈、壯大、追求壯思的特色,但建安風骨帶有悲涼、悲傷的情調,而盛唐風骨則壯大、明朗。(上述參見文堅,〈盛唐風骨與建安風骨的比較〉,《湖南商學院學報》第 8 卷第 3 期,2001 年 5 月,頁 99。)羅宗強亦說「他們繼承建安風骨的,只是它的濃烈壯大感情,是它的巨大的氣勢力量,而把作爲它重要組成部分,構成它重要特色的悲涼情調揚棄了,代之以昂揚、明朗的感情基調。」《隋唐五代文學思想史》,羅宗強著,上海:古籍出版社,1986 年,頁 99。

〔註37〕李世民,〈頒示禮樂詔〉,收入(清)董浩編,《全唐文》,上海:上海古籍出版社,1990 年,卷 6,頁 24～25。

片面強調魏文帝曹丕創作中幽怨陰柔之面，並以此進行批評。此後，王勃、呂溫等都持相類之觀點。王勃〈上吏部裴侍郎啓〉云：「自微言既絕，斯文不振。……故魏文用之而中國衰，宋武貴之而江東亂。」〔註38〕至於呂溫〈裴氏海昏集序〉則云：「魏公子爲南皮之遊，以浮華相高，故其詩傲蕩驕志……夫如是，則觀南皮之詩，應、劉焉得不夭，魏祚焉得不短。」〔註39〕顯然，曹丕作品中的「蕩」、「浮華」完全相悖於呂溫理解之「風骨」。在唐人看來，「風骨」指文學作品體現的內容充實、音聲昂揚、表現人生遭遇與世間興衰等特點。〔註40〕儘管唐人不認可曹丕之文學創作，但對曹丕的文學理論以及親近文士的行爲兩個方面卻頗爲讚賞。唐人編史書中不止一次引用或高度評價曹丕的《典論·論文》，如李百藥編《北齊書·文苑傳序》引「人多不強力……忽然與萬物遷化，斯志士大痛也」表達文學功業之價值〔註41〕，房玄齡編《晉書·文苑傳》中評《典論·論文》「詳其澡絢，彬蔚之美，競爽當年」等。〔註42〕而李德裕〈文章論〉更以《典論·論文》作爲其文學理論的起點：「魏文《典論》稱『文以氣爲主，氣之清濁有體』。斯言盡之矣。」〔註43〕即便係指責曹丕文風不振的王勃

〔註38〕王勃，〈上吏部裴侍郎啓〉，收入（清）董浩編：《全唐文》，上海：
　　　　上海古籍出版社，1990年，卷180，頁806。
〔註39〕呂溫，〈裴氏海昏集序〉，收入（清）董浩編：《全唐文》，上海：上
　　　　海古籍出版社，1990年，卷628，頁2807。
〔註40〕唐人對「風骨」之理解可以陳子昂的觀點爲代表。陳子昂在〈與東
　　　　方左史虯修竹篇序〉中說：「文章道弊五百年矣！漢、魏風骨，晉、
　　　　宋莫傳，然有文獻可徵者。……一昨於解三處見明公〈詠孤桐篇〉，
　　　　骨氣端翔，音情頓挫，光英朗練，有金石聲，遂用洗心飾視，發揮
　　　　幽鬱。不圖正始之音，復睹於茲，可使建安作者相視而笑。」參見
　　　　《陳子昂集》，北京：中華書局，1960年，頁15。
〔註41〕李百藥，《北齊書》，臺灣：中華書局，1971年，卷45，列傳第37，
　　　　頁1。
〔註42〕房玄齡，《晉書》，臺灣：中華書局，1971年，卷92，列傳第62，頁
　　　　1。
〔註43〕參見李德裕，〈文章論〉，收入（清）董浩編：《全唐文》，上海：上
　　　　海古籍出版社，1990年，卷709，頁4280。

亦會不自覺地接受曹丕的文論觀點，說「故文章經國之大業，不朽之能事。而君子所役心勞神，宜於大者遠者」。〔註44〕至於親近文士方面，主要指曹丕〈與吳質書〉中提及的「南皮之遊」，王維、許敬宗、張說、陸龜蒙、蕭穎士等都曾在文章或詩歌中表現了對此事的嚮往。〔註45〕即便在文學創作方面，唐人對曹丕亦有褒語。此可見於陸龜蒙的評論：「雅當乎魏文，麗矣哉陳思」。〔註46〕

　　總之，唐人對曹丕的態度仍然是貶多於褒，褒揚者以文論與對文士的組織為主。唐人對曹丕評論之觀點簡要歸納如下：更注重曹丕作為文學家的成就，強調曹丕文學理論對風骨、文風的倡導之功，但貶低其創作實踐。這些評點針對曹丕的創作與行為，多採用靜態的觀點，故缺少歷史性綜覽，體會不到曹丕創作中重情感傾向，以及對六朝文學和唐代風骨之作的影響。

三、宋詩話的曹丕形象

　　唐代是文化多樣化的朝代，儒家正統觀念亦非強烈〔註47〕，故

〔註44〕　王勃，〈平臺秘略論・藝文三〉，參見《文淵閣四庫全書》，臺北：臺灣商務印書館，1986年版，第1065冊，頁132。

〔註45〕　楊永，《唐人論建安文學——建安文學研究學術史考察（唐代）》，鄭州：鄭州大學中國古代文學專業碩士學位論文，2005年，頁37～39。

〔註46〕　陸龜蒙，〈襲美先輩以龜蒙所獻五百言既蒙見和復示榮唱……用伸酬謝〉，收入（清）彭定求編：《全唐詩》，臺北：中華書局，1996年，卷617，頁3851。

〔註47〕　此所謂儒家正統觀念，主要指儒家「家國天下」之出世思想，因它引申出仁孝、忠義、氣節等道德觀念。中國古代歷史中，儒家思想擴大發展並能確立社會中主導地位以漢代與宋二個時期最為明顯，明清時期，儒學雖有發展，亦有相當重要地位，然漸脫離了儒學的社會性方面，故未能稱「主導」。此處主要參見錢穆《中國思想史》，臺北：學生書局，1988年，以下諸引文皆見此書此版本頁碼。錢穆的《中國思想史》評價秦漢時的思想時說：「新儒家，他們是先就融會儒道再融會百家的，……成就最大，對此後中國思想界影響最深。」頁85；評價宋明儒學時認為「有了宋明儒，佛學終真走上衰運，而儒家則另有一番新生命與新氣象。」頁171；而在評價唐代思想時說：「嚴格言之，南北朝隋唐，只是一佛學時代。」頁147。由此可見至

於對曹丕之貶抑中不乏褒揚。到了宋代，曹丕較少被提及，片言隻語
往往重貶抑之詞，褒語中則以評點其樂府詩辭爲主。文學批評愈發展
愈細緻，批評家之期待視野愈寬，批評方法愈近於客觀，故能發掘前
人所未見，得出新的結論。以對曹丕之評點而言，六朝人去丕不遠，
唐人重風骨而輕委婉，宋人多道德語，故以貶抑爲主要態度，間有褒
語，多指其文論與對文學提倡之功，實則有以偏蓋全之情形。

　　儘管宋代對曹丕的評價仍貶多於褒，但其在評價的面向與視角上
並不同於六朝與唐代。一方面，宋代評價曹丕更傾向於綜合性面向，
不同於六朝、唐代單單從文學創作、文論或者性格行爲方面展開評
價。另一方面，宋代理解曹丕的視角更爲細微，分析較深入，不同於
六朝、唐代的簡單引用與泛泛而談。而宋人對曹丕的評價多見於宋代
詩話，可見詩話在宋代文學批評中的價值。

　　宋詩話中曹丕形象首先是貶抑的，體現於宋人對曹丕其文學觀點
與實際創作的反差，從而顯示曹丕之空談與虛美不實。陳師道《後山
詩話》引曹丕「文以意爲主，以氣爲輔，以詞爲衛」觀點，然認爲曹
丕「不足以及此」，故不傳於後世。〔註48〕劉克莊《後村詩話》以曹
丕稱帝後對曹氏兄弟之「猜阻」「削奪」評價其〈善哉行〉詩「人生
如寄」句，以爲其漂泊之感實爲報應。〔註49〕而陳巖肖《庚溪詩話》
於批評曹丕時連帶批評了曹操，言父子二人「橫槊賦詩，雖遒壯抑揚，
而乏帝王之度」，實以二人之人生際遇評論二人之文學創作。〔註50〕

　　　於唐代非是儒家正統觀念主導的。
〔註48〕陳師道在《後山詩話》中說：「魏文帝曰：『文以意爲主，以氣爲輔，
　　　以詞爲衛。』子桓不足以及此，其能有所傳乎？」收入吳文治主編，
　　　《宋詩話全編》，南京：江蘇古籍出版社，1998年，冊2，頁1023。
　　　魏文帝爲曹丕帝廟號，子桓爲曹丕的字。
〔註49〕劉克莊在《後村詩話》中說：「及受漢禪，可與天下同樂矣。帝（曹
　　　丕）既猜阻鮮歡，而諸侯就封者，皆爲典識侵迫，多見削奪……是
　　　帝之憂至死未已，何時而可樂乎？」收入吳文治主編，《宋詩話全
　　　編》，南京：江蘇古籍出版社，1998年，冊8，頁8353。
〔註50〕陳巖肖，《庚溪詩話》，收入吳文治主編，《宋詩話全編》，南京：江

以上觀點代表了宋詩話之曹丕形象。曹丕或有高言宏論，或有華麗辭賦，但以其生命際遇論則「不足及此」，故顯虛偽與空談。這些觀點體現了宋人文學批評受儒家文學觀念之影響。以生命事跡評論文學創作正是孟子「知人論世」文學批評觀的體現，只是宋人用之太過，以至從歷史面向帶入了道德倫理面向，故值得商榷。

另外，宋詩話之曹丕形象還展現爲樂府詩創作者與文學家先驅。郭茂倩編《樂府詩集》不止一次提及曹丕，在〈秋胡行〉、〈折楊柳行〉、〈泛舟橫大江〉、〈秋夜長〉等樂府題解中都提出曹丕對詩題的創造性貢獻，而在〈十五〉、〈煌煌京洛行〉等題解中則指出曹丕樂府詩的重要特點，可歌，具音樂性，並側面展示了曹丕樂府詩在六朝時代的流傳。〔註51〕范晞文《對牀夜語》則認爲曹丕〈雜詩‧西北有浮雲〉與曹植〈雜詩‧轉蓬離本根〉爲「換韻之始」〔註52〕；曹丕〈善哉行〉「人生如寄」很深切地表達了人生興會漂泊的狀態，蘇軾亦曾十數次發類似之慨嘆。〔註53〕吳开《優古堂詩話》、吳曾《能改齋漫錄》都

蘇古籍出版社，1998年，冊3，頁2788。

〔註51〕參見郭茂倩，《樂府詩集》，臺灣：里仁書局，1999年。〈秋胡行〉於36卷，頁526；〈折楊柳行〉於37卷，頁547；〈泛舟橫大江〉於38卷，頁562；〈秋夜長〉於76卷，頁1071；〈十五〉於27卷，頁395；〈煌煌京洛行〉於39卷，頁582。

〔註52〕范晞文，《對床夜語》，收入吳文治主編，《宋詩話全編》，南京：江蘇古籍出版社，1998年，冊9，頁9282。

〔註53〕蘇軾詩集中共有九處用了「吾生如寄耳」句，分別是熙寧十年〈過雲龍山人張天驥〉：「吾生如寄耳，歸計失不蚤。故山豈敢忘，但恐迫華皓。」元豐二年〈罷徐州往南京馬上走寄子由五首〉：「吾生如寄耳，寧獨爲此別。別離隨處有，悲惱緣愛結。」元豐三年〈過淮〉：「吾生如寄耳，初不擇所適。但有魚與稻，生理已自畢。」元祐元年〈和王晉卿〉：「吾生如寄耳，何者爲禍福。不如兩相忘，昨夢那可逐。」元祐五年〈次韻劉景文登介亭〉：「吾生如寄耳，寸晷輕尺玉，清游得三昧，至樂謝五欲。」元祐七年〈送芝上人遊廬山〉：「吾生如寄耳，出處誰能必？」元祐八年〈謝運使仲適座上，送王敏仲北使〉：「聚散一夢中，人北雁南翔。吾生如寄耳，送老天一方。」紹聖四年〈和陶擬古九首〉：「吾生如寄耳，何者爲吾廬？無問亦無答，吉凶兩何如？」建中靖國元年〈鬱孤臺〉：「吾生如寄耳，嶺海

曾引曹丕〈柳賦〉，以證「睹木興歎」，見景生情之文學思想。〔註54〕
這些細枝末節的評論實則不能改變宋人心中曹丕「虛美」的形象，但
深入分析曹丕文學之成就，則豐富了曹丕的形象。

　　如果說宋詩話對曹丕「虛美」形象的評價，體現了宋代文學批評
觀念的特點，那麼對曹丕作品的評點則呈現了文學批評在宋代的發展
水準，不僅有觀念性的批評，亦關注到文學技巧與體裁等細枝末節問
題。士人對曹丕評論態度由貶抑到客觀之改變，甚至對其推崇，則要
到明清以後。明、清士人較重情感與詩歌體裁之變遷，故能於文論、
交遊外見曹丕在詩體、樂府等方面之貢獻，同時避免以政治、道德來
論文學，故能得曹丕之真昧。而隨著文學批評的發展，明代關於曹丕
的論述更多，這些評論亦會體現明代文學觀念，同樣也更明確地展現
曹丕的形象與成就。本文下一章便將針對明詩話中，與曹丕相關的論
說做歸納。

　　亦閒游。」在他的其他詩詞中還有許多類似「人生如寄」的語句，
　　如〈赤壁賦〉的「寄蜉蝣與天地」。參見蘇軾，《蘇東坡全集》，北京：
　　中國書店，1986 年。
〔註54〕分別參見吳开，《優古堂詩話》，第 23 條，收入吳文治主編，《宋詩
　　話全編》，南京：江蘇古籍出版社，1998 年，冊3，頁 2176～2177。
　　吳曾，《能改齋漫錄》，第 397 條，收入吳文治主編，《宋詩話全編》，
　　南京：江蘇古籍出版社，1998 年，冊3，頁 3092～3093。

第三章　明詩話對曹丕之論說

　　明代文學批評籠罩在復古的風氣之下，簡而言之便是「文必秦漢，詩必盛唐」。〔註1〕而明代之復古自然帶來兩個結果：一是文學批評的面向較廣，崇尚古人，故文學批評對歷代文學家，特別是宋以前的文學家，無不涉及；一是文學批評呈現出初步的歷史性趨向，各種文學觀念，尤其是各詩歌體裁形式，往往從出現至發展成熟，都是研究評論的範疇。因此，明代文學批評中呈現的歷代文學家形象，往往於歷史中定位，並被深入分析。明詩話中的曹丕形象正是這樣。曹丕，作爲建安文學的一份子與文學理論發展史上重要的文

〔註 1〕此觀點很有代表性地說明明代「七子派」文學復古論調，故如王運熙、郭紹虞等編著的經典文學批評史皆引此語用以評論李夢陽等人的觀點，參見王運熙、顧易生主編的《中國文學批評通史・明代卷》伍，臺北市：五南，1993 年，頁 149；郭紹虞著《中國文學批評史》，臺北：文史哲出版社，1989 年，頁 341。然而這名話並非出於李夢陽之口，亦非出於「七子派」任一人之口，而出自《明史・李夢陽傳》，說：「夢陽才思雄鷙，卓然以復古自命。弘治時，宰相李東陽主文柄，天下翕然宗之，夢陽獨譏其萎弱。倡言文必秦漢，詩必盛唐，非是者弗道。」另，《明史・文苑傳》還有一段相類的說法：「而李夢陽、何景明倡言復古，文自西京、詩自中唐而下，一切吐棄，操觚談藝之士翕然宗之。……李攀龍、王世貞輩，文主秦漢，詩規盛唐。王、李之持論，大率與夢陽、景明相倡和也。」參見張廷玉等編，《明史》，大陸：中華書局，1974 年，卷 286、285，頁 7348、7307。從其受肯定與流傳的廣度來看，這種觀點相當符合「七子派」的文學主張。

論家,其生平事蹟、文學創作、文論觀點等都是明詩話不止一次提到的內容。而明詩話對曹丕的評價,數量既多,觀點亦漸由貶抑而轉向銓衡,甚至褒揚。

首先是數量方面。以明詩話纂輯來說,吳文治主編《明詩話全編》是截止目前收集明詩話類作品最多的類書,不僅收錄已成書詩話一百二十多部,還蒐集七百二十二家的詩話著作。而據本文統計,其中涉及曹丕者共三十八家,二百多則。相比於明詩話總量,此固然是不值一提,然相較於明以前對曹丕之評論與評價,即便加計亡佚的部分,數量亦超出甚多,可見出明代士人對曹丕之重視。

其次是觀點表述上,明詩話亦多銓衡與褒揚語,不同於明代以前諸多貶抑語。明詩話對曹丕的評述將是本文的核心內容,故將於後面章節做詳細論述。因此,此段僅分別就曹丕生平、文學創作與文論觀點略論,以證明明詩話中的曹丕論述多褒揚語。楊慎在〈魏武帝父子不惑仙術〉中曾對曹操與曹丕詩進行評價:「二詩不信仙術,辟其怪誕,誠知道守正之言也。」〔註2〕楊慎不僅相信詩歌乃曹氏父子思想之真誠表達,亦以詩論人,得出褒揚的觀點。拋開對錯,其在評論方法、結論上都與宋詩話評價曹丕相反。關於曹丕之褒揚語,更多是在詩歌體裁形式的評論上。如許學夷,其《詩源辯體》不僅於〈世次〉中將曹丕與曹植、建安諸子分開〔註3〕,另成一世次,並以其為此世

〔註2〕楊慎:《升庵集》,卷 57,收入吳文治主編:《明詩話全編》,南京:
江蘇古籍出版社,1997 年,冊3,頁 2766。

〔註3〕許學夷的〈詩源辯體·世次〉是對詩歌發展時代逐一列舉,並做簡略
評點。其中,「建安」被當作一個時代,包括曹操、曹植與王粲、劉
楨等建安七子,「魏」亦被當成一個時代,曹丕是其代表。這種劃分
比較奇怪,若以生卒年論,因為建安七子中的多數死於建安二十二年
(見《三國志·魏書二十一》,西元 217 年),曹操死於建安二十五年,
應該被當成建安人,但是曹植死於魏明帝太和六年(西元 232 年),
此時曹丕亦於黃初七年(西元 226 年)離世,便不應該被當作建安時
代的人物了。或者說,如果曹植是「建安」世次的代表,曹丕亦應被
放入「建安」世次。許學夷將「魏」當作一個單獨的世次,並將曹丕
當成其代表,足見其對曹丕之看重。參見許學夷:《詩源辯體》,收入

次的代表。他還不止一次提及曹丕詩歌結構、用韻之開創之處。再如
鍾惺，其不僅褒揚曹丕之詩歌，亦認同其精神觀點。鍾惺《古詩歸》
卷七評曹丕〈豔歌何嘗行〉：「以豔起，以悲結。任眼底馳驅，享用人
心中，各有一段缺陷不自快處。顧眄搖曳，情態之妙，生於音節。」
〔註4〕而在評論曹植的〈聖皇篇〉時説：「世上俗惡人不足言，文帝一
肚文雅，有甄后爲之妻，陳思爲之弟，除卻骨肉，文章中亦宜有臭味，
而毫不能有所感動迴旋，眞不可解也！」〔註5〕妻人之妻，離除兄弟
的行爲顯然是醜行，鍾惺認爲，做出這種行爲的人所寫的文章也應該
有骯髒之氣，但曹丕做了這種行爲，卻能寫出文雅動情的作品，眞是
「不可解」。此處，鍾惺以曹丕有違道德的行爲，反襯出曹丕文章中
的正氣以及言詞之典雅。

　　上述評論一定程度上反映明詩話中的曹丕形象，同時亦體現了明
詩話中文學觀念的一些內涵：不以人而廢言，相對精細而全面地對待
詩人與詩歌。明詩話大量對曹丕的評價，以及對文學批評的精微化與
集中化，爲本文提供了切實的素材與基礎。本章是針對明詩話中有關
曹丕論説的部份做闡述，從才情與品級、本事與性格、文學作品以及
文學理論等四方面分別展開。詩話，原初便是關於詩人操行、軼事等
內容的彙聚，逐步發展成爲一種獨特的詩學形式，兼具有詩歌評論與
詩歌理論的特色。〔註6〕明詩話作爲詩話史上重要的過渡階段，自然

　　吳文治主編：《明詩話全編》，南京：江蘇古籍出版社，1997 年，冊 6，
　　頁 6043～6044。
〔註4〕吳文治主編：《明詩話全編》，南京：江蘇古籍出版社，1997 年），冊
　　7，頁 7328。
〔註5〕吳文治主編：《明詩話全編》，南京：江蘇古籍出版社，1997 年），冊
　　7，頁 7328。
〔註6〕蔡鎮楚論述詩話的表現對象（即內容）時便説：「中國詩話之體在其
　　演進的過程中大致經歷了兩個發展階段：其一曰『話』，以論事爲主，
　　講詩的故事，屬於狹義詩話階段；其二曰『論』，以論辭爲主，重在
　　詩歌評論，屬於廣義詩話階段。」可知，詩話內容包括詩（人）之事、
　　評詩、品詩（人）、建構詩學理論等內容，並且經歷以詩（人）事爲
　　主到以詩論爲主的過程。參見蔡鎮楚，《詩話學》，大陸：湖南教育出

包含了詩人操行、軼事、詩歌評點與詩學理論等方面的內容。據此，本章欲從此四個方面來展開對明詩話中曹丕論說的整理。

具體而言，人物評價方面包涵詩話中對曹丕進行的綜合性評價，主要是關於才情、品級高下等方面。本事，即「詩本事」之本事，主要是闡述明詩話中對曹丕生平、行事等所做的介紹與陳述，其中有一部份雖無史籍可考証，但仍反映明人對曹丕的某些觀點，故亦爲本文所採。文學作品部份係對明詩話中關於曹丕詩歌作品的評價部分作闡述，其中涉及到曹丕作品的風格特點、語言特點、文體詩格、詩歌流變與創作成就等各個方面。另外，文學理論是曹丕在文學上的重要貢獻，明人引用、學習以及推崇者頗多，故明詩話中有不少關於曹丕文學理論的評述與應用；綜此四方面內涵爲本章主要的內容。

第一節　才情與品級

中國古代文學批評中，品評詩人之高下起自於六朝時代鍾嶸的五言詩專論《詩品》，而《詩品》又受漢、魏時期九品論人的影響，將詩人分爲上中下三個品級加以鑒賞與品評。〔註 7〕一些詩話研究者將《詩品》視爲詩話之源頭，或認爲其爲第一部詩話〔註 8〕，其中重要的原因之一便是很多詩話往往具有品第的態度，或者對詩人詩歌、才情等方面進行臧否。而品評的態度是對詩人的綜合性論說，藉由定位詩人的地位、才情高下以及性格等方面，整體地呈現對一位詩人的看法。明詩話在此源流影響下，亦不乏涉及曹丕的評述，茲分述如下。

版社，1990 年，頁 93。
〔註 7〕郭紹虞，《中國文學批評史》，臺北：文史哲出版社，1989 年，頁 60：「《詩品》實在有兩重意義：一是取評選的態度；一是取品第的態度。」
〔註 8〕清何文煥編《歷代詩話》時，依各書成書朝代排列，而將《詩品》列爲首位，可知其視《詩品》爲第一部詩話。參見何文煥編，《歷代詩話》，北京：中華書局，1981 年，頁 1。

一、帝王身份文學才情

　　整體說來，明詩話認可曹丕的才情，並將之放在一個較高的位置上。大多數評論家都認爲，曹丕作爲一位帝王，實具有其他帝王所少有之才情與文學修養，如王世貞說：「自三代而後，人主文章之美，無過于漢武帝、魏文帝者。」〔註9〕王世貞之論還不夠精詳，皇甫汸、宋懋澄則更清楚的表達了這樣的看法。皇甫汸云：

　　　　《鄴中集》：楚襄王時有宋玉、唐景，梁孝王時有鄒、枚、
　　　　嚴、馬，遊者美矣，而其主不文。漢武時徐樂諸才，備應
　　　　對之能，而雄才多忌。若魏文妙思六經，逍遙百氏，延攬
　　　　文學，追思勝遊，愴啓路之南笳，傷從車於西蓋。〔註10〕

　　而宋懋澄云：

　　　　具神仙之才，故降而爲詞人，稚川、隱居、白叟類也；稟
　　　　帝王之資，復恍而爲文士，魏文、梁武、唐文皇也，是皆
　　　　有凡骨焉。……餘之才無能語下，然計於今，已不作人間
　　　　想，深心可以奉塵刹矣。回視昔年所爲詩文，皆血氣之餘
　　　　耳聊。豈血氣而足語上哉？存之以語下而已。〔註11〕

曹魏之都城在鄴，故曹丕、曹植、建安七子等又稱爲鄴下文士。曹丕曾有《鄴中集》傳世。〔註12〕皇甫汸談到《鄴中集》時做上述評論，不僅用鄴中文士集遊這件事來說明曹丕「延攬文學」的功業，亦對曹丕的才情特點：「妙思六經」、「愴」、「傷」做了說明。「妙思六經」強調曹丕文學思辨性特點，且這種思辨性是對經典的奇妙思辨；「愴」、「傷」都指稱曹丕文學的情感特徵，並提示這些情感是因傷文友之逝

〔註9〕王世貞，《藝苑巵言》卷8，《明詩話全編》（南京：江蘇古籍出版社，
　　　　1997年）冊四，頁4303，第410則。以下再次引用《明詩話全編》
　　　　不再註明出版資料，僅註明冊數及頁數。

〔註10〕皇甫汸，《解頤新語》，《明詩話全編》冊三，頁3249，第35則。

〔註11〕宋懋澄，《九籥集》卷2〈九籥集文序〉，《明詩話全編》冊七，頁7153，
　　　　第2則。

〔註12〕《鄴中集》現已經佚失。謝靈運有《擬魏太子鄴中集》詩八首，可
　　　　知此確爲曹丕的作品，且編輯在黃初元年以前。參見《謝康樂集》，
　　　　臺北：臺灣商務印書館，1976年，頁41～44。

而起。而宋懋澄在其個人作品集文序中以曹丕做爲例子說明自己文學之好惡：崇尚具「神仙之才」的詩人，亦願意與雖有「凡骨」但才情上乘的人相交友、論詩。從「深心可以奉塵刹」（內心裏已經空寂如佛）之語來看，宋懋澄所謂的「神仙之才」，實爲禪心與悟性，最重要在能不流俗。在宋懋澄看來，曹丕雖有「凡骨」，卻以帝王之姿而做文士事業，可以相交、共論。可見宋氏對曹丕的看法，雖非有超脫俗世之才情，亦在上品之列；而其對曹丕之推崇亦當在其情性方面，而非帝王身份。與皇甫汸、宋懋澄一樣，沈鍊亦肯定曹丕的文學才情，但認爲曹丕之才情在於帝王驅馳四方而生的聲氣。沈鍊云：

> 藝文之與韜鈐，豈遠也哉！昔曹氏父子，驅馳四方，往往於鞍馬間橫槊賦詩，余嘗壯其聲氣。既彼雖非德義君子，其才藻殊絕，淹通廣騖，亦足稱也。其後有劉越石遭晉室倥傯之時……比之書生學士，揣摩聲韻之末流，研練於章句者既自不同，而後世專名之家亦復不能過。〔註13〕

沈氏在爲軍中好友文集作序時做上述評論。曹氏父子，即曹操、曹丕。〔註14〕在沈氏看來，曹丕，與父親、劉琨（劉越石）等多有豪壯詩作的人一樣，頗有一些豪壯的才情與創作。另外，對曹丕才情的整體性看法還體現在一些不經意間提及曹丕的觀點中。胡應麟《詩藪雜編》的「遺逸」部分認爲「六朝前，人主諡文者凡四……諡文皆無忝」：諡文的帝王皆無愧於「文」的諡號，具有相當高的文學才情。曹丕諡魏文帝，胡應麟提及時言「子桓無論」，更認爲曹丕的文學才情不言而喻地高。〔註15〕可見，在胡應麟看來，曹丕是帝王中，少見的具有才情與文學修養者。

〔註13〕沈鍊，《青霞集》卷1〈刻劉揮使蒿序〉，《明詩話全編》冊四，頁3603，第3則。

〔註14〕此處曹氏父子，父爲曹操無疑問，子當爲曹丕，因爲曹丕不僅爲魏王，人生中亦經常隨父親出征，或自作征伐，且有不少行軍之詩作。

〔註15〕胡應麟，《詩藪雜編》卷3，《明詩話全編》冊五，頁5671，第1156則。

二、對建安「揚植抑丕」之看法

　　三曹父子孰優孰劣？曹丕的才情究竟高或低於建安時期的其他詩人？答案從晉朝開始看法便相當分歧。鍾嶸的《詩品》將曹植列為上品，曹丕列為中品，曹操列為下品。劉勰則看法稍有不同，他說：

> 魏文之才，洋洋清綺，舊談抑之，謂去植千里，……但俗情抑揚，雷同一響，遂令文帝以位尊減才，思王以勢窘益價，未為篤論也。〔註16〕

鍾嶸的觀點與劉勰「舊談抑之」的說法都可證，揚植抑丕，在六朝時代是相當流傳的看法。劉勰雖沒有明說曹丕、曹植誰較具才情，但從他不支持時人「去植千里」的看法，甚至認為曹丕的才情是因「位尊」而被低估；曹植的才情則因「勢窘」搏得同情而被高估的說法來看，可了解他認為兩人各有擅長。

　　明詩話中對此問題仍未有定論。推崇曹丕的、貶抑曹丕的都有。其中王世貞、胡應麟和許學夷三人由於具有傳承關係，但看法卻不盡相同，且論述較詳細，因此以他們三人的看法為代表來進行論述。王世貞對曹丕、曹植兩人在樂府創作的立場是「揚丕抑植」：

> 曹公蒼蒼，古直悲涼；子桓小藻，自是樂府本色。子建天才流麗，雖譽冠千古，而實遜父兄。何以故？材太高，辭太華。〔註17〕

王世貞認為曹操、曹丕的樂府近古質樸，曹植則辭藻太過浮華，因此雖然千古以來多數人稱頌曹植，但曹植實在是比不上曹操、曹丕的。胡應麟則認為大體上曹丕是遜於曹植的。他說「子桓、……，以詞勝者也；公幹、……以氣勝者也；兼備兩者，唯獨陳思。」〔註18〕又說

〔註16〕劉勰著，周振甫注，《文心雕龍注釋》〈才略〉，臺北：里仁書局，1984年，頁863。

〔註17〕王世貞，《藝苑卮言》卷3，《明詩話全編》冊四，頁4222，第146則。

〔註18〕胡應麟，《詩藪內編》卷2，《明詩話全編》冊五，頁5455～5456，第115則。

「建安首稱曹、劉。……八斗之稱，良非溢美。」〔註19〕「陳王在魏，自當獨步。」〔註20〕這明顯是認爲曹植較曹丕優秀。但這並非指曹植在各方面都勝過曹丕。胡應麟說「三曹，魏武太質，子桓樂府《雜詩》十餘篇佳，餘非陳思比。」〔註21〕又說「《卮言》謂子建冠譽千古，實遜父兄，論樂府也，讀者不可偏泥。」〔註22〕明確可知，胡應麟亦認爲在樂府方面，曹丕是勝過曹植的。許學夷的看法與王、胡不同。他說：

> 王元美（世貞）云：「曹公莾莾，……辭太華。」愚按：元美嘗謂子桓之〈雜詩〉二首、子建之〈雜詩〉六首可入《十九首》，而此謂子建才太高、詞太華而實遜父兄。胡元瑞（應麟）謂論樂府也。然子建樂府五言，較漢人雖多失體，詳論於後實足冠冕一代。若孟德〈薤露〉、〈蒿裡〉是過於質野，子桓〈西山〉、〈彭祖〉、〈朝日〉、〈朝遊〉四篇，雖若合作，然〈雜詩〉而外，去弟實遠，謂子建實遜父兄，豈爲定論？〔註23〕

由許學夷這段評論可知他不認同兩人的看法。因爲王世貞曾說過曹丕的〈雜詩〉二首和曹植的〈雜詩〉六首可混入《十九首》而不能分辨〔註24〕，這代表王世貞認同曹植和曹丕的詩皆古直質樸，和漢詩相似，但他卻又批評曹植「辭太華」，前言後語自相矛盾，故以此

〔註19〕胡應麟，《詩藪內編》卷 2，《明詩話全編》冊五，頁 5458，第 134則。

〔註20〕胡應麟，《詩藪內編》卷 2，《明詩話全編》冊五，頁 5566，第 738則。

〔註21〕胡應麟，《詩藪內編》卷 2，《明詩話全編》冊五，頁 5458，第 133則。

〔註22〕胡應麟，《詩藪內編》卷 2，《明詩話全編》冊五，頁 5461，第 149則。

〔註23〕許學夷，《詩源辯體》卷 4，《明詩話全編》冊六，頁 6103～6104，第 185 則。

〔註24〕原文爲「子桓之〈雜詩〉二首，子建之〈雜詩〉六首，可入《十九首》不能辨也。」王世貞，《藝苑卮言》卷 3，《明詩話全編》冊四，頁 4223，第 156 則。

理由說曹植「實遜父兄」是不成立的。至於胡應麟雖將範圍侷限在
樂府，但曹操的樂府過於「質野」；而曹丕除了〈雜詩〉尚可和曹植
相提並論外，其他的則都和曹植相距甚遠。由此可知，許學夷認為：
三曹之中，曹植應居首位。曹操和曹丕誰居次呢？許學夷亦提出看
法，他說：

> 鍾嶸云：「曹公古直，甚有悲涼之句，叡不如丕，亦稱三祖。」
> 按：嶸《詩品》以丕處中品，曹公及叡居下品。今或推曹
> 公而劣子桓兄弟者，蓋鍾嶸兼文質，而後人專氣格也。然
> 曹公才力實勝於桓。〔註25〕

許學夷認為，評比的結果會隨當時的評比標準而有所差異。鍾嶸的標
準在同時考量「文質」，所以曹丕的品級在前，曹操在後；當代人則
著重「氣格」，因此將兩人的地位調換過來。他個人的看法則為曹操
的才能文力實際上是勝過曹丕的。綜合許學夷的論述可知，其對曹丕
的評價和王世貞、胡應麟相比是相對較低的。但值得注意的是，他對
曹丕的〈雜詩〉仍是抱持著高度的肯定。

　　歸納上舉王世貞的評論、胡應麟的補充和許學夷的辯駁可看出：
曹丕才情與曹操、曹植相較，究竟孰高孰低，自晉以下千年，仍意見
分歧，眾說紛紜，並無定論。

　　除此之外，從曹丕與建安七子的比較中仍可看到類似三曹相比的
紛爭情形。王世貞認為曹丕之才情遠在王粲、劉楨等七子之上，在其
詩話專著《藝苑卮言》中不止一次表達了這一觀點。王世貞對曹丕的
〈雜詩〉、〈燕歌行〉評價甚高，云「子建『謁帝承明廬』、『明月照高
樓』，子桓『西北有浮雲』、『秋風蕭瑟』，非鄴中諸子可及，仲宣（王

〔註25〕許學夷，《詩源辨體》卷 4，《明詩話全編》冊六，頁 6103，第 184
　　　　則。許學夷所引鍾嶸的話見於《詩品》，是鍾嶸對曹操、曹叡的評價，
　　　　參見鍾嶸著，汪中選注，《詩品注》，臺北：正中書局，1969 年，頁
　　　　221。鍾嶸的這段評論亦被鍾惺引用、同意，原文為「評曰：魏武帝、
　　　　魏明帝曹公古直，甚有悲涼之句，叡不如丕，亦稱三祖。」參見鍾
　　　　惺，《砅評詞評靈蛇二集》精集三，衡品下，《明詩話全編》冊七，
　　　　頁 7486，第 38 則。

粲)、公幹(劉楨)遠在下風。」〔註26〕而在評論曹丕的〈雜詩〉時
亦言及「若仲宣、公幹,便覺自遠。」〔註27〕王粲與劉楨二人實爲建
安七子中最具才情的詩人。〔註28〕王世貞認爲二人遠不及曹丕,可見
其對曹丕才情的評價之高。

胡應麟亦有對曹丕與王粲、劉楨做比較。首先他在論及曹丕身爲
帝王卻擁有少見的文學才華時言:「魏稱曹劉,然文帝,曹劉匹也。」
〔註29〕此處曹指曹植,劉指劉楨,即:曹丕的才華是能與「曹劉」相
匹敵的。由此觀之,胡氏似乎認爲曹丕與劉楨處同一品級,事實上,
曹丕相「匹」者乃是曹植。若僅與劉楨相較,胡應麟認爲曹丕在劉楨
之上。胡氏評論鍾嶸《詩品》「陳思魏邦之傑,公幹、仲宣爲輔」〔註
30〕的觀點時說「亦頗得之。然公幹、仲宣非魏文比。」〔註31〕可見
其觀點是曹丕才情在劉楨、王粲之上。胡氏具體論及詩作時則亦有相
應之觀點,且分析要精細得多。其云:

> 子桓「去去勿復陳,客子常畏人」等句,詩流率短其才,
> 然此實漢人語也。他如黎陽於醮孟津、廣陵、玄武諸作,

〔註26〕王世貞,《藝苑巵言》卷 3,《明詩話全編》冊四,頁 4222,第 148
　　　則。

〔註27〕王世貞,《藝苑巵言》卷 3,《明詩話全編》冊四,頁 4223,第 156
　　　則。

〔註28〕這種觀點在六朝時廣泛流傳,鍾嶸《詩品‧序》便有「降及建安,
　　　曹公父子,篤好斯文;平原兄弟,鬱爲文棟,劉楨、王粲,爲其羽
　　　翼。」參見鍾嶸著,汪中選注,《詩品注》,臺北:正中書局,1969
　　　年,頁 8。劉勰《文心雕龍‧才略》將王粲作爲「七子之冠冕」,參
　　　見劉勰著,周振甫注,《文心雕龍注釋》〈才略〉,臺北:里仁書局,
　　　1984 年,頁 863。

〔註29〕參見胡應麟,《詩藪內編》卷 2,《明詩話全編》冊五,頁 5454,第
　　　107 則。

〔註30〕《詩品》的原文應爲「陳思建安之傑,公幹、仲宣爲輔。」胡應麟
　　　誤寫爲「魏邦」。參見鍾嶸著,汪中選注,《詩品注》,臺北:正中書
　　　局,1969 年,頁 13。楊祖聿,《詩品校注》,臺北:文史哲出版社,
　　　1981 年,頁 2。

〔註31〕胡應麟,《詩藪外編》卷 2,《明詩話全編》冊五,頁 5558,第 682
　　　則。

句格縱橫，節奏繽密，殊有人主氣象。高古不如魏武，宏
贍不及陳思，而斟酌二者，政得其中，過仲宣、公幹遠甚。
惜昭明皆置不錄。〔註32〕

胡氏將曹丕放回到建安時期之中加以評價，認爲其作品頗似漢人詩
作，有意製作，而少帝王之句，無曹操之高古，無曹植之宏贍，但
才情在王粲、劉楨之上。胡氏之觀點的標準在於高古與宏贍，即詩
歌之格調與創作體裁、作品數量的多樣性。馮復京的觀點稍有不同，
他說：

文帝〈善哉行〉、〈丹霞蔽日〉等，得靈氣於厥考，而加之
綺藻，〈燕歌行〉，啓緣情於齊梁，而無傷大雅。五言〈芙
蓉池〉，文勝質，故梁世推美。黎陽于醮孟津廣陵玄武，質
勝文，故近代始重。雜詩兩首，雖謝漢人，可以對揚厥弟，
篤而論之，必在劉王文學之上。〔註33〕

馮氏不僅肯定了曹丕才氣在劉楨、王粲等人之上，亦具體分析了他多
首作品，指出其才情所在處爲文藻與情感。這顯然與胡應麟品評曹丕
的標準不一樣。胡應麟的看法是曹丕之才情較高，因爲其詩作詩格高
且製作繽密，在文學品級上可與曹植相「匹」；馮復京則認爲，曹丕
之優點不僅在於文采之麗，更在於詩作感情之豐富。兩人以不同視角
對曹丕做評斷，卻一致得到肯定曹丕才情之結論，並皆明確指出曹丕
品級當在劉楨、王粲之上。當然，亦有人不認同此種看法，如許學夷
便認爲：

子桓五言，在公幹、仲宣之亞。鍾嶸詩品以公幹、仲宣處
上品，子桓處中品，得之。元瑞謂子桓過公幹、仲宣甚遠，
予未敢信。〔註34〕

〔註32〕胡應麟，《詩藪外編》卷 1，《明詩話全編》冊五，頁 5551，第 642
　　　則。
〔註33〕馮復京，《說詩補遺》卷 2，《明詩話全編》冊七，頁 7198，第 160
　　　則。
〔註34〕許學夷，《詩源辨體》卷 4，《明詩話全編》冊六，頁 6104，第 188
　　　則。

許學夷明白的表示他支持鍾嶸「曹丕在劉王之下」〔註35〕的觀點,並反對胡應麟「子桓過公幹、仲宣甚遠」之說。但許氏並沒有像胡、馮兩人明確的說明係以何種標準來做此推論,更值得注意的是他贊同曹丕列中品。七子中,扣除有爭議的孔融之外,劉、王列上品,徐幹、阮瑀列下品,其餘二子詩品中未列。由此可推論,許學夷認同鍾嶸的品評標準,認爲曹丕文采應在其餘四子之上,這也可視爲其對曹丕才情的一種肯定。

綜合來說,明詩話對曹丕在建安時代品級的高低並無定論。持較高品評者認爲,曹丕處於建安時代,卻能具有近於高古的詩格,且其詩作重情感,文采綺麗,開啓詩歌之六朝緣情時代;持反面看法者則理由較爲籠統,僅陳述曹丕品級較低的結論。雖然曹丕的才情與建安時期文人相較,究竟該列上品或下品並未有共識,但其樂府較其他作品更獲重視,相較於同時期樂府創作中,可居於上品,則是無疑的。

第二節　性格與行事

詩話,早期以講述詩人佚事、詩歌本事爲主要內容,且多以與詩話作者時代相近的詩人爲主。明詩話自然較多談論明代詩歌本事、詩人佚事的內容,然因明代文學批評中復古論調盛行,故在談論明代詩人的同時對明代之前的詩人亦多有涉及,曹丕便是一例。明詩話中關於曹丕的論說中,涉及曹丕一生的事件有不少論述,例如對曹植的相忌壓迫、強占甄后後又聽信讒言賜其死的好色寡情等,皆有相當評論,顯現了明人眼中曹丕的性格特徵。本節便對這類內容加以爬梳,並闡述明詩話中曹丕之性格特點。

〔註35〕鍾嶸的《詩品》中說劉楨「自陳思以下,楨稱獨步。」說王粲「方陳思不足,比魏文有餘。」將兩人列於上品,曹丕列於中品,可明顯的看出他「曹丕在劉王之下」的觀點。說劉楨、王粲處參見鍾嶸著,汪中選注,《詩品注》,臺北:正中書局,1969年,頁81。

一、嫌忌曹植

　　明詩話對曹丕人生事件的論說，首先是關於其與弟弟曹植之間的種種糾葛。曹植一生的失落壓抑都與曹丕有密切關係，具體來說，曹丕被立爲太子、繼魏王位並代漢後「遣諸侯就國」等事是重要原因。〔註36〕明詩話往往以曹丕「嫌忌」曹植，對其多有指責。

　　胡應麟、許學夷的觀點是對曹丕行爲的直接評述。首觀胡應麟評價建安時期曹魏氏對文學的獎掖時有言：

　　　魏武朝攜壯士，夜接詞人，崇獎風流，鬱爲正始。……

　　　子桓猜忌彌深，二丁駢首，子建幾希，皆幸中之不幸也。

　　　　〔註37〕

以胡氏看來，儘管曹丕與魏武一樣有獎掖文士之行，然對曹植及曹植相友之士則「猜忌彌深」，此猜忌是曹魏氏獎掖文士行爲的污點。至於許學夷則認爲曹植的五言詩在建安時期妙絕，從而反對曹丕「劉楨的五言詩妙絕當時」的觀點〔註38〕，並解釋說：「以兄弟相忌故耳」。〔註39〕上舉胡應麟之觀點側重於說明：曹丕在政治方面嫌忌曹植，故剪除其黨羽，並對其進行政治迫害；許學夷則指出即使在文學批評方面，曹丕亦因心存嫌忌，所以故意抬高劉楨五言詩的評價，貶低曹植。

　　曹丕「建安七子」之說亦被當成嫌忌曹植之證據。曹丕於《典論‧論文》中指出，建安時文學之士以七子爲優，七子分別是王粲、孔融、

〔註36〕此爲曹丕即位後處理宗親之政策，令諸侯居於封地，無故不得朝進京師，至於參與國政，施展抱負更是不可能。任城王曹彰因此鬱鬱而終，曹植亦因此而落落寡歡。參見〔晉〕陳壽撰，《三國志‧魏書》〈任城陳蕭王傳第十九〉，北京：中華書局，1959年，頁556～557、561等處。

〔註37〕胡應麟，《詩藪外編》卷1，《明詩話全編》冊五，頁5552，第649則。

〔註38〕曹丕評價劉楨的話見曹丕〈又與吳質書〉，言：「公幹五言，詩之善者，妙絕當時」，見《三曹集》，長沙，嶽麓書社，1992年，頁162。

〔註39〕許學夷，《詩源辯體》卷4，《明詩話全編》冊六，頁6107，第198則。

劉楨、徐幹、陳琳、阮瑀、應瑒，此七人便是後世所謂「建安七子」。曹丕這一觀點在明代受到胡應麟、許學夷等詩評家的質疑。他們認為，七子之說於建安時便存在，然建安時代所說的「建安七子」並無孔融，而應是曹植。推究原因，曹丕改曹植為孔融，正表明其嫌忌弟弟。許學夷談此事時，說：

> 故魏自文帝為五官中郎將，植與粲等六人實為建安七子。
> 然文帝《典論》論七子之文無曹植有孔融者，元瑞以為弟
> 兄相忌故也。或即以融與粲等為七子，而遺植，非矣。謝
> 靈運〈擬魏太子鄴中集詩〉時文帝未為太子，及李於鱗〈代
> 從軍〉、〈公讌詩〉，皆有植無融。〔註40〕

許學夷舉了謝靈運、李於鱗的詩作來證明曹植應在七子之中，這表示他同意胡元瑞的說法：曹丕於七子中列孔融而去曹植，是「弟兄相忌故也」。若將「相忌」改為「嫌忌」則更傳神、準確，因為曹丕是主動者。同樣指出曹丕改動了建安七子的還有楊承鯤。他在其文編中首先說明七子中有孔融的說法是承襲曹丕而來，真正歷史上的建安七子應為曹植、劉楨等七人，他並舉了《陳壽志》及《鄴中集》作為七子中並無孔融而是曹植的例證，進而評論曹丕更動置換建安七子之舉是因為嫉妒曹植。他說：

> 世無建安七子集，范司馬彙七子集而冠以孔融，宗『典論』
> 也，非『建安七子』。案《陳壽志》，敘陳思以下至於公幹
> 七人，而謝靈運作及《鄴中集》詩，亦列仲宣等七子，從
> 史也，是為建安七子。……子桓作《典論》而不及厥弟，
> 至修、儀輩，稍涉恭怨，亦黜不錄。嘻！妬哉！〔註41〕

〔註40〕 許學夷，《詩源辯體》卷 4，《明詩話全編》冊六，頁 6105，第 191
　　　　則。元瑞，胡應麟的字。現存並無胡應麟直接談曹丕「建安七子」
　　　　之說正誤的記錄，相近的意思見《詩藪外編》「曹氏弟兄相忌，他不
　　　　暇言，止如楊權藝文，子桓《典論》絕口不及陳思；……」，參見胡
　　　　應麟，《詩藪外編》卷 1，《明詩話全編》冊五，頁 5554，第 656 則。
〔註41〕 楊承鯤，《碣石編》卷下〈建安七子序〉，《明詩話全編》冊六，頁 6658，
　　　　第 4 則。

妒，即「妒」，見忌之意，可見楊承鯤的觀點與胡、許二人相同。明詩話還從曹植的心態來評述曹丕的嫌忌。王世貞說：

> 循覽往匠，良少完終，爲之愴然以慨，肅然以恐。囊與同人戲爲〈文章九命〉：一曰貧困，二曰嫌忌，……〔註42〕

> 二嫌忌。……曹植見忌文帝。……〔註43〕

王世貞的觀點具一定典型性：曹植因受到曹丕的嫌忌，故命運不順，才能於文學創作中表現出優秀才華。因此，明詩評家分析曹植作品時認爲其內容主要是抒寫命運之乖舛，其創作心態是壓抑的，而它們都起於曹丕的嫌忌。徐獻忠《樂府原》中對曹植作品的分析，便是其中代表。徐氏說：

> 野田黃雀行（置酒高殿上）　此陳思王辭……子建在東阿享有國土，因置酒而爲此歌，言其別無外慕之意，亦以安文帝之心也。〔註44〕

> 當墻欲高行郭增（曹植）　子建平生不得於文帝，故爲此辭，以其見疏，由於衆口也。〔註45〕

> 遠遊（子建）……子建在當時大爲文帝所嫉，因感於屈子之致而爲此篇。……志已不在人間，嫉妒亦將何所施耶？此其微意也。〔註46〕

徐氏認爲：這些詩歌或故作解脫，或書心中之委曲，但其創作動機都是針對曹丕之嫌忌的，希望能擺脫嫌忌，受到重用。可見，曹植這些作品的創作心態是受嫌忌後的壓抑，創作原因是「平生不得於文帝」，「爲文帝所嫉」，而創作的內容與目的是「感於屈子之致」，以「安文帝之心」。

〔註42〕王世貞，《藝苑巵言》卷8，《明詩話全編》冊四，頁4311，第441則。

〔註43〕王世貞，《藝苑巵言》卷8，《明詩話全編》冊四，頁4312，第443則。

〔註44〕徐獻忠，《樂府原》卷9，《明詩話全編》冊三，頁3060，第127則。

〔註45〕徐獻忠，《樂府原》卷14，《明詩話全編》冊三，頁3078，第219則。

〔註46〕徐獻忠，《樂府原》卷14，《明詩話全編》冊三，頁3081，第236則。

　　需要說明的是，明詩話所論曹丕對曹植之態度僅止於「嫌忌」，而未至於「迫害」。這可從明詩話論述流傳甚廣的〈七步詩〉之態度中略見一二。明詩話中提及〈七步詩〉處有二，一為討論其內容，認為當以《世說新語》所言為對；一作為本事詩討論，最後云：「帝（曹丕）深有慚色」。〔註47〕二種都沒有對曹丕進行嚴詞指責，其中曹丕之「慚」似乎還為曹丕進行辯白：曹丕心「慚」，說明曹丕本人內心道德感的存在。

二、無義於甄后

　　嫌忌曹植外，明詩話論曹丕人生還包括了對甄后的無義。無義指曹丕無視甄后的忽略，更指對甄后先喜終棄的負心。《三國志》載：「甄后，中山人，本為袁紹之子袁熙妻，袁紹敗後由曹丕納為夫人，生魏明帝及東鄉公主，黃初元年被封為皇后，二年六月被賜死。」〔註48〕明詩話言甄后生平、性情甚詳。楊慎談論〈甄后塘上行〉時說：

> 甄后，中山無極人，為魏文帝后。其後為郭貴嬪譖賜死，臨終作此詩。魏明帝初為王時，納虞氏為妃，及即位，毛氏有寵而黜虞氏，卞太后慰勉之，虞氏曰：「曹氏自好立賤，未有能以令終，殆必由此亡國矣。」其後郭夫人有寵，毛氏愛弛，亦賜死。魏之兩世家法如此。虞氏亡國之言良是。〔註49〕

〔註47〕一見於陸深《詩話》，有「當以《世說新語》為核」之論，《明詩話全編》冊三，頁2152，第2則；一為王昌會，《詩話類編》，寫道：「文帝嘗欲害陳思王曹植，以其無罪，令七步中作詩，不成者行大法。植應聲便為詩曰：『煮豆持作羹，漉豉以為汁。萁向釜中泣：本是同根生，相煎何太急！』帝深有慚色。」，《明詩話全編》冊八，頁8024～8025，第250則。

〔註48〕參見〔晉〕陳壽撰，《三國志‧魏書》〈后妃傳〉，北京：中華書局，1959年，頁159～164。

〔註49〕楊慎，《升庵詩話》卷1，《明詩話全編》冊三，頁2582，則49。楊慎文中《樂府》當指郭茂倩編《樂府詩集》，其中認為作者是曹操，但不否定有甄后創作此詩的可能，而且所錄此詩比之楊慎所錄簡短並拖遝重複，確如楊慎言「詞義之善，無如此錄之完美」。此詩情辭義具在，是樂府中的優秀作品。參見宋郭茂倩編《樂府詩集》，北京：

王昌會述甄后生平云：

> 魏文昭甄皇后，明帝母也。九歲善書，視字輒識。袁紹據
> 鄴，中子熙納焉。及曹操破紹，文帝私納爲夫人，後爲郭
> 后，譖死。臨終詩云：……〔註50〕

比較歷史記載與楊、王之述可知，楊、王所述甄后之籍貫、生平、身
份與史實皆相同，值得留意之處有二：一是認爲甄后被「賜死」的原
因是曹丕聽信郭后的譖言；二是「善書」，有文學創作樂府詩〈塘上
行〉留世。這樣的改動讓甄后成爲一面鏡子：她的有才及悲慘遭遇反
襯出曹丕的無行。鍾惺亦說：「世上俗惡人不足言，文帝一肚文雅，
有甄后爲之妻，陳思爲之弟，除卻骨肉，文章中亦宜有臭味，而毫不
能有所感動迴旋，眞不可解也！」〔註51〕表達了他對曹丕對待甄后無
義、嫌忌兄弟頗有微詞。

　　另外，王昌會還以甄后爲曹植〈洛神賦〉之原型，說：

> 初，陳思王求甄逸女不遂，太祖回，與五官中郎將。植殊
> 不平，晝思夜想，廢寢與食。黃初中，入朝，帝示甄后玉
> 鏤金帶枕，植不覺泣下。時已爲郭后讒死，帝意亦尋悟，
> 因令太子留宴飲，仍以枕齎植。植還，息洛水上，感而入
> 夢。植悲喜不能自勝，因作賦，名曰〈感甄〉。……後明帝
> 見〈感甄賦〉，改〈洛神賦〉。〔註52〕

王昌會認爲，曹植在甄后嫁予曹丕前便喜歡她，還曾追求她，但未能
如願；〈洛神賦〉本名爲〈感甄〉，是曹植思念被讒死的甄后所作。這
篇賦的創作過程中，曹丕不僅棄甄后於前，亦於甄后死後用亡者來折
磨曹植，以其爲話題，充分展現了一個寡情無義、刻薄的當權者角色。
這裡雖沒有明確評價曹丕，卻給予曹丕最低劣之描摹。但這顯然是附

中華書局，1979 年，頁 521〜522。

〔註50〕王昌會，《詩話類編》卷 12〈宮詞〉，《明詩話全編》冊八，頁 8255，
　　　　第 890 則。

〔註51〕鍾惺，《古詩歸》卷 7，《明詩話全編》冊七，頁 7328，第 34 則。

〔註52〕王昌會，《詩話類編》卷 4〈帝王上〉，《明詩話全編》冊八，頁 8025，
　　　　第 251 則。甄逸，甄后之父親，陳思王即曹植。

會，因為曹丕娶甄后為妻時曹植未過十歲，情愫之說實太牽強，不足
為信。〔註53〕對甄后生平的改動、關於甄后曹植關係的附會，都說明
明詩話在甄后問題上對曹丕之看法：以甄后之可貴反襯曹丕是無德君
主，是一位無義近乎刻薄、不識才女的當權者。而前述楊慎升庵詩話
載虞氏指責魏明帝的話：「曹氏自好立賤」亦可用於批判曹丕。謝榛
則以甄后之死指責曹丕之言行不一，他說：

> 魏文帝〈猛虎行〉曰：「與君結新婚，託配於二儀。」甄
> 后被讒而死。……予覽此數事，以為行不顧言之誠。
> 〔註54〕

曹丕詩中之「君」未必是指甄后，謝榛對曹丕言行不符的非議亦值得
商榷。然而，謝榛依據他人之敘述認為甄后死因為「被讒而死」，亦
反映出他同樣認為曹丕負心、無義的看法。

三、政事及其他

明詩話關於曹丕之政事有所論及，且皆舉詩比附其政事。譚浚說：

> 曹丕，子桓，稱文帝。靈運曰：「論物靡沉浮，羅縷豈闕詞。」
> 《正宗》云：「〈芙蓉池詩〉，何異秦二世。」〔註55〕

此處從曹丕詩歌的內容與風格推斷其人行事，以為曹丕享樂於物，不
理於政。王世貞亦有對曹丕政事行為之論說：

> 讀子桓「客子常畏人」，及答吳朝歌、鍾大理書，似少年美
> 資負才性，而好貨好色，且當不得恒享者。桓靈寶技藝差
> 相埒，而氣尚過之。子桓乃得十年天子，都所不解。〔註56〕

〔註53〕《三國志》言甄后「及冀州平，文帝納後於鄴。」曹操破袁紹，平冀州
　　　　是在建安五年，西元200年。曹植生於漢獻帝初平三年，西元192年。
　　　　可知，曹丕納甄后時曹植不過九歲，此時便求偶，未免荒唐。以上參見
　　　　晉陳壽撰，《三國志‧魏書》〈武帝紀第一〉、〈后妃傳第五〉、〈任城陳蕭
　　　　王傳第十九〉，北京：中華書局，1959年，頁20、160、559等。
〔註54〕謝榛，《詩家直說》卷1，《明詩話全編》冊三，頁3125，第50則。
〔註55〕譚浚，《說詩》卷下《明詩話全編》冊四，頁4075，「人物‧魏人」。
〔註56〕王世貞，《藝苑卮言》卷3，《明詩話全編》冊四，頁4223，第154
　　　　則。

王世貞認為讀曹丕詩作可想見其才情性格：具才情，但性格「好貨好
色」，致使難長駐皇帝之位。王世貞批評曹丕之享樂，同時卻認為與
漢桓帝、靈帝相比，曹丕似乎不該只有十年皇帝命，從而懷疑以詩歌
比附政事的可靠性。對曹丕政事之評述並不全是貶語，亦有褒詞，認
為曹丕或無曹操之雄才，然絕非「庸王」。鍾惺評價〈雜詩〉〈西伯有
浮雲〉時，認為此詩非曹丕作，因為：「檢魏文集，且無此詩，不知
使臣，憑何編錄，且魏文雄才智略，本非庸王，如何有此一篇，示弱
於孫權，取笑於劉備。」〔註57〕〈雜詩〉的真實作者非本文討論範圍。
但鍾惺的理由表明他認為曹丕政事上具「雄才智略」，與三國群雄相
較，並不遜色。

　　政事之外，明詩話還論及曹丕的愛好、秉性，如「不惑仙術」、
擅長「彈棊」〔註58〕等。曹丕不惑仙術事見於楊慎《升庵集》。楊慎
評曹操〈精列篇〉與曹丕〈折楊柳歌〉時說：「二詩不信仙術，辟其
怪誕，誠知道守正之言也。」〔註59〕這無疑是以詩附會，並不見得有
什麼歷史參考，然而可見曹丕父子在明代的形象之一般。擅長「彈棊」
事見胡震亨之《唐音癸籤》，胡氏在解釋「彈棊」時，引曹丕之詩「緣

〔註57〕〈雜詩〉〈西伯有浮雲〉一篇內容表現盛容東南行，卻中途折返，有
　　　　評價說此詩為魏文帝作，表現魏文帝出征東南至揚子江無功而返的
　　　　事跡。鍾惺之評價即針對上述觀點而寫。參見鍾惺，《硃評詞府靈蛇
　　　　二集》〈精集廣衡〉，《明詩話全編》冊七，頁7496，第88則。
〔註58〕彈棊是西漢劉向所發明的一種遊戲。《西京雜記·卷二》中記載「成
　　　　帝好蹴踘，羣臣以蹴踘為勞體，非至尊所宜。帝曰：『朕好之，可
　　　　擇似而不勞者奏之。』家君作彈棊以獻之。」參閱《西京雜記》臺
　　　　北：地球出版社，1994年，頁94～95。魏文帝頗善此道，《世說新
　　　　語·巧藝二十一》中說「彈棊始自魏宮內，用妝奩戲。文帝於此戲
　　　　特妙，用手巾角拂之，無不中。有客自云能，帝使為之。客箸葛巾
　　　　角，低頭拂棊，妙踰於帝。」但由清張潮《幽夢影》「古之不傳於
　　　　今者，嘯也，劍術也，彈棊也，打球也。」及清周亮工《書影》「古
　　　　技藝中所不傳者，彈棊。」可知彈棊在明清時期已無人知道如何進
　　　　行。
〔註59〕楊慎，《升庵集》卷57〈魏武帝父子不惑仙術〉，《明詩話全編》冊三，
　　　　頁2766，第113則。

邊間造，長斜迭取。」並評論說：「魏文善此技，用手巾拂之，無不中。」〔註60〕

　　綜上，明詩話對曹丕性格行事之評價多是貶義的：就與曹植之關係而言，以嫌忌為主；就對待甄后而言，表現其好色、無義、寡恩之情；就政事而言，好貨、享樂，或有志氣然無理政之成績。這些評價反映了明代詩評家對曹丕個人之看法，行事無豪氣，於功業無涉，性格上無大胸懷、大志氣，且好貨好色，此與明詩話對曹丕才情的肯定形成了明顯對比。張溥說：

> 曹子桓生長戎馬之間，善騎馬左右射，又工擊劍、彈棋。技能戲弄，不減若父。其詩歌文辭，仿佛上下。……甄后〈塘上〉，陳王〈豆歌〉（即〈七步詩〉），損德非一。〔註61〕

　　其對曹丕之論說幾可作為曹丕生平簡略，亦可作為本節之註腳。

第三節　文學作品

　　對詩歌的評點及理論建構，是詩話作為一種獨特詩學批評形式的重要原因。明詩話對曹丕之論說中，有不少比重是對曹丕詩歌之評點，本節將重點爬梳明詩話對曹丕詩歌的論說。另外，明詩話對曹丕的論說並不止於詩歌，還有對其文學綜合成就的論說，亦將是本節研究的內容。

一、風格特點

　　明詩話對曹丕詩歌風格特點的論述，涉及兩個方面：一是曹丕詩歌與所處時代（即建安時期或魏）相類的風格特點〔註62〕；一是曹丕

〔註60〕胡震亨，《唐音癸籤》卷19〈詁箋四〉，《明詩話全編》冊七，頁6994，第686則。

〔註61〕張溥，《漢魏六朝百三家集》〈魏文帝集〉，《明詩話全編》冊十，頁10292，第20則。

〔註62〕歷史上「建安」、「魏」是不同時期，前者指漢獻帝建安年間（西元196～220），後者係由曹丕建立的國家魏存在的時期（西元220～265）。在文學上，魏之重要的文學家主要是建安時期的詩人曹操、

自己所特有的風格特點。

　　明代詩評家認為，曹丕之作品帶有時代風格，且是建安時代之優秀作品。具體而言，明詩話將建安時代之詩風稱之為「麗」：體現於對辭采之追逐以及內容之綺情傷感。皇甫汸引用史書對曹丕文學的評價言：「飛館玉池，魏文之麗篆。」〔註63〕「飛館玉池」既是曹丕所吟詠的對象，亦指稱曹丕文辭之華麗。胡應麟、許學夷皆持此觀點，並將曹丕、曹植並論，認為二人詩歌皆有此風格。胡應麟質疑古詩之創作年代時嘗云：

　　　漢〈古八變歌〉，文繁於質，景富於情，恐曹氏兄弟作。漢
　　　人語亦有甚麗者，然文蘊質中，情寓景外，非後世所及也。
　　　〔註64〕

　　　漢古歌：「朱火颺煙霧，博山吐微香，清尊發朱顏，四座長
　　　悅康。」終篇華粲特甚，大類子建兄弟，疑魏作也。〔註65〕

文中的「曹氏兄弟」、「子建兄弟」係指曹丕、曹植。在胡應麟看來，這兩首漢古歌風格實不同於漢而近於魏，很可能是曹丕或曹植所作。由此可見胡應麟思想中曹丕之文學風格：「甚麗」，「華粲特甚」，與曹植一起屬於魏之風格。胡應麟在直接評論曹丕時亦持相同觀點，他說：

　　　魏氏而下，文逐運移，格以人變，若子桓、仲宣……以詞
　　　勝者也……然古詩之妙，不可復觀矣。〔註66〕

「魏氏」乃「曹氏」之誤。「以詞勝」，即在辭采方面較突出，可見胡應麟對曹丕詩作風格的觀點。此處，胡氏未將曹丕辭采突出之詩風作

曹丕、曹植、建安七子等人，故可歸二為一。

〔註63〕皇甫汸，《解頤新語》，《明詩話全編》冊三，頁3251，第46則。此
　　　　語原出於蕭子顯《南齊書・文學傳》，參見《二十四史全譯・南齊書》
　　　　（北京：漢語大辭典出版社，2004年），頁697。

〔註64〕胡應麟，《詩藪內編》卷1，《明詩話全編》冊五，頁5448，第76則。

〔註65〕胡應麟，《詩藪外編》卷1，《明詩話全編》冊五，頁5546，第615
　　　　則。

〔註66〕胡應麟，《詩藪內編》卷2，《明詩話全編》冊五，頁5456，第115
　　　　則。

爲建安詩風之全部，但從其將曹丕與王粲（字仲宣）並舉來看，顯然認爲曹丕之詩風與建安時代詩風相符。許學夷評建安五言詩說：

> 魏人五言，體多敷敘，語多構結。敷敘者，舉見於前；……構結者，略摘以見：文帝如……子建如……公幹如……仲宣如……等句，語皆構結，較之西京，迥然自別矣。〔註67〕

敷敘，即悠長與渲染，構結即注重於詞語結構，有刻意之嫌，體現於風格方面便是注重情深與辭采。許學夷認爲，「體多敷敘，語多構結」不僅是曹丕五言詩的風格，亦是曹植、劉楨等建安詩人的風格。儘管許學夷與胡應麟論述的重點不同，但都認爲曹丕詩作的風格是建安時代的，且傾向於「麗」。鍾惺評論曹植時認爲「子建柔情麗質，不減文帝，而肝腸氣骨，時有壘塊處，似爲過之。」〔註68〕黃廷鵠《詩冶》則引鍾氏語以評曹植。〔註69〕顯然，「柔情麗質」是鍾惺、黃廷鵠對曹丕詩作風格的評價，而曹植偶具此風格，可見其乃建安時普遍性的風格特點。需辨別的是，胡、許二人的觀點多從形式出發，而鍾惺則針對詩歌情感加以評論。

更有甚者，認爲曹丕不僅是建安時代「麗」風格的體現者，更是此風格的推動者與啓迪者。譚浚議論曹魏詩風時云：「魏文好綺靡，曹植應之。」〔註70〕即曹植之作品恰好合於魏文帝曹丕喜好的風格。此暗示曹魏詩風之傾向於「綺靡」係由於曹丕之喜好。

事實上，明詩話更注重曹丕詩歌風格中的形式因素，並因此強調曹丕不同時代的獨特風格，亦更強調其詩歌對於漢詩、古詩的繼承性。此獨特風格便是「高古」，指古詩之格調，自然、質樸、少刻意

〔註67〕許學夷，《詩源辯體》卷4，《明詩話全編》冊六，頁6106～6107，第197則。

〔註68〕鍾惺的話見《古詩歸》卷7，《明詩話全編》冊七，頁7328，第33則。

〔註69〕黃廷鵠的引文參見黃廷鵠，《詩冶》卷8，《明詩話全編》冊七，頁7717，第95則。原文爲「陳思王〈飛龍篇〉鍾惺評：子建柔情麗質，不減文帝，而肝腸氣骨，時有壘塊處，似爲過之。」

〔註70〕譚浚，《說詩》卷上，《明詩話全編》冊四，頁4009，「總辨・性教」。

雕飾。謝榛評曹丕〈猛虎行〉說：「雖爲律句，全篇高古。」〔註71〕
而王世貞整體性評曹丕之風格是「樂府本色」〔註72〕，即認爲曹丕非
逞才華辭之輩，詩歌如樂府一樣「本色」。周敘、馮復京則從歷史性
角度對曹丕的詩格做出評價。周敘言「魏文帝如唐、晉遺民，憂生感
慨。」〔註73〕所謂「唐、晉遺民」〔註74〕，即能深深契合周代文化與
民風的人，用於詩歌風格，即質樸，不失《詩經》之風雅。馮復京說：

> 文帝〈善哉行〉、〈丹霞蔽日〉等，得靈氣於厥考，而加之
> 綺藻，〈燕歌行〉，啓緣情於齊梁，而無傷大雅。〔註75〕

馮復京不否定曹丕詩風有綺麗成份，但認爲其「無傷大雅」，優秀處在
「得靈氣於厥考」，即繼承古詩。可見，周、馮二人都認爲曹丕詩風得
古詩遺韻。此觀點頗代表明詩話對曹丕風格的認定，避不開曹丕詩中
「麗」的因素，但更肯定其格調高古的獨特性。許學夷在另一處論及
曹丕時說：「建安之詩，體雖敷敘，語雖構結，然終不失雅正；至齊、
梁以後，方可謂綺麗也。……歎一時所見之綺麗耳，即文帝詩感心動
耳，綺麗難忘也。」〔註76〕此許學夷不僅認爲曹丕詩有建安詩之「敷
敘」「構結」之風格，而且論述了曹丕之獨特處：「一時所見之綺麗」。
陸時雍論及建安各詩人時說：「子桓王粲，時激《風雅》餘波，子桓逸
而近《風》，王粲壯而近《雅》。」〔註77〕亦呼應了前述數人的觀點。

〔註71〕謝榛文中以「梧桐攀鳳翼，雲雨散洪池」借代〈猛虎行〉全詩，並
　　　　做「全篇高古」的評論。參見謝榛，《詩家直說》卷1，《明詩話全編》
　　　　冊三，頁3133，第105則。

〔註72〕王世貞說：「曹公莽莽，古直悲涼；子桓小藻，自是樂府本色。子建
　　　　天才流麗，雖譽冠千古，而實遜父兄。何以故？材太高，辭太華。」，
　　　　《藝苑巵言》卷3，《明詩話全編》冊四，頁4222，第146則。

〔註73〕周敘，《詩學梯航·品藻》，《明詩話全編》冊二，頁985，第7則。

〔註74〕唐，本爲周成王封弟叔虞之地，春秋時代發展成大國之一———晉；
　　　　故唐、晉遺民，當指頗有周代（《詩經》創作的時代）文化的人。可
　　　　參見《史記·晉世家》。

〔註75〕馮復京，《說詩補遺》卷2，《明詩話全編》冊七，頁7189，第160則。

〔註76〕許學夷，《詩源辯體》卷4，《明詩話全編》冊六，頁6110。第213則。

〔註77〕陸時雍，《詩鏡總論》，《明詩話全編》冊十，頁10650。第18則。

　　另外，有極端復古論者甚至認為曹魏時代之詩本有質樸風格，並以論及曹丕。胡纘宗說：

> 曹氏父子兄弟，固魏之源，實漢之支也。體被文質，詞兼雅怨，而渾樸典則，溫厚雋永，自為太羹玄酒，增冰椎輪。
> 迨夫晉、宋，文始麗、詩始工矣。〔註78〕

將魏詩歸之於漢，以「體被文質」、「渾樸典則」為其風格，自是復古論的論調。「曹氏父子兄弟」自然包涵曹丕，可見胡纘宗認為曹丕詩之風格是「渾樸」的。

　　綜上可知，明詩話對曹丕文學風格的論說：以體現建安時代詩風而論，曹丕是建安文學的重要詩人，其風格是「麗」；以個人獨特性言，曹丕詩風可謂「高古」。

二、語言特點

　　詩歌之風格特點，需透過語言來展現。明詩話在論及曹丕詩歌風格時對其詩歌語言特點有所涉及，如言其詩「語多結構」等。

　　明詩話對曹丕詩歌語言特點的論述有兩處。一出於胡應麟，在《詩藪內編》中說：

> 魏文〈雜詩〉，「漫漫秋夜長」，獨可與屬國並驅。然去少卿（李陵）尚一線也。樂府雖酷似本色，時有俚語，不若子建純用己調，蓋漢人語似俚，此最難體認處。〔註79〕

李陵其樂府被認為是漢詩之優秀作品〔註80〕；「屬國」即魏文帝曹丕同時代之文臣。胡應麟文中由〈雜詩〉談及曹丕樂府的整體語言特點，以為即使其最本色的詩都有俗語相雜，不若曹植風格純粹，用文人化

〔註78〕胡纘宗，〈陳思王集序〉，參見《鳥鼠山人小後集》卷2，《明詩話全編》冊三，頁2979，第19則。

〔註79〕胡應麟，《詩藪內編》卷2，《明詩話全編》冊五，頁5460，第143則。

〔註80〕李陵，字少卿，死於西元前74年。胡應麟《詩藪》中數次提及李陵，皆謂之為少卿，且將之作為漢代詩人之傑出代表，如胡應麟，《詩藪內編》（《明詩話全編》冊五，頁5461，第153則）有言：「泛觀前三句，則子建（曹植）魏詩之神，杜陵（杜甫）唐體之妙，而少卿不過漢品之能。」

的語言；從而暗示曹丕之〈雜詩〉語言風格接近樂府，其語言介於「本
色」與「己調」混雜。﹝註81﹞鍾惺引宋《竹莊詩話》云：

> 魏文帝其源出於李陵，。頗有仲宣之體，而乏新奇，百許
> 篇皆鄙直如偶語，唯西北有浮雲十餘首，殊美贍可翫，始
> 見其工矣。不然，何以銓衡群彥，對揚厥弟者耶。﹝註82﹞

鍾惺提到曹丕詩歌源出於李陵，但評價曹丕詩歌語言特點是「鄙直」，
而其中特優秀者辭采「美贍可翫」。「鄙直」，即有俗語，表意明白；「美
贍」即辭采華美。鍾惺認為，曹丕之語言特點是用俗語，淺白俚俗，
偶有辭采。

　　除對語言特點的論說，還有一些言及韻律等方面的論述。鍾惺便
認為，「三祖曹植、曹丕、曹叡之辭，文或不工，而韻入歌唱，此重
韻之義也。」﹝註83﹞許學夷亦說：

> 「楚騷未有定韻可考，漢、魏、兩晉則自有古韻：……庚韻轉為
> 陽韻，僅見曹丕〈雜詩〉用一『橫』字。……」﹝註84﹞此都指出曹丕
> 與建安時期的重要作家一起開始注意到音韻。

　　綜合而言，曹丕樂府詩歌的語言特點是古樸、俗俚與文人化之
間，從「鄙直如偶語」逐漸轉為文人化的己調，漸趨華美，而更近於

﹝註81﹞「己調」即文人化的語言。胡應麟雖說曹丕語言不如曹植純粹，但
　　　　未必便因此抑丕揚植。李錫鎮便認為，胡應麟此語可證明：「曹丕、
　　　　曹植樂府詩都已經文人化，只是程度有別，其語言風格與樂府民歌
　　　　相較，前者近似，後者疏遠。……胡應麟實際上沒有貶低曹丕之
　　　　意。」，參見李錫鎮，〈試論曹丕、曹植詩中人稱代詞的語用特質──
　　　　──從代言體詩篇中的人稱代詞語法再論「抑丕揚植」說〉，《臺大文
　　　　史哲學報》第六十八期，2008 年 5 月，頁 82～83。
﹝註82﹞鍾惺，《硃評詞府靈蛇二集》〈精集衡品中〉，《明詩話全編》冊七，
　　　　頁 7483，第 16 則。《硃評詞府靈蛇二集》是晚明關於詩論及詩法的
　　　　總集，舊題為鍾惺集撰，但書中所摘詩論並非鍾惺所撰，多引宋人
　　　　詩話為內容。
﹝註83﹞鍾惺，《硃評詞府靈蛇二集》〈精集衡品下〉，《明詩話全編》冊七，
　　　　頁 7486，第 36 則。
﹝註84﹞許學夷，《詩源辯體》卷 3，《明詩話全編》冊六，頁 6087～6088，
　　　　第 123 則。

樂府之本色。這種語言特點適足說明曹丕詩歌之風格,處於詩格由高古向綺麗轉變的起點。

三、文體淵源

就明代詩評家看來,建安時期是詩歌體式漸備之時,可說上承兩漢,下啓六朝、盛唐之重要階段。故胡應麟說:

> 古詩浩繁,作者至眾。雖風格體裁,人以代異,支流原委,譜系具存。……曹魏之志,近沿枚李。陳思而下,諸體異備,門戶漸開……〔註85〕

文中不僅論及曹魏之前,詩體之譜系尚可理清,之後便較爲多樣,極備變化,亦指出曹魏創作有意繼枚乘、李陵之志。胡應麟顯然認爲曹丕詩體淵源上承漢代枚乘、李陵。謝榛的論述則更直接、清晰,其引用鍾嶸的觀點說:

> 鍾嶸《詩品》,專論源流,若陶潛出於應瑒,應瑒出於魏文,魏文出於李陵,李陵於出屈原。何其一脈不同邪?〔註86〕

謝榛對李陵—曹丕—應瑒—陶潛詩歌體式一脈的態度是質疑的,他不能認同四人詩體同格,卻又難以反駁鍾嶸之觀點。〔註87〕換句話說,謝榛質疑的是:爲何詩風一脈相傳卻體裁不同?依復古派之思想,此疑問之解答當是:一脈者詩風,變化不同者是詩歌體式,後世當於古詩求其源,卻非要創作一絲不差之古體詩。因此,謝氏論說之疑問非是對鍾嶸觀點之反對,而是要引人思考。綜合來看,胡、謝二人整體

〔註85〕胡應麟,《詩藪內編》卷 2,《明詩話全編》冊五,頁 5454,第 108則。

〔註86〕謝榛,《詩家直說》卷 2,《明詩話全編》冊三,頁 3142,第 41 則。

〔註87〕謝榛並未於本段引文中詳細論述其質疑,實是未有通達論述以反駁鍾嶸。另外,謝榛在《詩家直說》中不止一次提及漢詩在格調與魏晉以後詩歌的不同,認爲漢詩更爲高古,如說:「《三百篇》直寫性情,靡不高古,雖有逸詩,漢人尚不可及。」又說:「詩以漢、魏並言,魏不逮漢也。建安之作,率多平仄穩帖,此聲律之漸。而後流於六朝,千變萬化,至盛唐極矣。」謝榛,《詩家直說》卷1,《明詩話全編》冊三,頁 3118,第 1 則、第 3 則。

上認爲曹丕源出於漢代李陵應是肯定的。事實上，曹丕所作詩歌是多樣的，以體裁說則主要是樂府，以句式論四言、五言、七言皆有。明詩話對曹丕諸詩體的文體淵源論說，則具體梳理如下。

關於樂府，胡應麟說：

> 《三百篇》薦郊廟，被絃歌。詩即樂府，樂府即詩，猶兵寓於農，未嘗二也。……至漢《郊祀》十九章，《古詩十九首》，不相爲用，詩與樂府，門類始分，然厥體未甚遠也。……魏文兄弟崛起，建安擬則前規，多從樂府。唱酬新什，更創五言，節奏既殊，格調夐別。〔註88〕

胡應麟此語將樂府看作詩中優秀作品，強調樂府漸與古詩分離並被詩人重新學習的過程。曹丕、曹植兄弟便是學習樂府的詩人，且依所學而創五言體詩。據胡應麟之觀點，曹丕之樂府自然上承漢樂府，且其五言詩應淵源於漢樂府。

建安是五言詩的時代。明詩話論曹丕五言詩淵源時，皆作爲論說建安五言詩之例證。關於曹丕及建安之五言詩淵源，許學夷頗不同於胡應麟之觀點。許學夷認爲，五言詩起於漢代，建安五言詩乃漢五言詩之遺，其中存在從「得於偶然」有「天成之妙」至「始見作用之跡」的轉變。〔註89〕許學夷在專門論說漢、魏五言詩體之變時說：

> 漢人五言，體皆委婉，而語皆悠圓，有天成之妙。魏如曹

〔註88〕引文見胡應麟，《詩藪內編》卷 1，《明詩話全編》冊五，頁 5446，第 64 則。詩與樂府，狹義而言分別明顯，詩乃文字之藝術，樂府實指「入樂之歌詩」或「未入樂而其體制意味，直接或間接模仿前作者」。胡應麟言樂府與詩之分合則以「樂廢」爲關節，另引文中「詩即樂府」之「詩」當指《詩經》。參見蕭滌非，《漢魏六朝樂府文學史》（臺北，大安出版社，1981 年），頁 9。

〔註89〕許學夷之《詩源辯體》對此論之甚詳，在評論詩題時說：「漢人五言，惟《十九首》觸物興懷，未嘗先立題而爲之，故興象玲瓏，無端倪可執。此外因題命詞，則漸有形跡可求矣。魏曹王諸子（此處指曹植、王粲等建安七子）雜詩亦然。」卷 3，《明詩話全編》冊六，頁 6092，第 138 則；具體討論漢魏詩體時亦言：「漢人五言，得於偶然，故其篇章，人不越四五。至建安諸子，始專力爲之，而篇什乃繁矣。」卷 4，《明詩話全編》冊六，頁 6106，第 196 則。

> 子桓〈雜詩〉二首及〈長歌行〉二首……委婉悠圓，亦有
> 天成之妙。如子桓〈兄弟共行游〉、〈清夜延貴客〉、〈良辰
> 啓初節〉……委婉悠圓，俱漸失之，始見作用之跡。至如
> 子桓〈觀兵臨江水〉……體皆數敘，而語皆構結，益見作
> 用之跡矣。〔註90〕

可知許學夷之觀點，建安五言詩淵源於漢五言詩，乃其變，亦其「體」、
「語」漸下之詩格。

　　曹丕之四言詩皆可稱爲四言樂府，故其文體淵源得自漢四言樂
府。對此，胡應麟、許學夷有相類論說。胡應麟說：

> 四言句法高古者……代有名篇。文帝：「丹霞蔽日，彩虹垂
> 天，山谷潺潺，葉落翩翩。」「上山採薇，薄暮苦饑，溪穀
> 多風，霜露沾衣。」「芙蓉含芳，菡萏垂榮，朝采其實，夕
> 佩其英。」……諸語，或類古詩，或類樂府，或近文詞，
> 較之雅頌則遠，皆四言變體之工者。〔註91〕

許學夷言：

> 子桓〈善哉行〉……其源出於〈採芝〉、〈鴻鵠〉，軼蕩自如，
> 正是樂府之體，不當於風雅求之。〔註92〕

胡應麟的觀點較含混，僅將樂府作爲曹丕〈丹霞蔽日行〉、〈善哉行〉（上
山採薇）、〈秋胡行〉（芙蓉含芳）諸四言樂府的淵源之一。證諸前文其
所提出漢樂府啓發建安樂府、五言詩的觀點可知，漢樂府必爲曹丕四
言詩重要淵源。許學夷文中的〈採芝〉、〈鴻鵠〉皆是漢樂府題，風雅
是《詩經》（其詩以四言句爲主）之代稱。由此可知，許氏認爲，曹丕
之四言樂府〈善哉行〉規制出於漢樂府，而不能用《詩經》的標準與
規制來要求、評論。而胡應麟「較之雅頌則遠」，表達相類意思。綜合
言之，曹丕四言體淵源自漢四言樂府，且已遠離四言體的《詩經》。

〔註90〕許學夷，《詩源辯體》卷 4，《明詩話全編》冊六，頁 6101～6102，
　　　　第 178 則。
〔註91〕胡應麟，《詩藪內編》卷 1，《明詩話全編》冊五，頁 5443，第 52 則。
〔註92〕許學夷，《詩源辯體》卷 4，《明詩話全編》冊六，頁 6104，第 186
　　　　則。

　　曹丕的七言詩乃其所處建安時代特出者，尤以〈燕歌行〉二首爲代表。〔註93〕其上有所承繼，下有所啓發，是七言詩體發展過程中極爲重要之一環，因此其雖爲樂府卻不能以樂府範圍之。明詩話對曹丕七言詩淵源及發展論說頗多，尤以胡應麟的論述較全面而具代表性。胡應麟說：

> ……晉、宋、齊間，七言歌行寥寥無幾。……梁人頗尚此體，〈燕歌〉、〈搗衣曲〉諸作，實爲初唐鼻祖。……
>
> 〈燕歌〉初起魏文，實祖柏梁體。……至梁元帝……音調始協。……蕭子顯、王子淵……讀之猶未大暢。……至王、楊諸子歌行……七言之體，至是大備。……於是高、岑、王、李出，而格又一變矣。〔註94〕

胡應麟文中由樂府〈燕歌〉而論及七言詩體之發展過程。〈燕歌〉是七言詩的代表，而曹丕〈燕歌行〉實爲七言詩最早的成熟作品，其源頭則是漢武帝「柏梁體」詩〔註95〕，以下影響所及至梁「音韻始協」、至初唐始「大備」等。

　　許學夷的觀點略不同胡應麟的代表性觀點，在詩體淵源上對胡氏觀點加以補充，但在對曹丕〈燕歌行〉的評價上將其作爲七言之變體。許學夷言：

> 張衡樂府七言〈四愁詩〉，兼本風騷，而其體渾淪，其語隱

〔註93〕胡應麟對此有評論說：「建安自曹氏外，殊寡七言」，又說：「子桓〈燕歌〉二首，開千古妙境；子建天才絕出，迺七言獨少大篇。」分別參見《詩藪內編》卷3，《明詩話全編》冊五，頁5471、5473，第211則、第222則。

〔註94〕胡應麟，《詩藪內編》卷3，《明詩話全編》冊五，頁5474，第227則；胡應麟《詩藪內編》其他處做相同論述，參見《詩藪內編》卷3，《明詩話全編》冊五，頁5476～5477，第241則。徐禎卿《談藝錄》、黃廷鵠《詩冶》引文、費經虞《雅倫》、陸時雍《詩鏡總論》等皆有相類論述。茲不多錄。

〔註95〕「柏梁體」詩指七言聯句詩，起於漢武帝（劉徹，西元前156～西元前87年）元封三年（西元前108年）柏梁臺上與群臣共同吟詠的二十六句聯句詩，亦是後世七言詩的源頭。方祖燊，《方祖燊全集》（七），臺北：文史哲出版社，1999年，頁31～74。

約，有天成之妙，當爲七言之祖。下流至曹子桓〈燕歌行〉。

〔註96〕

子桓樂府七言〈燕歌行〉，用韻祖於〈栢梁〉，較之〈四愁〉，
則體漸敷敘，語多顯直，始見作用之跡，此七言之初變也。

〔註97〕

許氏不否認曹丕〈燕歌行〉之源頭是漢柏梁體，但認爲由柏梁體至曹
丕〈燕歌行〉中間有張衡〈四愁詩〉，而曹丕〈燕歌行〉的直接源頭
便是張衡。許氏亦認爲曹丕〈燕歌行〉「始見作用之跡」，格調上顯然
要低於「天成之妙」的〈四愁詩〉。於此，張衡〈四愁詩〉則爲七言
詩體之正，是最早的成熟作品；曹丕〈燕歌行〉則是流變，是七言詩
發展歷程中的「初變」。由胡、許氏論說可知，曹丕七言詩是七言詩
體發展中承上啓下之重要環節，而在文體體淵源遠可上溯至漢古詩柏
梁體，直接受到張衡〈四愁詩〉的啓發。

以上梳理的都是詩歌體式方面的論說。明詩話還對曹丕樂府的詩
體內容有論說，見於徐獻忠《樂府原》。徐獻忠談及樂府題〈燕歌行〉
時云：「古辭已亡。大略言良人從役於燕而思之者也。魏文帝「秋風
別日」二曲，止言行役不歸而幽燕之思。……」〔註98〕樂府題〈大牆
上蒿行〉時說：「魏文帝一篇少古意，然皆言天子樂事耳。」〔註99〕
言〈煌煌京洛行〉則說：「魏文帝「夭夭桃園」一篇，止雜敘臣人，
不及京洛本意以是也。……」〔註100〕徐獻忠認爲，曹丕之樂府存在
用漢樂府題但改動其題目主旨的狀況，點出曹丕各種詩體與漢樂府的

〔註96〕分別參見許學夷，《詩源辯體》卷3，《明詩話全編》，冊六，頁6097，
第16則。

〔註97〕分別參見許學夷，《詩源辯體》卷4，《明詩話全編》，冊六，頁6104，
第189則。

〔註98〕分別參見徐獻忠，《樂府原》卷9，《明詩話全編》冊三，頁3054，
第103則。

〔註99〕分別參見徐獻忠，《樂府原》卷9，《明詩話全編》冊三，頁3060，
第126則。

〔註100〕分別參見徐獻忠，《樂府原》卷9，《明詩話全編》冊三，頁3061，
第131則。

密切淵源關係。

　　綜上而言，明詩話論及曹丕之文體淵源甚詳，以樂府體裁、風格而言受漢樂府影響甚爲明顯，具體說來，不管是五言詩、四言詩，皆源起於漢樂府，且離《詩經》頗遠。曹丕七言詩—以〈燕歌行〉爲代表—雖爲樂府，但規制及特點獨特，故不同於其餘詩體之淵源，而是源於漢古詩與詩人創作。

四、成就與影響

　　明詩話從數量、詩體多樣性以及藝術水準等方面論說曹丕的詩作成就，從詩風、詩格以及詩體等方面討論了曹丕詩歌之影響。胡應麟曾談及曹魏氏之文學創作數量，說：

> 自漢而下，文章之富，無出魏武者，集至三十卷，又逸集十卷，新集十卷，古今文集緐富，當首於此。《陳思集》亦五十卷，魏文二十三卷，明帝十卷。吁，曹氏一門，何盛也！今惟陳思十卷傳。武、文二主集僅二三卷，亡者不可勝計矣。魏又有《曹羲集》三卷，見《隋志》。又《曹志集》六卷，陳思子也。〔註101〕

胡應麟在其詩話之「遺逸」部分做上述論述，可知其自己都難以確證曹魏氏之創作數量。但是，胡氏仍然著之於書，可見其對曹魏氏文學創作繁盛之推崇。曹丕的作品集有二十三卷，儘管還不到曹操、曹植卷數的一半，仍可謂是相當大之數量，但這些作品多數已亡佚。

　　明詩話還贊賞曹丕作品的優秀以及體裁豐富，可謂是各體皆備。胡應麟在談及建安時期各詩體創作時便說：

> 建安中，三、四、五、六、七言、樂府、文賦俱工者，獨陳思耳。子桓具體而微，……〔註102〕

「具體而微」，即曹丕之三、四、五、六、七言，樂府、文賦各類

〔註101〕胡應麟，《詩藪雜編》卷2，《明詩話全編》冊五，頁5656，第1128則。

〔註102〕胡應麟，《詩藪外編》卷1，《明詩話全編》冊五，頁5551，第644則。

作品不同於曹植的「俱工」，但各體之優劣需要具體討論，優劣作品雜存。以下具體說明。以樂府言，曹丕的文學成就極高，故王世貞才有子建「實遜父兄」之說；五言詩則具「天成之妙」的作品與「構結」作品混處（許學夷語）。至於七言詩，明詩話對之評價頗高，不僅在文體流變中價值不菲，而且是典型的優秀作品，如孫鑛評價其〈燕歌行〉說：「七言至此始暢，格調仍古，而風度更長。」〔註103〕。至若四言、六言，甚至雜言，曹丕皆有可傳世之作，四言如〈丹霞蔽日行〉、〈善哉行〉（上山採薇）、〈秋胡行〉（芙蓉含芳），六言如〈馬上作〉、雜言如〈上留田〉，皆被認為是曹丕的優秀作品，可為後世典型。〔註104〕

曹丕作品對後世之影響亦從二方面被評述，一是詩風之影響，標準較寬，一為具體詩體之影響，主要指在七言詩的流變中產生的影響。具體論說曹丕詩風之影響者是鍾惺。他在評論嵇康、應璩時認為二人詩風受曹丕影響較深，評嵇康說：「其源出於魏文，過為峻拔，訐直露才……」評應璩說：「詩襲魏文，善為古語，指事殷勤雅意……」〔註105〕鍾惺未詳論二人詩受曹丕影響的方面，只是肯定了其受曹丕影響。從鍾氏對二人風格之評論來看，應璩之「善為古語」還能說是與曹丕語言特點相類，嵇康則很難看出受曹丕影響之處；或許二人去曹丕未遠，在用辭、詩風方面皆受曹丕之影響。

〔註103〕 此參見黃廷鵠之引用，黃廷鵠，《詩冶》卷8，《明詩話全編》冊七，頁7716，第92則。

〔註104〕 皇甫汸在其《解頤新語》中談及〈馬上作〉，認為是曹丕作品，是後人「遺誤」的好作品，《明詩話全編》冊三，頁3263，第128則、第129則；謝天瑞的《詩法大成》舉各體優秀作品為後世學詩之典型，其雜體一類舉曹丕〈上留田〉，可見其對此詩之看法，謝天瑞，《詩法大成》卷10〈上留田〉，《明詩話全編》冊十，頁11260。

〔註105〕 鍾惺，《碌評詞府靈蛇二集》〈精集衡品中〉，分別參見《明詩話全編》冊七，頁7483、7484，第17則、第20則。鍾惺在同一處論及陶潛，以為其詩出於應璩，愈見曹丕詩風之影響。

以詩歌體裁之影響而言，曹丕之影響主要在七言詩。前文論及曹丕七言詩的淵源時已經論述：曹丕七言詩是七言詩發展歷程中重要的階段。事實上，曹丕之後的七言詩多受其影響。許學夷論及這一點時說：

> 晉無名氏樂府七言〈白紵舞歌〉，用韻祖於〈燕歌〉，而體多浮蕩，語多華靡，然聲調猶純，此七言之再變也。下流至鮑明遠〈行路難〉。如……〔註106〕

> 言鮑明遠（鮑照）之七言流而爲吳均七言。〔註107〕

> 吳均流而爲梁簡文（蕭剛）以下七言，爲四變。〔註108〕

許學夷認爲，晉之七言樂府、鮑照、蕭剛與吳均之七言詩都是曹丕七言詩體之流變，受到曹丕之直接影響。上引文還指示，許學夷認爲曹丕七言詩影響於後者主要在兩個方面：用韻與格調。明詩話同樣論及曹丕〈燕歌〉對唐代七言詩之影響，語見孫賁。孫賁在〈秋風詞序〉中說：

> 魏文帝作〈燕歌行〉，蓋秋風四時之變，而其音韻鏗鏘，情思悽愴，爲千古七言之祖。其後如少陵〈秋風〉兩首、邢居實〈秋風三疊〉，皆本此而作者也。……雖未能以配詩祖，則亦可仿彿四愁之遺響云。〔註109〕

孫氏之論述不僅強調曹丕〈燕歌行〉作爲七言詩鼻祖之地位，亦反映了其對於後世相同題材、相類內容七言詩產生的影響：唐人杜甫、宋人邢居實皆「本此而作」七言詩。

〔註106〕參見許學夷，《詩源辯體》卷5，《明詩話全編》冊六，頁6117，第250則。

〔註107〕參見許學夷，《詩源辯體》卷7，《明詩話全編》冊六，頁6130，第312則。

〔註108〕參見許學夷，《詩源辯體》卷9，《明詩話全編》冊六，頁6135，第337則。

〔註109〕孫賁，《孫西菴集》〈秋風詞序〉，《明詩話全編》冊一，頁254，第1則。少陵即杜甫；邢居實（西元1068～1087），北宋詩人，有《呻吟集》留世。

　　七言詩之外，明詩話亦論及曹丕五言詩之影響，語出許學夷。許學夷說：「張景陽五言雜詩，出於《十九首》、二曹，而淳古弗逮，然華彩俊逸，實有可觀。」〔註110〕曹丕、曹植之〈雜詩〉是建安時期流傳後世之五言詩名作，此可作爲曹丕五言詩影響之一端。

　　另外，明詩話論述曹丕詩歌影響還表現爲對後人摹擬曹丕詩作的介紹。明詩話論說中，摹擬曹丕詩作的有謝靈運、江淹、韋應物等人。〔註111〕此亦曹丕詩歌產生影響的側面反映。

第四節　文學理論

　　詩話本身便是詩學批評形式，即詩學理論形式之一種。其對於詩學理論的貢獻有兩種方式：一是對古人詩學（文學）理論的記錄與傳揚；一爲透過對詩人、詩事、詩作的介紹與評價建構、顯現自己的詩學理論。具體反映在明詩話中之曹丕論說，最直接的呈現方式便是引證、傳揚曹丕之詩學理論，並加以引申與評價。本節將對這方面的論說加以分析，並結合曹丕之文學理論從三個面向展開：明詩話對曹丕之文氣論、詩學（文學）批評，以及對其文學理論之評價。至於由評價詩事、詩作呈現的文學理論，需要深入分析並結合明代之文化環境與文學風氣才能論述，本文將在討論對曹丕評點之態度時加以分析，此節不述。

一、文氣論

　　文氣論是曹丕重要的文學理論。曹丕在其文論名作《典論·論文》中說：

> 文以氣爲主，氣之清濁有體，不可力強而致。譬諸音樂，
> 曲度雖均，節奏同檢，至於引氣不齊，巧拙有素，雖在父

〔註110〕許學夷，《詩源辯體》卷5，《明詩話全編》冊七，頁6114，第223則。

〔註111〕此皆出於馮復京《說詩補遺》，分別參見《說詩補遺》卷3，《明詩話全編》冊七，頁7218，第252則；；卷4，《明詩話全編》冊七，頁7303，第526則。

兄，不能以移子弟。〔註112〕

於曹丕看來，文學自有其特質，這即在文學作品本身，又與個人之性格、才氣有著極為密切的關係，且不可以傳授，就算親如父兄，亦無法直接移轉給自己。透過此論述，曹丕確立了文學之獨立性以及文學家個人才性、偏好對於文學之決定性影響。此即曹丕之文氣論。

明詩話不止一處談及曹丕文氣論，有引用而加以讚賞者，有襲其意加以變化者，有借曹丕之言自標旗幟者。王世貞是引用者，其在《藝苑卮言》中說：「總論，則魏文帝曰：『文以氣為主，氣之清濁有體，不可力強而致。』」〔註113〕王世貞將曹丕的這段論述作為對文學的綜合性論述，即將之當成根本理念，此乃其對曹丕推崇的明證。不過，王世貞對氣的定義和曹丕並不完全一致。與曹丕的論述相比，王世貞的引用少了解釋，使「氣」這一概念的涵義不再那麼固定，需要參照語境才能加以理解並具體化。事實上，王世貞所談之氣僅代表文學家之才能以及詩體之結構（詩格）。在同一卷書中，王世貞說：「才生思，思生調，調生格。思即才之用，調即思之境，格即調之界。」〔註114〕由此可見，才、思、調、格，乃王世貞對文學所本、所尚、所求之要素，其中「才」乃文學之所本，頗相當於其認為「不可力強而致」的「氣」，即文學家之能力。這顯然不同於曹丕結合文學作品本身要素與文學家個性的「氣」。

馮復京、費經虞則屬襲其意加以變化者。《說詩補遺》是馮復京

〔註112〕《三曹集》，大陸，嶽麓書社，1992 年，頁 178。
〔註113〕王世貞，《藝苑卮言》卷 1，《明詩話全編》冊四，頁 4197，第 42則。
〔註114〕同上，頁 4201，第 69 則。需要說明者，與受王世貞等復古派影響且思想頗相近的許學夷在其《詩源辯體》卷 4 中談及鍾嶸以曹植為上品，以曹操等為下品，而明代人以曹公為高時，認為原因在於鍾嶸「兼文質」而明代人「專氣格」；此處「氣格」之說，將「氣格」解釋為文學家之能力與崇古意與否，故「專氣格」乃專就能力與崇古意而評價，「兼文質」乃同樣重視作品內容與作品形式做出評價。參見《明詩話全編》冊六，頁 6103，第 184 則。

一生經心用意之詩話作品，多能發揚詩論，有所會意。其中談及詩作之「恆體」說：

> 詩有恆體，予既備著之矣。神用之妙，可得而詮。……七日練氣……〔註115〕

> 七曰「練氣」，人之得氣，有正有偏，詩家抒情，構會連類，屬詞必由斯充體焉。……又魏文論偉長「時有齊氣」，然則甄授所凝，練染可鑠，況乎世運污陸，超然拔俗者，其惟無待之豪傑乎。〔註116〕

馮氏所謂「詩有恆體」，即作詩有其根本之理念與方法。此可從馮氏所舉十則「恆體」見之，如「達才」、「構意」、「澄神」、「會趣」等。馮氏以爲，「練氣」是作詩根本理念之一。馮氏對於「氣」之理解頗似於曹丕之「文以氣爲主」之氣。從其引用曹丕評論徐幹的話來看，起碼馮氏「練氣」的觀點是受了曹丕「文氣說」的影響。

費經虞的《雅倫》從詩歌之源流、體調以至格式、製作、音韻、瑣語等無不提及，以綜錄前人之論詩語爲志。其能否實現綜錄前人論詩語之目的，全書安排之體製是否合適，都值得商榷，然而，其引用者必爲其同意之觀點。在論詩（文學）源流的「源本」部分，費氏引唐令狐德棻《周書》的話說：

> 原夫文章之作，本乎性，覃思則妙化無方，形言則條流遂廣。雖詩賦與奏議異軫，銘誄與書論殊塗，而攝其指要，舉其大抵，莫若以氣爲主，以文傳意。……夫然則魏文所謂通才足以備體矣，士衡所謂難能足以逮意矣。〔註117〕

這裏呈現的文學觀切合於曹丕的文氣論，指出文學（文章之作）儘管形式各異，然其根本在「以氣爲主，以文傳意」。此儘管是唐初人言，然亦費氏論詩之旨，頗近於曹丕之文氣論，文學本乎性情，若有性情

〔註115〕馮復京，《說詩補遺》卷 1，《明詩話全編》冊七，頁 7174，第 38 則。

〔註116〕馮復京，《說詩補遺》卷 1，《明詩話全編》冊七，頁 7176，第 47 則。

〔註117〕費經虞，《雅倫》卷 1，《明詩話全編》冊九，頁 9562，「源本」。

才能備各體、各意。

　　另外，費氏還可視爲借曹丕之言自標旗幟者。他在「製作」部分引用曹丕不同於「文氣論」的觀點，只是所引之書當爲訛傳。引言是：「文以意爲主，以氣爲輔，以辭爲衛。」；所引之書爲《詩格》。此論述語氣近於曹丕「文氣論」的表述，然與「文氣論」全不相同。此是對文學創作的論述，不同於「文氣論」是對文學本質的論斷。「詩格」作爲書名，或篇名，都不可能出現在魏晉時代〔註 118〕，故所引之書亦屬訛誤；即便是後人對曹丕觀點之輯錄，亦與曹丕之觀點不符。

二、批評論

　　曹丕之時代是中國文學批評最早出現專門論文的時代，而曹丕無疑是這個時代的代表，其《典論·論文》更可謂是中國文學批評第一篇專門論文。就是在《典論·論文》中，曹丕論述了其批評論的內容：文學批評的起因，在於文體、形式之多樣，而且文人（文學家）相輕；文學批評的內容包含詩體、詩作之風格（即「文氣」）等，故曹丕之批評論又可分稱爲文體論與風格論。

　　明詩話於曹丕之文學批評論多有所引，亦有所論。這首先展現在文體論方面。皇甫汸論述詩人詩作因詩體而異時便引述了曹丕「文非一體，鮮能善備」的觀點。他說：

> 人才各有宜，不可強飾，如張籍樂府婉麗，五言平澹，七言則質多文少。楊巨源工爲七言，虞騫工爲五言。《典論》：「文非一體，鮮能備善，各以所長，相輕所短。」……
>
> 〔註 119〕

此不僅引曹丕之文，亦襲曹丕批評論之觀點：詩人會因不同詩體而表現出不同的創作能力。明詩話亦多次提及曹丕對劉楨的評論：「劉公

〔註 118〕 目前最早的以「詩格」爲名的專書出現在唐代，如相傳作者爲李嶠（西元 644～713）的《評詩格》、王昌齡（約西元 698～756）的《詩格舊題》等。可知，曹丕不可能寫出名爲《詩格》的作品。

〔註 119〕 皇甫汸，《解頤新語》，《明詩話全編》冊三，頁 3259，第 96 則。

幹五言詩之善者，妙絕一時」〔註 120〕。這可看作爲曹丕文體論之例證，呈現了曹丕詩體自覺觀念。

　　明詩話引述較多者乃曹丕風格論的內容。此又表現爲兩個方面：一是引用曹丕對建安時代詩人的評價，呈現曹丕以「文氣論」爲基礎的批評論；一是對於建安時代詩風的評價，「詩賦欲麗」，表現出明代人對曹丕此一觀點的看法。曹丕以「文氣論」爲基礎之批評論具體展現對「建安七子」的評價，所謂：

　　　王粲長於辭賦，徐幹時有齊氣，然粲之匹也。……琳、瑀之章表書記，今之俊也。應瑒和而不壯，劉楨壯而不密，孔融體氣高妙……理不勝辭。〔註 121〕

明代詩評家評價建安詩人時多引曹丕語，如皇甫汸、譚浚、許學夷、黃廷鵠等人，可見他們對曹丕批評觀點的認可。另，許學夷還有一種見解，以爲「七子之名，非皆以其詩也。」〔註 122〕，從而使人們可更爲具體地了解曹丕之批評觀點：儘管建安是五言詩的時代，但曹丕之文學理論與文學批評並不完全針對詩歌。

　　曹丕對建安詩風的概括性表述更是不止一次被明詩評家提及並加以評述。皇甫汸說：

　　　《典論》：「詩賦欲麗。」建安以前之體也。〈文賦〉：「緣情綺靡。」泰始以後之體也。〔註 123〕

認爲曹丕對詩風之觀點得自於對建安以前文學作品的觀察與認定。謝

〔註 120〕 此語本出曹丕〈又與吳質書〉，參見《三曹集》，大陸，嶽麓書社，1992 年，頁 162。明詩話中提及此論點處有二，一爲鍾惺，《硃評詞府靈蛇二集》〈氣集獵敘〉，《明詩話全編》冊七，頁 7498，第 6 則；一爲張溥，《漢魏六朝百三家集》〈劉公幹集〉，《明詩話全編》冊十，頁 10293，第 25 則。

〔註 121〕 參見曹丕《典論・論文》，《三曹集》，大陸，嶽麓書社，1992 年，頁 179。

〔註 122〕 許學夷說：「文帝《典論》稱徐幹之賦，琳、瑀之章表書記，可見七子之名，非皆以其詩也。」參見《詩源辯體》卷 4，《明詩話全編》冊六，頁 6109，第 210 則第 210 則。

〔註 123〕 皇甫汸，《解頤新語》，《明詩話全編》冊三，頁 3259，第 93 則。

肇淛、馮復京等則引曹丕此觀點並加以駁斥。謝氏言：

> 陸士衡〈文賦〉曰：「詩緣情而綺靡，賦體物而瀏亮。」此
> 兩語已占六朝風氣矣。詩尚綺靡故不能玄遠，賦惟體物故
> 不能溫贍。魏文帝亦曰：「詩賦欲麗。」賦麗可也；詩而求
> 麗，何啻千里！〔註124〕

此就曹丕針對建安詩風提出的詩歌觀點提出質疑，認為詩賦不同，不
當以同樣風格求之。馮氏則基於極端之復古論不僅駁斥曹丕之觀點，
亦質疑建安時代詩風之發展。馮氏說：

> 古詩甚質，然太羹玄酒之質，非槁木朽株之質也。古詩甚
> 文，然〈雲漢〉為章之文，〈非女〉工纂組之文也。魏文云
> 「詩賦欲麗」。陸機云「詩緣情而綺靡」。此二家所知，固
> 漢詩之渣穢耳。〔註125〕

依此觀點，建安詩風之麗當是漢代質樸詩風的倒退，而曹丕之觀點更
是撿拾建安詩風的這種「渣滓」。僅管謝、馮都質疑曹丕此觀點的正
確性，但二人並不否認曹丕這一觀點乃對建安詩風的恰當描述。從這
一意義上說，二人的批評恰說明曹丕對建安詩風的適當描述。

　　最後，明詩話中對曹丕批評論的論說涉及到詩韻、用字等一些方
面的內容。其中，尤其受重視且多次出現的是「八病」〔註126〕之說
等，皇甫汸、許學夷、王昌會皆有提及。據明詩話所言，此觀點出自
曹丕之「詩格」。且不論此觀點正確與否，由前文所述可知，所引之
書為訛誤無疑。

三、文學觀

　　除曹丕的文氣論、批評觀之外，明詩話還對曹丕關於文學功業方

〔註124〕謝肇淛，《小草齋詩話》卷 2〈外篇上〉，《明詩話全編》冊六，頁
　　　　6673，第 34 則。

〔註125〕馮復京，《說詩補遺》卷 2，《明詩話全編》冊七，頁 7195，第 141
　　　　則。

〔註126〕八病是指詩歌創作中應該避忌的八個聲律上的問題，分別是：平
　　　　頭、上尾、蜂腰、鶴膝、大韻、小韻、旁紐、正紐。

面的觀點多有論述。

　　總體來說，明詩話相當認可曹丕關於「文章乃經國之大業，不朽之盛事」的觀點。王世貞在《藝苑巵言》的開篇便引用曹丕此觀點作爲對詩歌與人生關係的最好評論〔註127〕；並在頌揚友人之創作成就時說：

> 陸陸已邈，誦之意尚在。故知召風所嘉，甘棠勿翦；魏文移爹，文章不朽，誠非虛也。〔註128〕

意思是說，友人之作品讀後讓人回味至今；由此看來曹丕所謂文章是不朽盛事的觀點並非誇張。同樣引曹丕此言尙有王昌會，在《詩話類編·題辭》中說：「故垂不朽而傳無窮，魏文標大業之論……」〔註129〕將文章不朽論當作曹丕文學觀的中心內容。胡應麟更從曹丕「文章乃經國之大業」引申出文學與人生之關係，認爲文學當爲人生之補充。他說：

> 曹氏兄弟相忌，他不暇言，……至如魏文以「文章爲經國之大業，不巧之盛事」，而陳思不欲以翰墨爲勳績，辭頌爲君子。詞雖冰炭，意實塡篋，讀者考見深衷，推驗實歷可也。〔註130〕

胡氏認爲曹丕之所以推崇文學是因其要標明自己追求文學之專，眞正原因則是因爲曹丕自覺文學不如曹植；曹植之所以不以文學爲志業，實因其人生最大遺憾乃政治失利。胡氏所謂「考見深衷，推驗實歷」，即讓讀者自己從人生經歷來品味曹氏兄弟之人生與文學觀，實隱含了思考文學與人生關係之思考：文學當爲人生之補充，人生不足故於語言上求之。以曹丕來說，其文學觀論證了文學對人生之意義；其人生則是其文學觀的例證。

〔註127〕王世貞，《藝苑巵言》卷1，《明詩話全編》冊四，頁4191，第2則。

〔註128〕王世貞，《弇州山人四部稿》卷65〈吳公宴沙頭古梅下詩序〉，《明詩話全編》冊四，頁4393〜4394，第17則。

〔註129〕王昌會，《詩話類編》，《明詩話全編》冊八，頁7922，「題辭」。

〔註130〕胡應麟，《詩藪外編》卷1，《明詩話全編》冊五，頁5554，第656則。

　　明詩話亦以引證、評述之方式稱贊了曹丕在文學批評方面的特
長。皇甫汸在其詩話《解頤新語》開篇說：「夫詩匪作之難，知之惟
難；匪知之難，論之尤難。」〔註131〕可見對能論詩者之推崇。然而
皇甫氏在《解頤新語》卻大量引用了曹丕之論詩語，並推崇曹丕「品
藻人才」之力，可見其對曹丕文學批評成就之讚賞。同樣贊賞曹丕文
學批評成就的還有費經虞。其在詩話專著《雅倫》中數次引曹丕之文
學理論，並引用《南齊書・文學傳》中對曹丕文學批評之特長的話稱
揚曹丕在文學批評方面之成就。

　　綜而言之，明詩話對曹丕在品級、性格、文學創作以及文學理論
諸方面皆有論說，而觀點因立基點不同而做出褒貶不一之評論。透過
這些論說，可見曹丕及其文學對於明代詩話之影響。至於明詩話之曹
丕論說是否合於歷史上的文帝，抑或體現了何種的文學觀與時代思
想，本文下一章將具體詳析。

〔註131〕皇甫汸，《解頤新語》，《明詩話全編》冊三，頁 3244，第 1 則。

第四章　明詩話對曹丕之論說的
　　　　態度與方法

　　文學接受史研究不僅是對相關論說資料的分析、爬梳，而且要求
透過資料呈現文學接受者的觀點，進而挖掘接受過程中的審美經驗，
流露其所處歷史時空的思想特徵。正如劉小楓所說：

> 接受美學所要突出的乃是以藝術經驗爲主的歷史的審美經
> 驗，它是在讀者的接受和解釋活動中表達出來的。……力
> 圖在一個文學的交往系統的環境中，去把握歷史上的某種
> 生活世界的藝術經驗。……但是，又不能忘記，對交往關
> 係中的藝術經驗的分析始終沒有離開語言場。〔註1〕

由上一章可知，明詩話之曹丕論說數量多，範圍廣，主題涉及性格、
政事、文學創作、文學理論等四個方面。透過這些論說，明代詩話作
者建構出一個相對完整的曹丕形象，更蘊含著明詩評家的期待視野與
思想意識。明詩話之曹丕形象，包含著明詩評家評論曹丕的內容、褒
貶態度、建構視點等方面；亦包含著明詩評家的思想意識、審美經驗
以及明代的文化特質與文學理論傳統，它們都體現著明詩話對曹丕評
論的觀點。本章將結合曹丕、明詩話之曹丕論說、明代相關文學思想
三者展開討論，以呈現明詩話對曹丕評論的觀點，探析其中隱含的藝
術經驗與文化思想。本章將分五節，分別針對明詩話對曹丕評點時的
褒貶、建構、文學傳統、考證與修辭等五個方面展開論述。

〔註1〕劉小楓，〈接受美學譯文集·編者前言〉，劉小楓選編《接受美學譯文
　　　集》，上海：三聯書店，1989年，頁4。

第一節　抑揚並存

　　明詩話對曹丕評論時所採取的觀點，首先表現在褒貶態度。褒貶態度決定曹丕在明詩話中的地位與價值，及其在明代被接受的程度。褒貶的內容，除了決定明詩話對曹丕評點的面向，亦能指示出當代詩評家的思維特性以及文化風氣。本節將揭示明詩話褒貶曹丕背後呈現的明代文人心態與明代文化風氣。

一、明詩話曹丕之褒貶態度

　　明詩話在對曹丕論說時，明顯的表達出褒貶並陳的態度。整體上，明詩話對曹丕帝王身分之性格行事多見貶抑，對其文學家的才華與成就持褒揚態度。

（一）性格行事貶多於褒

　　明詩話論說中關於曹丕性格行事主要有三個方面：與曹植的關係、處置甄后及政事技藝等。其中，與曹植的關係與處置甄后事，明詩話幾乎全指責曹丕，甚至在其中加入明人推測的錯誤理由；政事技藝方面，明詩話之觀點則褒貶參半。

　　曹丕與曹植的關係歷來是人們關注的焦點。曹丕被立為太子之前，二人及其黨羽幕僚曾進行激烈的明爭暗鬥，並在二人心中留下頗深的芥蒂。最終，曹丕成為太子，並代漢自立，成為魏文帝；曹植則空有文學才氣，但直至曹丕辭世後都沒有得到政治上的重用，鬱鬱而終。文學才華高並不代表政治才幹強，曹植在政治上失勢，除了政治才能缺乏以及「性簡易」等因素之外，曹丕的刻意冷落更是重要的原因。特別是曹丕在位時及去世後，曹植數次被徙封、屢上疏求用皆未果。〔註2〕曹丕的政治強勢與曹植的文才、遭遇，一同導致後世對曹

〔註2〕此處參見《三國志・魏書》〈任城陳蕭王傳第十九〉記：曹植「性簡易，不治威儀。……太祖狐疑，幾為太子者數矣。而植任性而行，不自彫勵，飲酒不節。……植嘗乘車行馳道中，開司馬門出。太祖大怒，公車令坐死。由是重諸侯科禁，而植寵衰。」可知曹植性格好酒，任性隨意，進而影響到其政治前途。曹丕即位後，

丕的評價多貶抑之辭。

　　明詩話承襲了前人在兄弟關係上對曹丕的評價：指責曹丕嫌忌文才、心性狹窄。然而，明詩話論述曹丕、曹植的兄弟關係時較爲籠統，只是一味指責，較少解釋其指責的事實依據。歷史上最典型呈現世人對曹丕兄弟評價的故事──「七步詩」〔註3〕的由來，在明詩話中出現兩次，但未被用來指責曹丕。〔註4〕明詩話在兄弟關係上指責曹丕時憑藉的事實有二：一是曹丕將孔融置入「建安七子」代替曹植，一是魏文帝曹丕的猜忌、嫌忌直接導致曹植的作品總反映出沉重的內心鬱結。可以說，明詩話論曹丕嫌忌曹植態度明確，但依據籠統。這種籠統表明，明詩話在曹植問題上只是因襲被普遍認知的曹丕形象，亦即曹丕之「忌」在明詩話論說中並非新的發現，而是明代人評論曹丕時的共識。而對建安七子的重新考證才是明詩話新觀點，使曹丕之「忌」擴展到政治之外的文學領域。〔註5〕

　　　　下令曹魏氏諸王子返回封地，不得留京都。曹植亦被遣返封地，
　　　　繼之又接連被貶或邊，被封爲「安鄉侯」、「鄄城侯」、「鄄城王」、
　　　　「雍丘王」、「陳王」等，所封之地有雍丘、浚儀、東阿、陳等地；
　　　　曹植先後三次上疏求自試，均未果。參見〔晉〕陳壽撰，《三國志·
　　　　魏書》〈任城陳蕭王傳第十九〉，北京：中華書局，1959 年，頁 557
　　　　～576。曹植自己亦說：「余初封平原，轉出臨淄，中命鄄城，遂
　　　　徙雍丘，改邑浚儀，而末將適於東阿。號則六易，居實三邊。連
　　　　遇瘠土，衣食不繼。」曹植，〈遷都賦·序〉，《三曹集》，長沙：
　　　　岳麓書社，1992 年，頁 260。
〔註3〕據傳，曹丕主政後曾命令曹植七步內作詩一首，否則便要殺曹植。曹
　　　　植急中生智，作詩一首：「煮豆持作羹，漉菽以爲汁。其在釜下然，
　　　　豆在釜中泣：本是同根生，相煎何太急？」此事不見於正史《三國志》
　　　　中，最早出現在劉義慶撰《世說新語》，參見楊勇，《世說新語校箋·
　　　　文學篇》，臺北：宏業書局，1972 年，頁 192。
〔註4〕此可參考本文第三章第二節之相關論述。
〔註5〕關於「建安七子」的說法，明代之前都按曹丕《典論·論文》的說法，
　　　　有孔融而無曹植；明詩話則透過離三國時代較近的謝靈運的作品認定
　　　　三國時代的「建安七子」是無孔融而有曹植的，並據以認爲曹丕對曹
　　　　植的「忌」不僅在政治上疏遠，還表現爲文學上的壓制。這對我們思
　　　　考政治與文學、評論與創作間的關係都有啓發意義。參見李景華，《建
　　　　安文學述評》，北京：首都師範大學出版社，1994 年，頁 71。

　　借甄后之死評價曹丕是明詩話評點曹丕的新議題。《三國志》述甄后之死的記載很簡單：失寵後有怨言被曹丕賜死。〔註6〕然而，明詩話則在敘述時加入較多陳述內容。首先將甄后描述成文學才女的形象，之後推測其因被嬪妃之「譖」遭曹丕賜死，甚至妄言其受曹植愛慕。〔註7〕甄后有文才但卻迭遭不幸，和曹植其實有些相似，而曹丕正是兩人乖舛人生的關鍵。透過甄后之死，明詩話試圖形塑曹丕作為皇帝卻好女色、胸襟窄小的形象，暗示其並非是個好帝王。如果說明詩話在兄弟關係的面向上貶抑曹丕之人品，那麼在「處置甄后」面向上則強調曹丕貴為帝王，但品格並不高尚，暗示其道德上有瑕疵。

　　政治及技藝方面，明詩話持褒貶參半的態度，一方面褒揚其在技藝、能力，稱其「善騎馬」、「工擊劍、彈棋」〔註8〕、「雄才智略」〔註9〕；另一方面又指責其人格、統治：「好貨好色」、「不得桓享」〔註10〕。

　　由上可知，明詩話對曹丕人品性格之貶抑態度明顯，甚至依據臆測的故事貶抑曹丕。事實上，此態度是因襲歷史上對曹丕的評價。明代以前對曹丕的評價偏重於從政治、人生性格方面，將之作為帝王來看待，故多貶抑態度。明詩評家對曹丕性格、行事的評價必然多涉及政治、人生性格，所以承襲前人的觀點評價曹丕，自是理所當然地持貶抑態度。

〔註6〕參見〔晉〕陳壽撰，《三國志‧魏書》〈後妃傳第五〉，北京：中華書局，1959 年，頁 160。

〔註7〕此可參考本文第三章第二節之相關論述。另外，裴松之對甄后等有評論：「文帝不立甄氏，及加殺害，事有明審。魏史若以為大惡邪，則宜隱而不言，若謂為小惡邪，則不應假為之辭，而崇飾虛文至於是，異乎所聞於舊史。推此而言，其稱卞、甄諸后言行之善，皆難以實論。」參見〔晉〕陳壽撰，《三國志‧魏書》〈後妃傳第五〉，北京：中華書局，1959 年，頁 161，「裴松之注」。

〔註8〕張溥，《漢魏六朝百三家集》〈魏文帝集〉，《明詩話全編》冊十，頁 10292，第 20 則。

〔註9〕鍾惺，《硃評詞府靈蛇二集》〈精集廣衡〉，《明詩話全編》冊七，頁 7496，第 88 則。

〔註10〕王世貞，《藝苑卮言》卷 3，《明詩話全編》冊四，頁 4223，第 154 則。

（二）文學功業褒多於貶

曹丕的人品固然廣受明代詩評家訾議，然而這些批評並不掩蓋明代詩評家對其文學才華與功業的讚揚。明詩話對曹丕文學才華與功業的評價，幾乎涉及到曹丕文學的全面，而尤以樂府創作、七言詩以及文學批評三方面最受推崇。

在樂府創作方面，明詩話認爲曹丕之樂府創作是建安時代詩人的代表，並指出樂府創作是曹丕勝於曹植及其他人的重要詩歌類別。樂府，本爲漢代蒐集民間樂歌之機構名，後用以指稱所蒐集之樂歌，實指「入樂之歌詩」或「未入樂而其體制意味，直接或間接模仿前作者」〔註11〕；亦是漢魏重要的詩歌類別，而五言樂府更是直接啓發了五言詩的產生，並造就建安這一五言詩的時代。〔註12〕明詩話中對於建安時樂府詩的種種評論中，往往涉及曹丕，或藉以表明建安樂府詩的風格特點〔註13〕，或用以證明曹魏樂府的獨特性，尤其是其文人創作與題意翻新之特點。〔註14〕王世貞、胡應麟、許學夷三人都曾對曹丕的

〔註11〕蕭滌非，《漢魏六朝樂府文學史》，臺北，長安出版社，1981 年，頁9。

〔註12〕蕭滌非在論述五言詩的產生時，認爲五言詩包括五言樂府，但不僅僅是五言樂府；而五言樂府是最早的五言詩，而建安文學的五言詩多文人創作，是五言詩的成熟形態，孕育於五言樂府之中。「迨建安曹氏父子出，而五言遂成詩壇之定體焉。」參見蕭滌非，《漢魏六朝樂府文學史》，臺北，長安出版社，1981 年，頁 15～24。

〔註13〕胡應麟言及魏樂府詩「句法高古」時便引曹丕〈善哉行〉、〈苦寒行〉等，參見胡應麟，《詩藪內編》卷 1，《明詩話全編》冊五，頁 5443，第 52 則；卷 2，《明詩話全編》冊五，頁 5462，第 158 則等。許學夷言魏詩工語較多時亦大量引用曹丕詩歌，參見許學夷，《詩源辯體》卷 3，《明詩話全編》冊六，頁 6085，第 109 則；卷 4，《明詩話全編》冊六，頁 6101～6102，第 178 則；卷 4，《明詩話全編》冊六，頁 6110，第 213 則等。

〔註14〕徐獻忠的《樂府原》討論〈十五〉、〈燕歌行〉、〈大牆上蒿行〉、〈煌煌京洛行〉等漢樂府題時皆涉及曹丕作品，有「文帝命之」、「少古意」、「不及本意」等語。可見曹丕樂府另創新題、題意翻新等特點。分別參見徐獻忠，《樂府原》卷 5，《明詩話全編》冊三，頁 3049，第 84 則；卷 7，《明詩話全編》冊三，頁 3054，第 103 則；卷 9，《明

樂府單獨進行評論。王世貞以爲樂府是曹丕詩歌的「本色」；胡應麟以爲樂府是曹丕文學超過曹植的體裁；許學夷則反對王、胡二人的觀點，認爲曹丕的優秀樂府固然是建安時的優秀代表，但整體上並不如曹植。

歷來對七言詩發展的論述都將曹丕的〈燕歌行〉當作重要的關鍵，或將之作爲七言詩的起源或將之當作七言詩成熟的標示。〔註15〕明詩話論述曹丕七言詩亦集中在〈燕歌行〉上，予以很高的評價。孫賁說：「魏文帝作〈燕歌行〉，蓋秋風四時之變，而其音韻鏗鏘，情思悽愴，爲千古七言之祖。」〔註16〕文中不僅肯定〈燕歌行〉形式與內容上都具相當高的藝術水準，亦肯定其在七言詩發展中具有指標性地位與藝術。胡應麟、許學夷都不認爲〈燕歌行〉是七言之祖，但不否認其藝術性與在七言詩發展中的重要價值：胡氏認爲其「開千古妙境」〔註17〕，許氏則以爲其是七言之「初變」，即第一次重要發展。〔註18〕

文學理論是曹丕文學功業中一向受褒揚的方面。本文上一章第四節專門討論明詩話論評曹丕文學理論的觀點：接受曹丕文氣論的基本觀點、基本認同曹丕對建安時代作家的評論，而對曹丕的文學觀、關於建安時代文學的觀察則持討論態度。〔註19〕儘管明詩話並不完全認

詩話全編》冊三，頁 3060、3061，第 126 則、第 131 則。

〔註15〕關於七言詩的起源與發展參見李立信的論述。李立信，《七言詩的起源與發展》，臺北：新文豐出版股份有限公司，2001 年。

〔註16〕孫賁，《孫西庵集》卷 2〈秋風詞序〉，《明詩話全編》冊一，頁 254，第 1 則。

〔註17〕胡應麟，《詩藪內編》卷 3，《明詩話全編》冊五，頁 5471，第 211 則。

〔註18〕許學夷，《詩源辯體》卷 4，《明詩話全編》冊六，頁 6104，第 189 則。

〔註19〕此處觀點參見本文第三章第四節。需特別說明的有二：一、明詩話認同曹丕對建安時代作家的具體評論，只在涉及曹植時頗有不滿，尤其是曹丕定義的「建安七子」，然而現存文獻沒有曹丕具體評論曹植的記錄；二、明詩話對曹丕的文學觀及曹丕對建安時代文學特質的論述多數同意，但對曹丕「詩賦欲麗」的觀點頗有不滿，但不因此而推翻曹丕在文學理論方面的成就。

同曹丕的文學理論，但對曹丕文學理論上的成就一致贊同，這是對歷代對於曹丕文學評點的承繼。

當然，明詩話對曹丕的文學創作、文學理論批評並非一致稱贊，亦有持探討態度者，如許學夷。許氏認同鍾嶸《詩品》列曹丕為中品的觀點，認為曹丕除〈雜詩〉外的作品「去弟實遠」。〔註20〕即便是文學理論方面，亦有對曹丕的質疑，表現在關於曹丕「詩賦欲麗」說法的討論。〔註21〕不過，許學夷的貶抑實屬個人意見，並不能抵銷明詩話整體上對曹丕文學功業的肯定與褒揚，至於曹丕文學理論具體觀點的質疑只是少數，難撼曹丕在明代詩評家心中的地位。

二、抑揚態度體現明代文人之二面性

如前所述，明詩話對曹丕評點之態度是抑揚並存的。然而，所抑揚之內容則呈現為迥然相異的方面：明詩話對曹丕之貶抑集中於曹丕個人生活與政治行事方面；而褒揚則涵蓋曹丕文學功業之各個方面，從樂府創作到文學理論等。對曹丕個人之褒揚僅是「善騎馬」、「工擊劍」等，對曹丕文學的貶抑只是比較品級時的討論。這種對待人生與文學的迥異態度，不得不讓人奇怪，讓人深思。鍾惺有一段話，頗能體現明詩話這種矛盾的態度。鍾惺說：

> 文帝一肚文雅，有甄后為之妻，陳思為之弟，除卻骨肉，
> 文章中亦宜有臭味，而毫不能有所感動迴旋，真不可解也！
>
> 〔註22〕

鍾惺肯定曹丕的文學才能，並對曹丕「除卻骨肉」的做法頗為鄙視，然而將「文雅」與行事「臭味」分得清楚明白。儘管鍾惺意識到二者的矛盾，但僅簡略歸之「不可解」（不能理解）。事實上，此褒貶態度正是明代文人徘徊於文學與政治之間的一種體現，是明代詩評家士

〔註20〕許學夷，《詩源辯體》卷 4，《明詩話全編》冊六，頁 6104，第 185則、第 188 則。

〔註21〕謝肇淛、馮復京對曹丕「詩賦欲麗」皆有質疑，具體參見第三章相關論述。

〔註22〕鍾惺，《古詩歸》卷 7，《明詩話全編》冊七，頁 7328，第 34 則。

人、文人二面性身份、心態的呈現。

　　具體而言，明詩話評價曹丕時將曹丕的兩個身份——魏文帝與文學家——分開視之，從而衍生出二種完全不同的評點態度。明詩話在評論曹丕性格與行事時，是以君主的身分視之；而在評論其文學功業時，則是以文士的身份來論斷。於前者，呈現為政治的評點態度；對後者則是從文學的視野加以評論。而這種不同的態度又分別呈現著明詩評家不同的心態，故有不同的評價。

　　政治的態度指中國傳統政治社會中「士」階層、官僚團體所抱持的賢臣觀念、對「國家」、「政權」的責任心。文人，作為士階層以及官僚團體的主體〔註23〕，往往在做評價時體現出政治的態度，評價政治人物的性格、行事時更是如此。因此，明詩評家在評論曹丕之性格行事時，順理成章地站在士人的立場，持政治的態度，指責曹丕的種種作為——嫌忌文學才華頗高的曹植、處置有文才的甄后、自私功利、重美色而不重才氣（「好貨好色」）。以傳統士人觀念看來，明詩話所舉曹丕的作為，實是無孝親仁義而好利的行為。對曹丕性格行事的貶抑態度，除流露明代文人內心傳統士人的心態，亦表現為對明代政治的曲折批評。徐獻忠討論曹植的〈當牆欲高行郭增〉時不僅指責曹丕冷落曹植的行為，亦道：「子建（曹植）平生不得於文帝故為此辭……今讒忌者多而調劑者寡，亦何以自白耶？」〔註24〕「今」，即明代，在徐獻忠看來，讒言嫌忌的人多而調和的人少，使人臣難以顯示自己——這和曹丕時代非常類似。這不僅是對魏文帝曹丕的貶抑，

〔註23〕士，指中國古代有「社會良心」的知識階層，其中包含了文人、官僚及地主等，在明代連商人也可算在內。但並非所有的文人、官僚及地主都能被稱為「士」，文人偏重於指有詩、文創作的知識階層。因此，文人與士人的外延經常是重合的，強調其社會責任心時便稱之為士人，強調其創作、情感抒發時便稱之為文人。余英時，《士與中國文化》，上海人民出版社，1987年，「序言」頁10～11；余英時，《中國知識階層史論：古代篇》，臺北：聯經出版公司，1980年。
〔註24〕徐獻忠，《樂府原》卷14〈雜曲歌辭〉，《明詩話全編》冊三，頁3078，第219則。

並由曹丕嫌忌曹植而聯想及明代政治的天聽不明，下臣難昇位。徐獻忠生活於明嘉靖年間，曾中舉人，任過知縣，但大部分時間隱居家鄉著書。〔註25〕由此看來，徐獻忠之隱於鄉非其心所願，乃政治情勢使然。

　　文學的態度，即詩學的態度，是就詩論詩的態度，而不計詩人之品行、作為、士人之責任。明詩話論及曹丕之文學作品、文學成就時，便採用文人的態度，不因曹丕性格行事有缺失而貶低其文學功業。文人心態觀察下的曹丕，只是文學家，脫離開魏文帝的政治身份。明詩評家評論曹丕的文學時，所持態度與政治完全疏離，是其突出的特點。這種特點說明，文學批評在明代已經發展得相當繁盛，並具有相對獨立性──獨立於政治、道德等等外部因素。郭紹虞論述明代文學批評時，首先認為明代「是批評理論各主一端推而至極的偏勝時期」，即明代各執一詞的批評理論得以建立，是文學批評繁盛的時期。郭紹虞還指出明代學界的文人習氣，甚至文人都被指「空疏不學」，認為其文學批評「偏於文藝」。〔註26〕學界如此，文學批評方面可推而知：文人是受評者的主要身分，且不受「文」之外的影響。正因此，曹丕的文學被重新評價，並得到不同於之前數代之結論。

　　明詩評家評價曹丕的態度，可視為明代文人心態的體現。明代文人〔註27〕一方面是士階層的一部分，故持政治的態度，渴望做到中國傳統式治國平天下的賢臣，表現出相當的現實情懷。另一方面則是個人的、文學的，謀求安身立命，疏離污濁的現實，執著於文學，於生活中附庸風雅，遊戲於文字之間。

〔註25〕〔清〕張廷玉等編，《明史》卷287〈文苑傳〉，臺北：藝文印書館據清乾隆武英殿刊本影印，1982年。

〔註26〕郭紹虞，《中國文學批評史》下卷「總論」，臺北：盤庚出版社，1978年，頁14。

〔註27〕陳寶良對明代文人的定義與範圍論述甚詳，廣義上包括一切知識階層人士，狹義上專指寫文章的人。參見陳寶良，〈明代文人辨析〉，《漢學研究》第19卷第1期，民國90年（西元2001年）6月，頁187～217。

　　事實上，明代文人心態的二面性正符合明代政治的情勢。自漢代以來，中國政治制度是以君主爲主體，以士階層爲輔翼的。〔註28〕士人在社會中，往往亦以忠君與否來定位自己，並據以展現自身價值。然而，由於明代政治的過度專制，使明代士人受到極大壓制，不僅難以起到輔翼作用，甚至生存都時常受到威脅。李興源曾概論明代士風說：

　　　明初，皇帝清明，政局穩定。士人忠君愛國、遵紀守法成
　　　爲風氣。至英宗、憲宗時，「幸門日開」，王振和汪直開始
　　　弄權，唯當時士風尚能以名節自勵。至武宗時，「內外多
　　　故」，劉瑾專政，「列卿爭先獻媚，而司禮之權居內閣上。」
　　　士氣大受挫傷，士風漸變。……世宗遂「威柄自操，用重
　　　典以繩臣下。」致正直難容於朝，如嚴嵩之柔媚反得進，
　　　士風更趨保守；忠而見斥者，自生畏懼與怨懟。至萬曆時
　　　期，朝政更壞，……神宗長期怠政，士子難得被任用，官
　　　員長期得不到升遷，功名成爲幻影。此時，泰州學派的異
　　　端思想已大行，自我意識覺醒，浮誇之風更趨於熾烈。天
　　　啓後，魏忠賢專權，士風漸趨於兩極，或泯滅本性，或挺
　　　身赴義，使士人面臨痛苦選擇……〔註29〕

　　李興源論述明代士風由正統轉向衰落甚明，而析論何以轉變之因亦甚明白：以政治言則由於皇帝威權專擅或屬之太監，以士人言則「畏懼」、「痛苦」致不得不求生存，重個人心性。事實上，明代士人難於

〔註28〕錢穆論中國政治之演進言：「總觀國史，政制演進，約得三級：由封建而躋統一，一也。（此在秦、漢完成之。）由宗室、外戚、軍人所組之政府，漸變而爲士人政府，二也。（此自西漢中葉以下，迄於東漢完成之。）由士族門第再變而爲科舉競選，三也。此在隋、唐兩代完成之。」錢穆所謂第二、三政治演進正是愈向士人輔政發展之演進。參見錢穆，《國史大綱》〈引論〉，臺北：商務印書館，1995年，頁15。余英時則認爲，士人構成維繫之「官僚制度」根本上受制於「君權」。參見余英時，〈「君尊臣卑」下的君權與相權〉，《歷史與思想》，臺北：聯經出版事業公司，1976年，頁59～63。

〔註29〕此爲李興源論及晚明士風之變異前所做的鋪墊。參見李興源，《晚明心學思潮與士風變異研究》，臺北：花木蘭文化出版社，2009年，頁127～128。

「以天下爲己任」之形勢自明代開國後不久便已註定，其關鍵是「廢宰相」。〔註30〕而明代士風衰落的深刻原因便是皇權之極端專制。政治的極端專制使明代士人難以被稱作士，而只是文人。於這種專制下，明代文人之心態一方面受傳統儒學影響，具有相當政治關懷與理想，另一方面受制於專制、汙濁的政治現實，不得不將生存問題放在極重要的地位，從而向心性、文學等個人問題方面傾斜。

綜而言之，明代文人作爲傳統士階層的一部分，承繼著士人的理想——表現爲政治的心態；但這種理想受到嚴酷現實擠壓時不得不尋找出口，或完全喪失進取心做官僚小吏，甚至淪爲泯滅本性之惡吏、奸臣，或於文學上用心。〔註31〕在明代文學中，先有「臺閣體」〔註32〕，後有復古之詩文，其精神本來想使明代文學承繼、發揚古代文化，其理論確實有創新之處，然而其實際創作和影響所及只成爲明人文學心態的注解：使文學創作更多侷限於文字工作，流於摹擬。〔註33〕至於八股文，

〔註30〕黃宗羲說：「有明之無善治，自高皇帝廢宰相始也。」參見黃宗羲，《明夷待訪錄》〈置相〉，臺北，中華書局，1969 年，頁 9。余英時在研究中國古代政治體制時曾談及中國古代官僚（相當於士人集團）完全統攝於君權威脅之下的標誌，說：「至明太祖廢相，君主的絕對專制完全確立，……君權擴大在制度史上的涵義便是破壞官僚制度的自主性和客觀性，而相權從低落到消失則適成爲這種發展的一個最清楚的指標。」參見〈君尊臣卑下的君權與相權〉，《歷史與思想》，臺北：聯經出版事業公司，1976 年，頁 69。

〔註31〕左東嶺，《王學與中晚明士人心態》，北京：人民文學出版社，2000年，頁 3。

〔註32〕臺閣體，即館閣之文體，朝廷重臣之文學文體，「以典則正大爲體，渾厚醇正爲尚」，代表人物是三楊：楊溥（西元 1375～1446）、楊士奇（西元 1365～1444）、楊榮（西元 1371～1440）爲代表人物。參見簡錦松，《明代文學批評研究——成化、嘉靖中期篇》，臺北：學生書局，1989 年，頁 39～42。

〔註33〕臺閣體的特點上註已明。再說復古派的文學，其一些理論本來頗有抒發性情，表現情眞的內容，然而其影響所及，對格調的追求變換成對格律、詞調的強調；而其主張主要是以漢魏、盛唐之詩爲典範。參見簡錦松，《明代文學批評研究——成化、嘉靖中期篇》，臺北：學生書局，1989 年，頁 328。

亦盛行於明代，更是文人受制於專制而無創造性的表現，其作者多為喪失進取心的官僚小吏，是明代文人政治心態的扭曲反映。晚明抒發性靈之「公安派」文學，確實想要衝破明代文學的古板與摹擬之風。然而，「公安派」只是數百年明代文壇上的慧星〔註34〕，其精神實質亦強調生命的真，是對人生的執著思考，欲撇開政治、儒佛思想等一切執著。〔註35〕無疑，這亦是文學的態度，自人生思考流溢而出的文學態度。其與復古派，都是明代文人文學態度的表現：復古派欲借文學承繼、發揚傳統文化而不得，公安派思考人生而寫出性靈的文學。

總之，明代文人心態的二面性，表現於曹丕論述中，便是將魏文帝與文學家曹丕全完全分離加以評價，以政治態度來指責曹丕作為帝王之失，從文學視角褒揚其文學功業。由政治態度看來，明詩話仍存有傳統士人的正義、賢臣觀念；自文學看，著力於曹丕的文學風格特點，較少對曹丕詩歌的具體內容討論。這種文學的態度引人深思，又與明代的詩學理論相關，這將成為本文下節論述的重點。

第二節　異時同構

在明代，文學批評蔚然成風，不僅有相對獨立的文人態度，而且文人多有自己的理論，敏於爭論，經常立論偏頗，力求勝於別人，讓別人認同。〔註36〕在對曹丕的評點上，明詩話雖在不同時期呈現不同的偏重，卻在整體上呈現出評點理念的邏輯一致性。對明詩話中，對

〔註34〕公安三袁的大哥袁宗道（西元 1560～1600）與王世貞等頗多關聯，而公安派之所以名盛一時是因袁宏道（西元 1568～1610）之創作與在世時的宣揚，但前後不過十幾年，袁宏道死後不久公安派便消散。故王夫之（西元）說：「公安乍起，即為竟陵所奪，其黨未盛，故其敗未極。」參見〔清〕王夫之，《王夫之品詩三種：明詩評選》，北京：文化藝術出版社，1997 年，頁 247。

〔註35〕參見龔鵬程，〈死生情切：袁中郎的佛教與文學〉，《晚明思潮》，臺北：里仁書局，1994 年，頁 118～155。

〔註36〕郭紹虞，〈明代文人集團〉，《照隅室古典文學論集》，上海：上海古籍出版社，1983 年，頁 498～512。

於曹丕的評論，在不同時期所呈現出的評點理念的一致性，本節概括稱爲「異時同構」。

曹丕做爲建安文學的重要詩人，直到明代才被詩評家廣泛認識，並加以評論。〔註37〕明代之前的曹丕論說中，貶抑居多，僅有的褒揚主要來自曹丕對建安文士的組織之功以及文學理論創見。對文學活動的支持與推展仍屬事功方面，非文學創作。可以說，明代之前褒揚曹丕的文學才能，集中在文學理論方面，然亦只是被劉勰、李德裕等簡單提及，缺少系統性。如劉勰提到「子桓慮詳而力緩，故不競於先鳴；而樂府清越，典論辯要，迭用短長，亦無懵焉。」〔註38〕至於唐代李德裕則提及，「文以氣爲主，氣之清濁有體」已「盡之（文學之理）」〔註39〕，但對此並無具體深入之解釋，遑論對曹丕文學創作重要的剖析。明詩話從樂府創作、文學風格、才華、文學理論等方面對曹丕之文學成就加以廣泛討論，進而建構出曹丕作爲一個文學家、建安時代重要詩人的形象。再者，明代歷經各時期所建構出的文學家曹丕是完整的，評點上的邏輯呈現一致性。本節將論述明詩話所建構出的文學家曹丕形象，其顯示的內在邏輯，及其中所蘊涵的明代詩學。

一、明詩話中論說曹丕者的生平簡介、詩學主張及評點曹丕要旨表列

筆者整理《明詩話全編》中有關論說曹丕者的生平、詩學主張，及《明詩話全編》內所收錄其詩話中有關曹丕的則數，及其評點曹丕

〔註37〕明代之前，關於曹丕的評價更多側重於其政治方面，在文學方面主要重視其文學理論，並無對其詩歌創作成就的討論。參見宋戰利，《曹丕研究》，鄭州：河南大學研究生博士學位論文，2007年，頁2、111。
〔註38〕〔梁〕劉勰，《文心雕龍・才略》，周振甫注，臺北：里仁書局，1984年，頁873。
〔註39〕〔唐〕李德裕，〈文章論〉，收入（清）董浩編：《全唐文》卷709，上海：上海古籍出版社，1990年，頁4280。

的要旨編製成表一及表二。〔註40〕從表中可發現，詩學主張持復古論者，如前後七子、末五子等，有多人名列於上。這顯示復古論在明代詩壇上有著巨大的影響力，而這也影響了明詩話對曹丕評論觀點的建構。後文將對此表展開論述。

表一：明詩話中曹丕論說者的生平及詩學主張〔註41〕

（陳建志編製）

序數	作者	生平簡要	則數	詩學主張	依據文獻資料（卷數、頁碼）		
					明詩話全編	中國文學批評通史·明代卷〔註42〕	明史〔註43〕
1	孫蕡	西元 1334～1389，洪武進士，仕途歷經波折，後被明成祖處死。好天人性命之學。	1	詞采與情感並重，追慕自然。	冊一、254		卷 285、文苑傳一
2	湯胤勣	明開國大將湯和曾孫，工詩，有豪俠氣，成化三年（西元 1467）戰死。	1		冊一、538		卷 126／卷 286、文苑傳二
3	周敘	生卒年不詳，江西人，永樂進士，景泰間（西元 1450 為景泰元年）立志重修宋、金、元三史，未成而卒。重氣節、行事及友誼。	2	論詩重詩體淵源，尊古，注重用詞與聲律，推崇漢魏及唐代的詩歌。	冊二、967		卷 152

〔註40〕表中共整理出三十七位明代詩話作家，共 207 則關於曹丕的詩話。

〔註41〕本表依據《明詩話全編》編成，「生平簡要」還參考張廷玉等編《明史》，「詩學主張」則同時參考袁震宇、劉明今編的《中國文學批評通史·明代卷》。表中詩人排列的先後順序依《明詩話全編》出現順序而定，亦是根據詩人出生年由先而後編排。

〔註42〕袁震宇、劉明今著，王運熙、顧易生主編，《中國文學批評通史·明代卷》，上海：上海古籍出版社，1996 年。

〔註43〕〔清〕張廷玉等編，《明史》卷 287〈文苑傳〉，臺北：藝文印書館據清乾隆武英殿刊本影印，1982 年。

4	黃溥	約西元 1458 年在世，官至廣東按察史。	4	其論詩著作《詩學權輿》是詩歌選本，欲以古代詩歌求詩之「本」，發現詩之門徑。	冊二、1017		
5	安磐	生卒年不詳，弘治十六年（西元 1503）進士，嘉靖間官至兵部給事中，以直諫著稱。	1	有《頤山詩話》。論詩以嚴羽為宗。	冊三、2117		卷 192
6	陸深	西元 1477～1544，弘治十八年進士，嘉靖間官至詹事府詹事。工書法，文章頗有名，為人倨傲。	2	與徐禎卿、李夢陽、何景明為友，論詩主情性，不喜摹擬。	冊三、2150		卷 286、文苑傳二
7	徐禎卿	西元 1479～1511，少有文名，與唐寅等並稱「吳中四才子」，舉弘治十八年進士；入官後與李夢陽為友，為「前七子」之一。	2	少年詩學白居易、劉禹錫，縱情而歌；後改以漢、魏、盛唐為宗，主張辨源流、體制，學古而融為一家。	冊三、2175	170～174	卷 286、文苑傳二
8	楊慎	西元 1488～1568，少即有文名，正德六年狀元，嘉靖朝官至翰林學士，因諫禮儀被廷杖後遷謫為雲南永昌衛，此後在雲南、四川等地活動，嘉靖三十八年卒。	2	論詩與李夢陽、何景明等相近，主張用古，但反對摹擬，以自然為高。	冊三、2567～2568	193～204	卷 192
9	胡纘宗	生卒年不詳，正德三年（西元 1508）進士，嘉靖間官至山東、河南巡撫，有政績。後被誣告丟官。	2	與李夢陽、康海為友，論詩亦多近李、康二人。復古，但更注重六經，崇尚博雅。	冊三、2970	183～184	卷 212
10	徐獻忠	西元 1469～1545，嘉靖舉人，短暫為官後歸家著書。王世貞曾學於門下。	8	有《唐詩品》、《樂府原》等，尊尚唐詩，論詩重聲律。	冊三、3008		卷 287、文苑傳三
11	謝榛	西元 1495～1575，終身未仕。少有文名，後與李攀龍等結詩社，推動復古文學，「後七子」之一。	5	論詩以初、盛唐十數家為宗，主張領會其精神、氣象，而不限於字句。	冊三、3117	239～248	卷 287、文苑傳三
12	皇甫汸	西元 1498～1583，能詩，名動公卿，嘉靖間進士，仕途波折。為人放縱。	10	論詩尚謝靈運、初唐諸人，有獨特風格。	冊三、3242		卷 287、文苑傳三

13	沈鍊	西元 1507～1557，嘉靖十七年（西元 1538）進士，後爲錦衣衛，與嚴嵩交往，嘉靖三十六年因數次罵嚴嵩被斬首棄市。爲人剛正，詩文有豪俠氣。	1		冊四、3602		卷 219
14	田藝衡	西元 1570 年前後在世，有短暫仕途生涯。爲人放曠，好酒任俠。	2	論詩以唐詩爲尚，所取詩人較爲曠達，提倡詩應典雅。	冊四、3949		
15	譚浚	生卒年不詳，嘉靖、萬曆間在世。	6	其《說詩》就古人詩歌聽內容、體式、源流世代等問題加以論說。	冊四、4002		
16	王世貞	西元 1526～1590，嘉靖二十六年（西元 1547）進士，因忤嚴嵩而於父喪後丟官；萬曆年間，官至南京刑部尚書。「後七子」之一。	17	論詩以格調爲尚，但認爲格調與感情相制約；以古爲高格。晚年觀點略有改變，不再一味崇古。	冊四、4188～4189	250～270	卷 287、文苑傳三
17	李葻	西元 1531～1608，嘉靖進士，官至提學副史，後致仕，歸家著書。明代著名藏書家。	1		冊五、4716		
18	屠隆	西元 1542～1605，萬曆五年（西元 1577）進士，官至禮部主事，有政績，蒙冤丟官。有詩才，晚年縱情詩酒。王世貞所列「末五子」之一。	1	推尊七子，尤其是王世貞，是復古派的修正者；對性情、聲調頗有所述、所得。	冊五、4932	305～314	卷 288、文苑傳四
19	周履靖	西元 1542～?，一生不仕，好書法與金石之學，亦好植梅、竹，養鹿。	1	論詩好沖淡古簡。	冊五、4965		
20	胡應麟	西元 1551～1602，萬曆四年（西元 1576）曾舉於鄉，一生不仕；與王世貞相推舉，亦爲王世貞所列「末五子」之一。	43	推尊王世貞，論詩主張亦受王世貞極大影響，特出者在於其有歷史觀，承認文學的發展。	冊五、5434	271～288	卷 287、文苑傳三

21	許學夷	西元 1563～1633，一生閉門讀書著書，曾在鄉中組織文社。論詩著作《詩源辨體》於萬曆四十八年（西元 1612）完成第一稿，後十數易稿，去世前定稿刊刻。	29	論詩以王世貞、胡應麟爲準，並在歷史觀、兼收並採等方面進行略微的修正。	冊六、6033～6034	289～298	
22	楊承鯤	生卒年不詳，嘉靖二十六年（西元 1547）進士，官至大理丞、太僕少卿。	1	不厭古，但認爲學古的目的不應是復興古代之詩體，而在於發展當代（明代）的詩歌。	冊六、6657		
23	謝肇淛	西元 1567～1624，萬曆間進士，官至廣西右布政使。工詩，爲當時閩中詩人領袖。	1	論詩初受高棅及復古派影響，後來漸向神韻說靠近，主張興趣與漸悟。	冊六、6662	553～556	
24	胡震亨	西元 1569～1645，萬曆間進士，崇禎間官至兵部職方司員外郎，與上司不和而歸鄉著書。	6	以研究唐詩著名。論詩主張多隨和當時代的見解，以通達、神韻爲尚。	冊七、6824～6825		
25	宋懋澄	西元 1572～1622，萬曆間舉人，明末著名藏書家。	1		冊七、7152		
26	馮復京	西元 1573～1622，一生未仕。少年即志於學，不屑詩文小道；性嗜酒。	13	論詩受七子復古派的影響，極排斥宋詩。	冊七、7162		
27	鍾惺	西元 1574～1625，萬曆三十八年（西元 1610）進士，官至福建提學僉事，因父親去世辭官，死於歸家途中。	10	論詩反對公安派之「清新輕俊」，代之以「幽深孤峭」。不反學古，但亦不以古爲尚。	冊七、7320	513、526～534	卷 288、文苑傳四
28	黃廷鵠	生卒年不詳，生活於明晚期，萬曆三十七年（西元 1609）舉人，官途不順。著書甚勤。	9	詩論修正七子派之詩論，更重比興與氣韻。	冊七、7695～7700		
29	王昌會	生卒年不詳，生活於明晚期，萬曆四十三年（西元 1615）舉人，仕途不詳。學問較駁雜，論詩，編史。	8		冊八、7921		

30	董斯張	西元 1586～1628，爲國子監生，身患疾病，生計不周，嗜好讀書。	1		冊九、9003		
31	費經虞	西元 1599～1671，生平不詳，其兒子費密曾參與《明史》編撰。	10		冊九、9540～9541		
32	張溥	西元 1602～1641，崇禎四年（西元 1631）進士，未仕。在家鄉組織文社「復社」、「興復古學」，頗有跟隨者；亦因此爲當時官員攻訐，至死都未結案。	5	論詩主性情，能融合經史，有經世致用的思想。對古代詩文頗有所研究。	冊十、10288	573～577	卷 288、文苑傳四
33	賀貽孫	生於西元 1605，卒年不詳，崇禎時曾結文社。明亡，兩拒清朝徵召，逃入深山，重氣節，爲時所重。	2	論詩尊漢魏、盛唐，有復古主張；主張詩須有神，要情與境結合。	冊十、10379		
34	蔣一葵	生卒年不詳，萬曆二十二年（西元 1594）曾應試，亦有當官經歷。爲官清，爲人忠厚。	1		冊十、10504		
35	陳子龍	西元 1608～1647，崇禎十年（西元 1637）進士，曾參加復社，又組織幾社；明亡後仍組織義兵抗清，兵敗投水死。	1	詩賦古文，皆取法魏晉，駢體尤精妙。	冊十、10517	581～593	卷 277
36	陸時雍	生卒年不詳，崇禎六年（西元 1633）貢生，一生仕途不順；後因案受牽連，冤死獄中。	14	推尊漢魏，而貶抑中晚唐，復古之意與前後七子相近，但更重性情與氣韻。好言「意象」。	冊十、10645	556～566	
37	謝天瑞	生卒及仕途經歷皆不詳，大抵晚明或明亡後遊歷於南方的文人。現存其所做多爲戲曲；詩論僅《詩法大成》後五卷。	1		冊十、11143～11144		

表二：明詩話中評點曹丕要旨（陳建志編製）

冊數	作者	具體論說及其出處	明詩話全編中之頁數及則數
一	孫蕡	《孫西菴集》卷2〈秋風詞序〉： 魏文帝作〈燕歌行〉，蓋秋風四時之變，而其音韻鏗鏘，情思悽愴，為千古七言之祖。其後如少陵〈秋風〉兩首、邢君實〈秋風三疊〉，皆本此而作者也。今特衍其詞語，分為三首，略竊〈三疊〉之意。雖未能以配詩祖，則亦可仿佛四愁之遺響雲。	255頁第1則
	湯胤勣	《湯將軍集》〈巨俠四首（其三）〉： 才有曹丕十倍多，鷺鱗鏃羽怨誰何。靈絲欲繡張忠靖，壇上文山〈正氣歌〉。	539頁第1則
二	周敘	《詩學梯航》〈命題〉： 作詩命題，大為要事，或有先立題後賦詩者，隨其賦興有此二端。然自有詩以來，命題之語，代各不同，視其題語之純駁，則知所作之高下，而可以窺其識見之淺深也。兩漢尚矣。由漢而下，魏、晉詩人賦詠，篇什無藉於題，特立題以紀辭耳，其語甚簡，如魏文帝〈芙蓉池作〉，曹子建〈情詩〉，劉公幹〈贈五官中郎將〉，王仲宣〈從軍詩〉……皆只一語略題賦詩之意。詩中興趣蕭散，不為題所拘繫。	975頁第3則
		《詩學梯航》〈品藻〉： 嘗觀古今藝苑，具載名勝歌詩。緣其才調，各殊是致，詞華頓別。……魏文帝如唐、晉遺民，憂生感慨。曹子建如京洛少年，風流自賞。	985頁第7則
	黃溥	《詩學權輿》卷12「行歌行古風」： 〈善哉行〉（魏文帝曹丕）：「上山採薇，薄暮苦饑……（錄全詩）」薇，菜名；雉，雉求匹之聲。《詩》云：「雉之朝雊，尚求其雌。」鬱，叢密之貌。壘壘，重疊貌。皆指高山林木而言，故下文因以起興。方，定所也。湯湯，流不息貌。轉薄，回旋也。　此魏文因征行勞苦感物憂傷而歌以自娛也。託言上山採薇既不足以療饑，而徒為風霜所侵，且物之群動者尚各求其匹侶，今我何獨遠離所親而勞於征役乎！於是還望故鄉，則鬱然壘壘者，又為隔絕使不可見，故其憂感之懷反復興歎而不能已焉，「湯湯」「川流」以下三語，亦以申言歲月如馳人生如寄之意，宜乎策馬被裘以自遣釋也。	1168頁第471則
		《詩學權輿》卷12「行歌行古風」： 〈燕歌行〉（魏文帝曹丕子桓）：：「秋風蕭瑟天氣涼，草木搖落露為霜……（錄全詩）」蕭瑟，寒涼之意。慊慊，心有所不足。煢煢，獨也。援，引也。爾，本指二星，而實自謂也。辜之為言，故也。　此婦人思其君子遠行不歸之詞，豈帝為中郎將時北征在外，代述閨中之意而作歟？然不可考矣。其曰慊慊思歸者，其必然之辭；何為淹留者，又怪而問之之詞也。憂來而不敢忘，微吟而不能長，則可見其情義之正詞氣之柔。至如牽牛織女而下，因賦所見而反以自況，含蓄無窮之思焉。	1171頁第475則
		《詩學權輿》卷13「思樂哀愁別」： 評曹植的〈七哀〉（明月照高樓），其中談及曹丕：「子建與文帝同母骨肉，今乃浮沉異勢，不相親與，故特以孤妾自喻，而切切哀慮之也。其首言月光徘徊者，喻文帝恩澤流布之盛，以發下文獨不見及之意焉。此篇亦知在雍丘所作，故有『願為西南風』之語。按雍丘即今汴梁之陳留縣，當魏都西南云。」	1191頁第521則

二	黃溥	《詩學權輿》卷十四「唐七言律詩」： 〈蜀相〉（乃杜甫之詩），其中引用諸葛亮的本傳，劉備臨終對諸葛亮的話：「君子十倍曹丕，必能安國家……」	1197 頁 第 533 則
三	安磐	《頤山詩話》： 曹丕建章臺公讌詩，王粲曰：「嘗聞詩人語，不醉且無歸。」應場曰：「為且極歡情，不醉其無歸。」子建曰：「公子敬愛客，終宴不知疲。」場亦曰：「公子敬愛客，樂飲不知疲。」一時燕集之作相襲如此，豈偶然同耶？	2120 頁 第 7 則
	陸深	《詩話》： 言及曹植〈七步詩〉，以為當以《世說新語》為核。	2152 頁 第 2 則
		《儼山集》卷九十〈跋漢魏四言詩〉： 四言之製，弊於東都，幾為《毛詩》抄集矣。獨曹氏父子，以毫雄之才，起而一新之，差強人意。而孟德尤工，猶恨「鹿鳴」之句，尚循舊轍。余選漢詩，以魏武終焉。	2161 頁 第 11 則
	徐禎卿	《談藝錄》： 七言始起，咸曰「柏梁」。然甯戚扣牛，已肇〈南山〉之篇矣。其為則也，聲長字縱，易以成文。故蘊氣琱詞，與五言略異。要而論之：〈滄浪〉擅其奇，〈柏梁〉宏其質，〈四愁〉墜其雋，〈燕歌〉開其靡。他或雜見娛樂篇，或援格於賦系，妍醜之間，可以類推矣。	2180 頁 第 10 則
		《談藝錄》： 評價了建安時各詩人，其中有「曹丕資近美媛，遠不逮植。然植之才，不堪整栗，亦有憾焉。」不過，此處評王粲等，更為貶低。	2181 頁 第 21 則
	楊慎	《升庵詩話》卷一： 「蒲生我池中，綠葉何離離……（錄〈甄后塘上行〉全詩）」此詩《樂府》亦載，而詳略不同，然詞義之善，無如此錄之完美，故書於此。……甄后，中山無極人，為魏文帝后。其後為郭嬪譖賜死，臨終作此詩。魏明帝初為王時，納虞氏為妃，及即位，毛氏有寵而黜虞氏，卞太后慰勉之，虞氏曰：「曹氏自好立賤，未有能以令終，殆必由此亡國矣。」其後郭夫人有寵，毛氏愛弛，亦賜死。魏之兩世家法如此。虞氏亡國之言良是。詩可以觀，不獨《三百篇》也。元人傳奇，以明帝為跳槽，俗語本此。	2582 頁 第 49 則
		《升庵集》卷 57〈魏武帝父子不惑仙術〉： 魏武帝樂府〈精列篇〉云：「造化之陶物，莫不有終期……（錄全詩）」魏文帝〈折楊柳歌〉云：「彭祖稱七百，悠悠安可原……（錄全詩）」二詩不信仙術，辟其怪誕，誠知道守正之言也。曹孟德之卓識，比之後來唐之諸君服金丹渴燥而死者，豈不天壤哉！子建〈辨道論〉，亦言左慈輩之妄，其父子相傳，家教如此，今之儒者豈不愧之哉！	2766 頁 輯錄 第 113 則
	胡纘宗	《鳥鼠山人小集》卷 14〈跋漢詩後〉： 讀詩者，一則曰漢、魏，二則曰漢、魏。平時讀漢、魏詩，以為魏猶漢也。及讀樂府，則漢自為漢而魏不能及也。試詠之，漢鐃歌、相和諸曲，渾厚雋永，無媿餘古歌謠辭；魏詩可讀者三數爾矣。然操、丕、植固漢人也，故附之漢。苟評前代之詩，亦唯曰漢而已矣。自漢而戰國，而春秋，《三百篇》可馴致也。	2974 頁 第 14 則
		《鳥鼠山人後集》卷 2〈陳思王集序〉： 錄江按察西皐的話：「曹氏父子兄弟，固魏之源，實漢之支也。體被文質，詞兼雅怨，而渾樸典則，溫厚雋永，自為太羹玄酒，增冰椎輪。泊夫晉、宋，文始麗、詩始工矣。」	2978 頁 第 19 則

三	徐獻忠	《樂府原》卷 5〈相和歌一即相和曲〉： 十五（魏文帝）　此篇立名以十句之中而有五見。五見草木雉雊皆不干人，惟虎嘯則有狂顧牙齒之患，人殊畏之也。此當因畏遠惡人而作。平居交處，潛有此患，遠而望之，猶不可堪，況與之朝夕居處乎？故難於立名而以「十五」名之，此非漢人原題，即文帝命之也。然梗柟美材而與眾草爲伍不害爲林居之。觀雉雊與嘯虎同曹，不免有意外之慮，君子小人，其不可竝偶，亦可知矣。	3049 頁 第 84 則
		《樂府原》卷 7〈相和歌四平調曲〉： 燕歌行　古辭已亡。大略言良人從役於燕而思之者也。魏文帝「秋風別日」二曲，止言行役不歸而幽燕之思。梁元帝「燕趙佳人本自多」一首，周庾信「代北雲氣晝昏昏」一首，唐高適「漢家烟塵在東北」，皆有體。	3054 頁 第 103 則
		《樂府原》卷 9〈相和歌六瑟調曲〉： 大牆上蒿行　大牆非發生之處，而蒿亦蔽生其上，陽春之澤，曾無不及，然秋風一起，零落隨之。人生若是，苟不及時爲樂，則歲月之逝，忽若飛馳，何爲自苦，使我心悲。此朋儕相勸之辭也。魏文帝一篇少古意，然皆言天子樂事耳。	3060 頁 第 126 則
		《樂府原》卷 9〈相和歌六瑟調曲〉： 野田黃雀行（置酒高殿上）　此陳思王辭，言人之有生，當適其懷抱，暢其性情，如黃雀之在野田，網羅不及，鷹鸇不逐，有自得之樂也。君子雖貴勞謙之德，若過爲磬折之恭，亦何以暢其情哉？末言生年短促，丘陵不免，何不知命而樂其天眞。子建在東阿享有國土，因置酒而爲此歌，言其別無外慕之意，亦以安文帝之心也。	3060 頁 第 127 則
		《樂府原》卷 9〈相和歌六瑟調曲〉： 論「豔歌何嘗行（飛來雙白鵠）」（曹丕有此樂府一首。但此處沒有提及曹丕）。	3060 頁 第 129 則
		《樂府原》卷 9〈相和歌六瑟調曲〉： 煌煌京洛行　漢承西京，光武中興始都於洛，獻帝爲董卓逼遷長安，焚掠洛都殆盡，時多感忿，故有「煌煌京雒」之作。魏武既建許都，不復念洛，雖存舊名，而作者諱之。魏文帝「夭夭桃園」一篇，止雜敍臣人，不及京洛本意以是也。鮑照、戴暠皆有感諷意，不錄。	3061 頁 第 131 則
		《樂府原》卷 14〈雜曲歌辭〉： 當牆欲高行郭增（曹植）　子建平生不得於文帝，故爲此辭，以其見疏，由於眾口也。待中人須人之舉薦而後可以合也。今譏忌者多而調劑者寡，又何以自白耶？	3078 頁 第 219 則
		《樂府原》卷 14〈雜曲歌辭〉： 遠遊（子建）按《楚辭·遠遊》曰：「悲時俗之迫隘兮，願輕舉而遠遊。」王逸云：「屈原履方直之行不容於世，乃思與仙人俱遊戲，周歷天地，無所不至焉。」子建在當時大爲文帝所嫉，因感於屈子之致而爲此篇。其體則固遊仙辭也。其云：「崑崙本吾宅，中州非吾家。」又曰「齊年與天地，萬乘安足多。」則其視國土如塵泥，賤爵祿如垢穢，志已不在人間，嫉忌亦將何所施耶？此其微意也。	3081 頁 第 236 則
	謝榛	《詩家直說》卷 1 則 19： 魏武帝〈善哉行〉，七解；魏文帝〈煌煌京洛行〉，五解。全用古人事實，不可泥於詩法論之。	3120 頁 第 19 則

三	謝榛	《詩家直說》卷 1 則 35： 謝靈運擬魏文帝〈芙蓉池〉之作，過於體貼。宴賢之際，何乃自陳德業哉？	3123 頁 第 35 則
		《詩家直說》卷 1 則 50： 「……魏武帝〈對酒歌〉曰：「耄耋皆得以壽終，恩澤廣及草木昆蟲。」坑流民四十餘萬。魏文帝〈猛虎行〉曰：「與君結新婚，託配於二儀。」甄后被讒而死。……予筆此數事，以爲行不顧言之誡。」（此處提及的，除二曹外，還有漢高祖、張華、郭璞、隋煬帝、唐玄宗、李林甫、盧仝、高駢）	3125 頁 第 50 則
		《詩家直說》卷 1 則 105： 魏文帝曰：「梧桐攀鳳翼，雲雨散洪池。」曹子建曰……阮籍……張華……左思……張協……潘嶽……陸機……以上雖爲律句，全篇高古。及靈運古律相半，至謝朓全爲律矣。	3133 頁 第 105 則
		《詩家直說》卷 2 則 41： 鍾嶸《詩品》，專論源流，若陶潛出於應璩，應璩出於魏文，魏文出於李陵，李陵於出屈原。何其一脈不同邪？	3142 頁 第 41 則
	皇甫汸	《解頤新語》： 《鄴中集》：楚襄王時有宋玉、唐景，梁孝王時有鄒、枚、嚴、馬，遊者美矣，而其主不文。漢武時，徐樂諸才，備應對之能，而雄才多忌。若魏文妙思六經，逍遙百氏，延攬文學，追思勝遊，愴啓路之南箇，傷從車於西蓋。	3249 頁 第 35 則
		《解頤新語》： ……桂林湘水，平子之華篇；飛館玉池，魏文之麗篆。然擊築易水，叩角南山，大風酣詠於沛中，拔山泣歌於垓下。七言之作，非此獨先矣。三六雜言……。以下考證。	3251 頁 第 46 則
		《解頤新語》： 子桓之品藻人才，仲治之區判文體，陸機辨於《文賦》，季充論於翰林，張眎擿句褒貶，顏延圖寫情興。各任懷抱，共爲權衡。	3255 頁 第 69 則
		《解頤新語》： 魏文帝詩格：六志、八對、三例、八病。其說拘泥，恐出僞托。	3256 頁 第 70 則
		《解頤新語》： 《典論》：「詩賦欲麗。」建安以前之體也。《文賦》：「緣情綺靡。」泰始以後之體也。	3259 頁 第 93 則
		《解頤新語》： 人才各有宜，不可強餙，如張籍樂府婉麗，五言平澹，七言則質多文少。楊巨源工爲七言，虞騫工爲五言。《典論》：「文非一體，鮮能備善，各以所長，相輕所短。」若班固之小武仲，陳思之排孔璋。	3259 頁 第 96 則
		《解頤新語》： 魏文曰：應瑒和而不壯，劉楨壯而不密，孔融體氣高妙，理不勝辭。	3260 頁 第 97 則
		《解頤新語》： 其第 127 則有云：「詩有逸篇，史有闕文，無事補亡，但須刊謬。以下遺誤」，遂有第 128、129 則的補記。第 128 則錄魏文帝的〈馬上作〉全詩。第 129 則爲：六言詩，魏文亦有之。「喪亂悠悠過紀，白骨縱橫萬里。哀哀下民靡恃，吾將佐時整理。」復子明辟致仕。	3263 頁 第 128、129 則
		《解頤新語》： 吳季重〈追慕魏文〉詩：「愴創懷殷憂，殷憂不可居。……（錄全詩）」其得士心若此。	3265 頁 第 137 則

四	沈鍊	《青霞集》卷1〈刻劉揮使蒿序〉： 沈子曰：藝文之與韜鈐，豈遠也哉！昔曹氏父子，驅馳四方，往往於鞍馬間橫槊賦詩，余嘗壯其氣。既彼雖非德義君子，其才藻殊絕，淹通廣鷔，亦足稱也。其後有劉越石遭晉室倥傯之時……比之書生學士，揣摩聲韻之末流，研練於章句者既自不同，而後世專名之家亦復不能過。	3603頁 第3則
	田藝蘅	《詩談初編》： 《廣文選》誤，如……魏文帝「置酒坐飛岡」，《文選》本江淹〈雜體〉，而此直云文帝〈遊宴〉。……又文帝〈堯任舜禹〉一篇，本集八卷作《歌魏德》，十二卷又作《秋胡行》，重覆可厭。……眞小兒之作也，不直一笑。	3955頁 第24則
		《留青日箚》卷二〈古詩重出〉： ……魏文帝〈臨高臺〉：「鵠欲南遊，雌不能隨。我欲躬銜汝，口噤不能開。欲負之，毛衣推頹。五里一顧，六里徘徊。」……曹子桓〈豔歌何嘗行〉：「上漸滄浪之天，下顧黃口小兒。」……數詩或全篇相類，或數語略同，不能無繁簡美惡之異。意者，出於一手，或後先互襲邪！他如曹丕〈歌魏德〉，「有美一人」四句，又用于〈善哉行〉；曹植〈怨詩行〉即〈七夕怨歌行〉之辭。	3978頁 輯錄 第9則
	譚浚	《說詩》卷上： 言發於性情，風動於教化。惟性情之正者，基舜皋陶、八伯之言也。惟教化之治者，肇堯〈康衢〉、〈擊壤〉之風也。王迹熄而《詩》亡，《楚詞》流而淫麗。漢武好浮華，相如應之；魏文好綺靡，曹植應之。……故曰：「先王詩教，人道之常。使興於善而戒其失。是以入人深而見功速也。安得鼓天下之氣，以復先王之教哉！」	4009頁 總辨·性教
		《說詩》卷中： 鋪敘開合，血氣貫通，風度高雅，波瀾宏闊，音韻鏗鏘，議論超然，學問充之。如短句，則〈采葛詞〉、〈易水歌〉也。長篇、漢、魏〈燕歌行〉、〈木蘭詞〉，唐〈兵車行〉、〈天姥吟〉尚矣。	4036頁 章句·古篇七言
		《說詩》卷中： ……農也。……圃也。〈南有嘉魚〉、魏文〈釣竿〉，漁也。……牧也。評曰：「陶詩，古今隱逸之宗。」	4063頁 題目·隱逸
		《說詩》卷下： 建安，漢末。黃初，魏年。曹操父子，鄴中七才。李白詩云：「自從建安來，綺麗不足珍。」杜甫詩云：「多並鄴中奇。」所謂「慷慨任氣，磊落使才」也。	4066頁 世代·建安黃初
		《說詩》卷下： 曹丕，子桓，稱文帝。靈運曰：「論物靡沉浮，羅縷豈闕詞。」《正宗》云：「〈芙蓉池詩〉，何異秦二世。」	4075頁 人物·魏
		《說詩》卷下： 徐幹，偉長，北海人。謝曰：「少無宦情，有箕穎之志，故事多素詞。」魏文曰：時有齊風。謂齊俗，文體舒緩也。	4076頁 人物·魏
	王世貞	《藝苑巵言》卷1〈摘錄古人論文語〉： 語關係，則有魏文帝曰：「文章經國之大業，不朽之盛事，年壽有時而盡，榮樂止於其身。二者必至之常期，未若文章之無窮。」	4191頁 第2則
		《藝苑巵言》卷1： 總論，則魏文帝曰：「文以氣爲主，氣之清濁有體，不可力强而致。」	4197頁 第42則

四	王世貞	《藝苑卮言》卷2：〈右諺〉 「漢、魏人詩語，有極得《三百篇》遺意者，謾記於後。……」此處引很多詩句，雖未標明誰作的，但其中有曹丕的〈善哉行〉「憂來無方，人莫之知。」及〈雜詩〉「彷徨忽已久，白露沾我裳。」	4211頁 第89則
		《藝苑卮言》卷2：〈右諺〉 ……（先舉《國風》等建安之前詩，尤其講到蘇李詩之真假。）子瞻乃謂李陵三章亦偽作，此兒童之見。夫工出意表，意寓法外，令曹氏父子猶尚難之，況他人乎？	4217頁 第119則
		《藝苑卮言》卷3： 曹公莽莽，古直悲涼；子桓小藻，自是樂府本色。子建天才流麗，雖譽冠千古，而實遜父兄。何以故？材太高，辭太華。	4222頁 第146則
		《藝苑卮言》卷3： 子建「謁帝承明廬」、「明月照高樓」，子桓「西北有浮雲」、「秋風蕭瑟」，非鄴中諸子可及，仲宣、公幹遠在下風。吾每至「謁帝」一章便數十過不可了，悲婉宏壯，情事理境，無所不有。	4222頁 第148則
		《藝苑卮言》卷3： 〈洛陽賦〉……然此賦始名〈感甄〉，又以〈蒲生〉當其〈塘上〉，際此忌兄，而不自匿諱，何也？〈蒲生〉實不如〈塘上〉，令洛神見之，未免笑子建傖父耳。	4222頁 第149則
		《藝苑卮言》卷3： 讀子桓「客子常畏人」，及答吳朝歌、鍾大理書，似少年美資負才性，而好貨好色，且當不得恒享者。桓寶技藝差相埒，而氣尚過之。子桓乃得十年天子，都所不解。	4223頁 第154則
		《藝苑卮言》卷3： 子桓之〈雜詩〉二首，子建之〈雜詩〉六首，可入《十九首》不能辨也。若仲宣、公幹，便覺自遠。	4223頁 第156則
		《藝苑卮言》卷3： 晉〈拂舞歌〉、〈白鳩獨漉〉，得孟德父子遺韻；〈白紵舞歌〉已開齊、梁妙境，有子桓〈燕歌〉之風。	4227頁 第173則
		《藝苑卮言》卷3 吾覽鍾記室《詩品》，折衷情文，裁量事代，可謂允矣，詞亦奕奕發之。第所推源出於何者，恐未盡然。邁、凱、昉、約、濫居中品；至魏文不列乎上，曹公屈第乎下，尤爲不公，少損連城之價。……	4235頁 第207則
		《藝苑卮言》卷8： 自三代而後，人主文章之美，無過於漢武帝、魏文帝者。……	4303頁 第410則
		《藝苑卮言》卷8： 其441則云：「循覽往匠，良少完終，爲之愴然以慨，肅然以恐。曩與同人戲爲〈文章九命〉：一曰貧困，二曰嫌忌，……」（頁4311）其443則爲「二嫌忌。……曹植見忌文帝。……」	4312頁 第443則
		《弇州山人四部稿》卷65〈吳公宴沙頭古梅下詩序〉：「前尚書禮部郎考豐吳公，襲芬冠英之冑，握蘭襲禮之署，藝林既翹，……陵陸已遷，誦之意尚在。故知召風所嘉，甘棠勿剪；魏文移爹，文章不朽，誠非虛也。……」	4393頁 第17則
		《弇州山人四部稿》卷121〈張助甫〉： ……於詩，則知有枚乘、蘇李、曹公父子，旁及陶謝；樂府則知有漢魏鼓吹相如……獨於鱗不以爲怪，時有酬唱，期于神賞已，不謂二三友生，復取其糠粃而簸揚之。	4426頁 第122則

四	王世貞	《弇州山人四部稿》卷121〈張助甫〉： ……嘗與于鱗言，子建才敏于父兄，然不如其父兄質。漢樂府之變，自子建始。……	4426頁 第125則
		《弇州山人四部稿》卷136〈趙子昂雜帖〉： 左太沖詩于曹氏兄弟，猶子昂于大令父子，可謂逼眞。第太沖詩末云「振衣千仞岡，濯足萬裏流」，尙覺子昂手腕間，乏此大氣象。	4446頁 第234則
五	李蓘	《黃穀瑣譚》卷1： 詩多用「採薇」字。或以爲嫌，宜避之，此盲人說也。詩人用事原不盡循來歷……魏文帝：「上山採薇，薄暮苦饑。」……豈皆禁語耶！知此可與論詩矣。	4718頁 第11則
	屠隆	《鴻苞節錄》卷6上〈論詩文〉： 氣運尙隨世遞遷，天地有劫，滄桑有改，而況詩乎？故論詩者，政不必區區以古繩今，各求其至可也。論漢魏詩，當就漢魏求其至處。不必責其不如《三百篇》。……漢魏悽惋如蘇李，沈至如《十九首》，高華如曹氏父子，何必《三百篇》？……	4955頁 第26則
	周履靖	《騷壇秘語》卷中〈體第15〉： 魏文帝　自然浮俊。（同頁評曹操「自然沉雄」，評曹植「斬削精潔，自然沉健」。）	4985頁 魏文帝條
五	胡應麟	《詩藪內編》卷1： 魏陳思下仲宣數章，間有稡語，而典則雅馴，去漢未遠。子桓篇什雖眾，雅頌則微。公幹諸人，寥寥絕響。至嵇、阮乃復大演，而四言又一變矣。	5442頁 第46則
		《詩藪內編》卷1： 四言句法高古者，已經前人採摭，自餘精工奇麗，代有名篇。雖非本色，不可盡廢。漫爾筆之。……魏武……文帝：「丹霞蔽日，采虹垂天，山谷潺潺，葉落翩翩。」「上山采薇，薄暮苦饑，溪谷多風，霜露沾衣。」「芙蓉含芳，菡萏垂榮，朝采其實，夕佩其英。」東阿……右諸語，或類古詩，或類樂府，或近文詞，較之雅頌則遠，皆四言變體之工者。典午以後，即此類不易得矣。	5443頁 第52則
		《詩藪內編》卷1： 《三百篇》薦郊廟，被絃歌。詩即樂府，樂府即詩，猶兵寓於農，未嘗二也。詩亡樂廢，屈宋代興，《九歌》等篇以侑樂，《九章》等作以抒情，途轍漸兆。至漢《郊祀》十九章，《古詩十九首》，不相爲用，詩與樂府，門類始分，然厥體未甚遠也。如「青青園中葵」，曷異古風;「盈盈樓上女」，靡非樂府！魏文兄弟崛起，建安擬則前規，多從樂府。唱酬新什，更創五言，節奏既殊，格調敻別。自是有專工古詩者，有偏長樂府者。梁、陳而下，樂府古詩變而律絕，唐人李、杜、高、岑，名爲樂府，實則歌行。張籍、王建，卑賤相矜；長吉、庭筠，怪麗不典。唐末五代，復變詩餘。宋人之詞，元人之曲，製作紛紛，皆曰樂府，不知古樂府其亡久矣。	5446頁 第64則
		《詩藪內編》卷1： 取樂府之格於兩漢，取樂府之材於三曹，以三曹語入兩漢調，而渾融無迹，會於騷雅。噫，未易言也。	5446頁 第65則
		《詩藪內編》卷1： 漢〈古八變歌〉，文繁於質，景富於情，恐是曹氏弟兄作。漢人語亦有甚麗者，然文蘊質中，情寓景外，非後世所及也。	5448頁 第76則

五	胡應麟	《詩藪內編》卷2： 漢稱蘇李，然武帝，蘇李儔也。魏稱曹劉，然文帝，曹劉匹也。唐稱李杜，然玄宗，李杜流也。三君首倡，六子并驅，盛絕千古，非偶然也。。	5454 頁 第 107 則
		《詩藪內編》卷2： 古詩浩繁，作者至眾。雖風格體裁，人以代異，支流原委，譜系具存。炎劉之製，遠紹國風。曹魏之志，近沿枚李。陳思而下，諸體異備，門戶漸開……	5454 頁 第 108 則
		《詩藪內編》卷2： 五言古，先熟讀《國風》、《離騷》，源流洞徹。乃盡取兩漢雜詩，陳王全集，及子桓、公幹、仲宣佳者，枕藉諷詠，功深日遠，神動機流，一旦吮毫，天真自露。骨格既定，然後沿洄阮、左，以窮其趣，頡頏陸、謝，以采其華；旁及陶、韋，以澹其思；博考李、杜，以極其變。超乘而上，可以掩跡千秋；循轍而趨，無忝名家一代。」(則 113：「統論五言之變，則質漓於魏，體俳於晉，調流於宋，格喪於齊。」	5455 頁 第 110 則
		《詩藪內編》卷2： 兩漢諸詩，惟〈郊廟〉頗尚辭，樂府頗尚氣。至《十九首》及諸雜詩，隨語成韻，隨韻成趣，辭藻氣骨，略無可尋，而興象玲瓏，意致深婉，真可以泣鬼神，動天地。魏氏而下，文逐運移，格以人變，若子桓、仲宣、士衡、安仁、景陽、靈運，以詞勝者也；公幹、太沖、越石、明遠，以氣勝者也；兼備二者，惟獨陳思。然古詩之妙，不可復覩矣。	5455 頁 第 115 則
		《詩藪內編》卷2： 樂府……然學者苟得其意，而刻鵠臨摹，則亦無大相遠。故曹氏父子，往往近之。至古詩和平淳雅，驟讀之極易；然愈得其意，則愈覺其難。蓋樂府猶有句格可尋，而古詩全無興象可執，此其異也。	5456 頁 第 119 則
		《詩藪內編》卷2： 初讀「君子防未然」，以為類曹氏兄弟作，及觀子建集中亦載此首，則非漢人信矣。	5458 頁 第 130 則
		《詩藪內編》卷2： 三曹，魏武太質，子桓樂府〈雜詩〉十餘篇佳，餘皆非陳思比。	5459 頁 第 133 則
		《詩藪內編》卷2： 魏文《雜詩》，「漫漫秋夜長」，獨可與屬國並驅。然去少卿尚一線也。樂府雖酷是本色，時有俚語，不若子建純用己調，蓋漢人語似俚，此最難體認處。	5460 頁 第 143 則
		《詩藪內編》卷2： 《卮言》謂子建譽冠千古，實遜父兄，論樂府也。讀者不可偏泥。	5461 頁 第 149 則
		《詩藪內編》卷2： 魏文「朝與佳人期，日久殊未來」。康樂「圓景蚤已滿，佳人猶未適」。文通「日暮碧雲合，佳人殊未來」。愈衍愈工，然魏、守、梁體自別。	5462 頁 第 156 則
		《詩藪內編》卷2： 嚴謂建安以前，氣象渾淪，難以句摘，此但可論漢古詩。若「高臺多悲風」，「明月照高樓」，「思君如流水」，皆建安語也。子建、子桓工語甚多，如「丹霞夾明月」，「華星出雲間」，「秋蘭被長坂」，「朱華冒綠池」之類，句法字法，稍稍透露，仲宣、公幹以下寂寥，自是其才不及，非以渾淪雜摘故也。	5462 頁 第 157 則

五	胡應麟	《詩藪內編》卷2： 漢人詩不可句摘者，章法渾成，句意聯屬，通篇高妙，無一蕪蔓，不著浮靡故耳。子桓兄弟努力前規，章法句意，頓自懸殊，平調頗多，麗語錯出。王、劉以降，敷衍成篇，仲宣之淳，公幹之峭，似有可稱。然所得漢人氣象音節耳，精言妙解，求之邈如。嚴氏往往漢、魏並稱，非篤論也。	5462頁 第158則
		《詩藪內編》卷3： 今人例以七言長短句爲歌行，漢、魏殊不爾也。歌行有三言者，諸歌行有三言者，〈郊祀歌〉、〈董逃行〉之類。四言者，〈安世歌〉、〈善哉行〉之類。六言者，〈上留田〉、〈妾薄命〉之類。純用七字而無雜言，全取平聲而無仄韻，則〈柏梁〉始之，〈燕歌〉、〈白紵〉皆此體。自唐人以七言長短爲歌行，餘皆別類樂府矣。	5470頁 第200則
		《詩藪內編》卷3： 魏武〈度關山〉、〈對酒〉等篇，古質莽蒼，然比之漢人〈東西門行〉，音律稍覯，韻度微乏，……大概氣骨峻絕，惟〈陌上桑〉類陳思。子桓〈燕歌〉二首，開千古妙境；子建天才絕出，迺七言獨少大篇。	5471頁 第211則
		《詩藪內編》卷3： 建安自曹氏外，殊寡七言……（此處曹氏，應指曹丕。）	5471頁 第212則
		《詩藪內編》卷3： 曹氏父子而下，六代人主，世有文辭：……	5474頁 第225則
		《詩藪內編》卷3： 建安以後，五言日盛。晉、宋、齊間，七言歌行寥寥無幾。……梁人頗尚此體，〈燕歌行〉、〈擣衣曲〉諸作，實爲初唐鼻祖。……	5474頁 第226則
		《詩藪內編》卷3： 〈燕歌〉初起魏文，實祖柏梁體。……至梁元帝……音調始協。……蕭子顯、王子淵……讀之猶未大暢。至王、楊諸子歌行……七言之體，至是大備。……於是高、岑、王、李出，而格又一變矣。	5474頁 第227則
		照鄰〈古意〉，賓王〈帝京〉，詞藻富者故當易至，須循其本色乃佳。歌行兆自〈大風〉、〈垓下〉、〈四愁〉、〈燕歌〉而後，六代寥寥。……	5476頁 第241則
		《詩藪內編》卷6： 漢樂府雜詩，自郊祀、鐃歌、李陵、蘇武外，大率里巷風謠，如上古〈擊壤〉、〈南山〉，矢口成言，絕無文飾，故渾樸眞至，獨擅古今。自曹氏父子以文章自命，賓僚綴屬，雲集建安。然薦紳之體，既異民間；擬議之詞，又乖天造，華藻既盛，眞樸漸灕。晉潘、陸興，變而排偶，西京格製，實始蕩然。獨五言短什，雜出閭閻閨閫之口，句格音響，尚有漢風。……	5524頁 第483則
		《詩藪外編》卷1〈周漢〉： 唐虞以下，帝王詩話之美者，堯〈卿雲〉、……孟德〈對酒〉、子桓〈雜詩〉、文皇〈帝京〉、玄宗〈晚發〉，皆非當時臣下所及。	5541頁 第588則
		《詩藪外編》卷1〈周漢〉： 漢古歌：「朱火颺煙霧，博山吐微香，清尊發朱顏，四座長悅康。」終篇華粲特甚，大類子建兄弟，疑魏作也。	5546頁 第615則
		《詩藪外編》卷1〈周漢〉： 漢、魏間，夫婦俱有文詞而最名顯者，司馬相如卓文君，秦嘉徐淑，魏文甄后。然文君改醮，甄后不終，立身大節，並無足取。惟徐氏行誼高卓，然史稱夫死不嫁，毀形傷生，則嘉亦非諧老可知。自餘若陶嬰、紫玉、班婕妤、曹大家、王明君、蔡文姬、蘇若蘭、劉令嫻、上官昭容、薛濤、李冶、花蕊夫人、易安居士，古今女子能文，無出此十數輩，率皆寥落不偶，或夭折當年，或沈淪晚歲，或伉儷參商，或名檢玷闕，信造物於才，無所不忌也。王長公作《文章九命》，每讀《卮言》，輒掩卷太息。於戲，寧獨丈夫然哉！	5548頁 第627則

五	胡應麟	《詩藪外編》卷1〈周漢〉： 子桓「去去勿復陳，客子常畏人」等句，詩流率短其才，然此實漢人語也。他如黎陽於醮孟津、廣陵、玄武諸作，句格縱橫，節奏繽密，殊有人主氣象。高古不如魏武，宏贍不及陳思，而斟酌二者，政得其中，過仲宣、公幹遠甚。惜昭明皆置不錄。	5551頁 第642則
六	許學夷	《詩源辯體》〈世次〉 武帝、文帝、甄后、曹植、劉楨、王粲、徐幹、陳琳、阮瑀、應瑒、繁欽 右自曹植至應瑒，稱建安七子。按：曹植至應瑒，雖稱建安七子，實為魏人。今欲係之建安，則魏為無人，欲係之黃初，則諸實多卒於建安，乃並武帝、文帝、甄后，繁欽皆係之魏，而文帝之年則書於後云。文帝都雒陽。武帝太子。黃初七，元年庚子，即漢建安二十五年。	6043頁 東漢
		《詩源辯體》卷3〈漢魏總論・漢〉： 《三百篇》始流而為漢、魏；國風流而《漢十九首》、蘇、李、魏三祖七子之五言；……	6083頁 第99則
		《詩源辯體》卷3： 胡元瑞云：「滄浪謂古詩氣象渾淪，難以句摘，此但可言漢。若「高臺多悲風」、「明月照高樓」、「思君如流水」，皆建安語也。子桓、子建如「丹霞夾明月，華星出雲間」、「秋蘭被長阪，朱華冒綠池」，句法定法，稍稍透露。」予按：《十九首》如「思君令人老」、「磊磊澗中石」、「同心而離居」、「秋草萋以綠」，與子建「高臺多悲風」等，本乎天成，而無作用之跡，作者初不自知耳。如子桓「丹霞夾明月」等語，乃是構結使然，必若陸士衡輩有意雕刻，始可稱佳句也。	6085頁 第109則
		《詩源辯體》卷3： 古詩賦惟《三百篇》、楚騷未有定韻可考，漢、魏、兩晉則自有古韻：……庚韻轉為陽韻，僅見曹丕《雜詩》用一「橫」字。……	6087頁 第123則
		《詩源辯體》卷3： 擬古皆逐句摹仿，則情興窘縛，神韻未揚，故陸士衡《擬行行重行行》等皆不得其妙，如今人摹古帖也。惟江文通雜體擬其大略，不仿形似，則情興駘蕩，神韻自超，故仿魏文、子建、仲宣、士衡等有酷相類者，如今人學羲、獻是也。至若士衡、明遠樂府諸篇，雖借古題，而實自成體，則又非擬古類也。	6088頁 第125則
		《詩源辯體》卷3： 漢人五言，惟《十九首》觸物興懷，未嘗先立題而為之，故興象玲瓏，無端倪可執。此外因題命詞，則漸有形跡可求矣。魏曹王諸子雜詩亦然。	6092頁 第138則
		《詩源辯體》卷3： 七言歌謠……然平子《四愁》、子桓《燕歌》、晉人《白紵》，每句用韻，實本於此，又不可缺，後人因謂每句用韻者為「栢梁體」，因併錄之。	6093頁 第145則
		《詩源辯體》卷3： 張衡樂府七言《四愁詩》，兼本風騷，而其體渾淪，其語隱約，有天成之妙，當為七言之祖。下流至曹子桓《燕歌行》。胡元瑞云：「《四愁》章法，實本風人，句法率由騷體。」又云：「離騷盛於楚、漢，一變而為樂府，《大風》、《垓下》等歌。體雖不同，詞實並駕，乃變之善者也。」愚按：離騷變為樂府，而《四愁》則尤善，雲如「我所思兮在泰山，欲往從之梁父艱。側身東望涕霑翰，美人贈我金錯刀。何以報之英瓊瑤，何為懷憂心煩勞」等章，體皆渾淪，語皆隱約者也。此未可句摘故錄首章以見大略。後《燕歌行》、《白紵紵舞歌》、《行路難》皆同，蓋欲小論，另成一書也。	6097頁 第163則

六	許學夷	《詩源辯體》卷4〈漢魏辯‧魏〉： 漢人五言，體皆委婉，而語皆悠圓，有天成之妙。魏如曹子桓《雜詩》二首及《長歌行》二首，曹子建《雜詩》六首及《明月照高樓》，劉公幹《職事相填委》、《汎汎東流水》、《鳳凰集南嶽》，王仲宣《吉日簡清時》、《列車息眾駕》、《日暮遊西園》，徐偉長《浮雲何洋洋》，委婉悠圓，亦有天成之妙。如子桓《兄弟共行游》、《清夜延貴客》、《良辰啓初節》，子建《初秋涼氣發》、《從軍度函谷》、《嘉賓填城闕》、《置酒高殿上》，公幹《永日行遊戲》、《誰謂相去遠》及《贈五官中郎將》四首，仲宣《自古無殉死》、《朝發鄴都橋》及《七哀詩》三首，委婉悠圓，俱漸失之，始見作用之跡。至如子桓《觀兵臨江水》，子建《名都多妖女》、《白馬飾金羈》、《九州不足步》、《仙人攬六箸》、《驅車揮駑馬》、《盤盤山巔石》，仲宣《從軍有苦樂》、《涼風厲秋節》、《悠悠涉荒路》，體皆敷敘，而語皆構結，益見作用之跡矣。漢人樂府如《羽林郎》、《陌上桑》、《焦仲卿妻》諸詩，乃敘事之體，故篇什雖長，不害爲天成。魏人如曹子建《美女篇》、《名都篇》、《白馬篇》等，則事由創撰，故其敷敘，不免爲作用耳。然今人學魏人或相類，而學漢人多不相類者，蓋作用可能，而天成未易及也。	6101頁 第178則
		《詩源辯體》卷4〈漢魏辯‧魏〉： 鍾嶸云：「曹公名操，字孟德，追諡武帝。古直，甚有悲涼之句。叡字元仲，丕之子，諡明帝。不如丕，字子桓，操之子，諡文帝。亦稱三祖。」武帝，太祖。文帝，高祖。明帝，烈祖。按：嶸《詩品》以丕處中品，曹公及叡居下品。今或推曹公而劣子桓兄弟者，蓋鍾嶸兼文質，而後人專氣格也。然曹公才力實勝於桓。以下分論魏人詩歌。	6103頁 第184則
		《詩源辯體》卷4〈漢魏辯‧魏〉： 王元美云：「曹公莽莽，古直悲涼；子桓小藻，自是樂府本色。子建天才流麗，雖譽冠千古，而實遜父兄。何以故？材太高，辭太華。」愚按：元美嘗謂子桓之〈雜詩〉二首、子建之〈雜詩〉六首可入《十九首》，而謂子建才太高、詞太華而實遜父兄，胡元瑞謂論樂府也。然子建樂府五言，較漢人雖多失體，詳論於後。實足冠冕一代。若孟德〈薤露〉、〈蒿里〉，是過於質野；子桓〈西山〉、〈彭祖〉、〈朝日〉、〈朝遊〉四篇，雖若合作，然〈雜詩〉而外，去弟實遠，謂子建實遜父兄，豈爲定論？	6103頁 第185則
		《詩源辯體》卷4〈漢魏辯‧魏〉： 魏人樂府四言，如孟德〈短歌行〉、子桓〈善哉行〉、子建〈飛龍篇〉等，其源出於〈採芝〉、〈鴻鵠〉，軼蕩自如，正是樂府之體，不當於風雅求之。	6104頁 第186則
		《詩源辯體》卷4〈漢魏辯‧魏〉： 孟德、子桓樂府雜言，聲調出於漢人〈滿歌行〉等。孟德氣格雖古，然適用者少，子桓小加藻麗，然亦無全作。《詩紀》所編〈何嘗快〉一篇，乃古辭也。	6104頁 第187則
		《詩源辯體》卷4〈漢魏辯‧魏〉： 子桓五言，在公幹、仲宣之亞。鍾嶸《詩品》以公幹、仲宣處上品，子桓居中品，得之。元瑞謂子桓過公幹、仲宣遠甚，予未敢信。	6104頁 第188則
		《詩源辯體》卷4〈漢魏辯‧魏〉： 子桓樂府七言《燕歌行》，用韻祖於《栢梁》，較之《四愁》，則體漸敷敘，語多顯直，始見作用之跡，此七言之初變也。下流至晉無名氏《白紵舞歌》。如「秋風蕭瑟天氣涼，草木搖落露爲霜。群燕辭歸鵠南翔，念君客遊思斷腸。慊慊思歸戀故鄉，何爲淹留寄他方？賤妾煢煢守空房，憂來思君不敢忘，不覺淚下霑衣裳。援琴鳴弦發清商，短歌微吟不能長。明月皎皎照我床，星漢西流夜未央。牽牛織女遙相望，爾獨何辜限河梁」首章全載。等章，體皆敷敘，語皆顯直者也。	6104頁 第189則

六	許學夷	《詩源辯體》卷4〈漢魏辯‧魏〉： 鍾嶸云：「陳思曹植字。子建封陳王，字曰思。為建安之傑，公幹、劉楨。仲宣王粲。為輔。」按《魏書‧王粲傳》：「始文帝及植皆好文學，粲與徐幹、字偉長。陳琳、字孔璋。阮瑀、字元瑜。應瑒、字德璉。劉楨竝見友善。自邯鄲淳、繁欽、路粹、丁儀、丁廙、楊修、荀緯等亦有文采，而不在七子之例。」已上〈王粲傳〉。故魏自文帝為五官中郎將，植與粲等六人實稱建安七子。然文帝《典論》論七子之文無曹植有孔融者，元瑞以為弟兄相忌故也。或即以融與粲等為七子，而遺植，非矣。謝靈運〈擬魏太子鄴中集詩〉時文帝未為太子。及李于鱗〈代從軍〉、〈公讌詩〉，皆有植無融。	6104頁 第191則
		《詩源辯體》卷4〈漢魏辯‧魏〉： 漢人五言，得於偶然，故其篇章，人不越四五。至建安諸子，始專力為之，而篇什乃繁矣。劉勰云：「建安初，五言騰踴，文帝、陳思縱轡以騁節，王、徐、應、劉望路而爭驅，慷慨以任氣，磊落以使才。造懷指事，不求纖密之巧；驅辭逐貌，惟取昭晢之能。此其所同也。」按：文帝如……子建如……公幹如……仲宣如……等句，皆慷慨以任氣，磊落以使才者也。胡元瑞云：「魏之氣雄於漢，然不及漢者，以其氣也。」馮元成亦言：「詩至建安而溫柔。」乖其以是夫。	6106頁 第196則
		《詩源辯體》卷4〈漢魏辯‧魏〉： 魏人五言，體多敷敘，語多構結。敷敘者，舉見於前；見此卷第三則。構結者，略摘以見：文帝如「野田廣開闢，川渠互相經」，「絃歌奏新曲，遊響拂丹梁」，「白旄若素霓，丹旗發朱光」，「齊倡發東舞，秦箏奏西音」，子建如……公幹如……仲宣如……等句，語皆構結，較之西京，迥然自別矣。	6107頁 第197則
		《詩源辯體》卷4〈漢魏辯‧魏〉： 建安七子，雖以曹、劉為首，然公幹實遜子建。子桓《與吳質書》稱：「公幹五言，詩之善者，妙絕時倫。」正以弟兄相忌故也。鍾嶸謂陳思之於文章，文章，詩賦通稱。譬人倫之有周、孔，鱗羽之有龍、鳳，信矣。昭明不能多錄，惜哉！	6107頁 第198則
		《詩源辯體》卷4〈漢魏辯‧魏〉： 子建七言有〈秋思詠〉一篇，聲調與子桓〈燕歌行〉相類。宋本作〈秋思詠〉，而今集作〈愁思賦〉，非也。馮元成云：「詞實詠秋，為詠則佳，為賦則拙。」	6108頁 第207則
		《詩源辯體》卷4〈漢魏辯‧魏〉： 公幹、仲宣，一時未易優劣，鍾嶸以公幹為勝，劉勰以仲宣為優。予嘗為二家品評：公幹氣勝於才，仲宣才優於氣。鍾嶸謂「陳思已下，楨稱獨步」，元美謂「二曹龍奮，公幹角立」是也。文帝《典論》稱「應瑒和而不壯，劉楨壯而不密。」竊謂以仲宣代應瑒更切。	6109頁 第209則
		《詩源辯體》卷4〈漢魏辯‧魏〉： 七子之中，徐幹、陳琳、阮瑀五言既無天成之妙，又少作用之功，此雖其才力不及，亦是各有所長耳。按：文帝《典論》稱徐幹之賦、琳、瑀之章表書記，可見七子之名，非皆以其詩也。徐幹……等句，頗傷拙劣，或反以為高古而學之，則失之千里矣。	6109頁 第210則
		《詩源辯體》卷4〈漢魏辯‧魏〉： 建安之詩，體雖敷敘，語雖構結，然終不失雅正；至齊、梁以後，方可謂綺麗也。劉公幹《公讌》詩云：「投翰長歎息，綺麗不可忘。」是歎一時所見之綺麗耳，即文帝詩感心動耳綺麗難忘也。……	6110頁 第213則

六	許學夷	《詩源辯體》卷4〈漢魏辯・魏〉： 明帝五言，遠遜厥父。樂府四言〈短歌行〉、〈善哉行〉，語多庸鄙。雖雜言〈步出夏門行〉華藻俊逸，與諸作不類，疑是子桓之詩。	6110頁 第216則
		《詩源辯體》卷5〈晉〉： 陸士衡、謝靈運、謝惠連樂府七言《燕歌行》各一篇，較之子桓，體製聲調亦不甚殊，未可稱變也。	6113頁 第230則
		《詩源辯體》卷5： ……張景陽五言雜詩，出於《十九首》、二曹，而淳古弗逮，然華彩俊逸，實有可觀。……	6114頁 第233則
		《詩源辯體》卷5： 晉無名氏樂府七言〈白紵舞歌〉，用韻祖於〈燕歌〉，而體多浮蕩，語多華靡，然聲調猶純，此七言之再變也。下流至鮑明遠〈行路難〉。如……（卷7第312則言鮑明遠之七言流而為吳均七言，為三變。卷9第337則以為吳質流而為梁簡文以下七言，為四變。）	6108頁 第198則 250
		《詩源辯體》卷18： 或問予……七言古正變與五言相類。張衡《四愁》，子桓《燕歌》，調出渾成，語皆淳古，其體為正。梁、陳而下，調皆不純，語多綺靡，其體為變。……	6176頁 第513則
		《詩源辯體》卷35〈總論〉： 世傳魏文帝詩格，其淺稚卑鄙無論，乃至竊沈約「八病」之說，又引齊、梁詩句為法，蓋村學盲師所為，不足辯也。	6267頁 第854則
	楊承鯤	《碣石編》卷下〈建安七子序〉： 世無建安七子集，范司馬彙七子集而冠以孔融，宗「典論」，非「建安七子」。案《陳壽志》，敘陳思而下至於公幹七人，而謝靈運作《鄴中集》詩，亦列仲宣等七子，從史考之，是為「建安七子」。……子桓作《典論》而不及厥弟，至修、儀輩，稍涉慧怨，亦黜不錄。嘻！妬哉！六子翩翩，各以所長掩蔚千古。若仲宣……	6658頁 第4則
	謝肇淛	《小草齋詩話》卷2〈外篇上〉： 陸士衡《文賦》曰：「詩緣情而綺靡，賦體物而瀏亮。」此兩語已占六朝風氣矣。詩尚綺靡故不能玄遠，賦惟體物故不能溫贍。魏文帝亦曰：「詩賦欲麗。」賦麗可也；詩而求麗，何啻千里！	6673頁 第34則
七	胡震亨	《唐音癸籤》卷1〈體凡〉： 詩自《風》、《雅》、《頌》以降，一變有《離騷》，再變為西漢五言詩，三變有歌行雜體，四變為唐之律詩。詩至唐，體大備矣。……至宋、元編錄唐人總集，始於古、律二體中備析五七等言為次。於是流委秩然，可得具論：……一曰七言古詩，一曰長短句，全篇七字，始魏文，間雜長句，始鮑明遠。……	6829頁 第1則
		《唐音癸籤》卷2〈法微一〉 （接第50則胡元瑞的話）又曰：詩最可貴者清。……魏文帝《典論》云：「文以氣為主，氣之清濁有體，不可力強而致。」其論七子詩與文筆，未嘗不並重清云。	6840頁 第51則
		《唐音癸籤》卷3〈法微二〉： 五言古先熟讀《國風》、《離騷》，源流洞徹，乃盡取兩漢雜詩，陳王全集，及子桓、公幹、仲宣佳者，枕藉諷詠，工深日遠，神動機流，……	6842頁 第64則
		《唐音癸籤》卷9〈評彙五〉： 〈燕歌〉初起魏文，實祖「柏梁體」，〈白苧詞〉因之，皆平韻也。至梁元帝「燕趙佳人本自多」……	6895頁 第422則

七	胡震亨	《唐音癸籤》卷 19〈詁箋四〉 「彈棊」戲之有彈棊，始漢武，以代蹴踘之勞。……按，魏文帝〈彈棊賦〉：「緣邊間造，長斜迭取。」……魏文善此技，用手巾拂之，無不中。……	6994 頁 第 686 則
		《唐音癸籤》卷 24〈詁箋九〉 按，詩中用俗語，皆有所本。……「已分」出魏文帝書，……	7033 頁 第 868 則
	宋懋澄	《九籥集》卷 2〈九籥集文序〉： 具神仙之才，故降而爲詞人，稚川、隱居、白叟類也；稟帝王之資，復佻而爲文士，魏文、梁武、唐文皇也，是皆有凡骨焉。	7153 頁 第 2 則
	馮復京	《說詩補遺》卷 1： 入漢魏四言古詩有四格，〈黃鵠〉一章，〈善哉〉六解，對酒諸篇，宏放而慓急也。……學者須探其來委，肆其節奏，不可錯糅，使辭格莠亂，至晉又有陸機之冗縟，陶潛之枯澹，不足法矣。	7164 頁 第 6 則
		《說詩補遺》卷 1： 作五言古，須求性情於《三百》，探風藻於楚辭，而卓然以古詩及蘇李《十九首》爲師，子桓、子建爲友，鎔鑄琢磨……此集成之爲絕德，而神化之不可知也。	7165 頁 第 10 則
		《說詩補遺》卷 1： 七曰「練氣」，人之得氣，有正有偏，詩家抒情，搆會連類，屬詞必由斯充體焉。……又魏文論偉長「時有齊氣」，然則甄授所凝，練染可鑠，況乎世運污隆，超然拔俗者，其惟無待之豪傑乎。」 （第 38 則有言：「詩有恆體，予既備著之矣。神用之妙，可得而詮。……七曰練氣……」	7176 頁 第 47 則
		《說詩補遺》卷 2： 古詩甚質，然太羹玄酒之質，非槁木朽株之質也。古詩甚文，然〈雲漢〉爲章之文，〈匪女〉工纂組之文也。魏文云「詩賦欲麗」。陸機雲「詩緣情而綺靡」。此二家所知，固漢詩之渣穢耳。	7195 頁 第 141 則
		《說詩補遺》卷 2： 文帝〈善哉行〉、〈丹霞蔽日〉等，得靈氣於厥考，而加之綺藻，〈燕歌行〉，啓緣情於齊梁，而無傷大雅。五言〈芙蓉池〉，文勝質，故梁世推美。黎陽於譙廣陵玄武，質勝文。故近代始重，雜詩二首，雖謝漢人，可以對揚厥弟，篤而論之，必在劉王之上。	7198 頁 第 160 則
		《說詩補遺》卷 2： 明帝〈棹歌〉、〈燕歌〉，風流未墜，克荷析薪，叡不如丕，非定論也。〈步出夏門行〉，詞太襲，亦黃門各倡出入增損，綴集成篇。	7199 頁 第 163 則
		《說詩補遺》卷 2： 昔孟德以相王之尊，登高必賦。丕植以公子之貴，下筆成章。南皮雅遊，西園盛集，流連杯酒，和墨醑歌，一時作者熛起，雲煜莫不歡景物之綺麗，美曲度之清悲，述恩榮，敘歡宴，高情逸氣，於此舒矣。英辭綵筆，於此構矣。觀夫「丹霞夾明月，華星入雲間。上天垂光彩，五色一何鮮」則公讌魏體，初變漢風，由子桓而成也。……	7199 頁 第 165 則
		《說詩補遺》卷 2： 自《典論》稱公幹五言之善者，妙絕時人。……	7202 頁 第 176 則
		《說詩補遺》卷 2： 武文樂府多擬漢作，所當別論。《十九首》一派，子建源流相接。子桓仲宣性情未遠，惟公幹……	7202 頁 第 177 則

七	馮復京	《說詩補遺》卷2： 敘夜詩（此當爲叔夜，嵇康字）「目送歸鴻……」與武帝……魏文「丹霞蔽日……」句法相似。……人雖殊品，何關詩道。	7204頁 第186則
		《說詩補遺》卷3： ……謝《擬鄴中詩》，無一字合，盡揜平日所長，而江文通擬魏文、康樂法曹，仿佛奪眞，豈江才高於謝耶？蓋擬詩正自有別腸也。	7218頁 第252則
		《說詩補遺》卷4： 文通雜擬酷似者，魏文帝、王侍中……或肖其句格……	7227頁 第291則
		《說詩補遺》卷8： 宋人極推重韋蘇州古詩。然寔不知韋。……〈西郊燕集〉，擬魏文〈芙蓉池〉，而雕藻不及。……（此論韋蘇州之古詩，謂其擬之不佳。）	7302頁 第526則
	鍾惺	《古詩歸》卷7： 魏文帝曹丕〈豔歌何嘗行〉批語：以豔起，以悲結。任眼底馳驅，享用人心中，各有一段缺陷不自快處。　顧昒搖曳，情態之妙，生於音節。	7328頁 第32則
		《古詩歸》卷7： 曹植〈聖皇篇〉批語：世人俗惡人不足言，文帝一肚文雅，有甄后爲之妻，陳思爲之弟，除卻骨肉，文章中亦宜有臭味，而毫不能有所感動回旋，眞不可解也！　此與〈贈白馬王彪〉同一音旨，而深婉柔厚過之，人稱彼遺此，何也？	7328頁 第34則
		《硃評詞府靈蛇二集》〈精集衡品中〉： 魏文帝　評曰：其源出於李陵。頗有仲宣之體，百餘篇皆鄙直，唯西伯有高樓十餘首，殊美贍可觀。	7483頁 第16則
		《硃評詞府靈蛇二集》〈精集衡品中〉： 晉中散嵇康　評曰：其源出於魏文，過爲峻拔，訐直露材……	7483頁 第17則
		《硃評詞府靈蛇二集》〈精集衡品中〉： 魏侍郎應璩　評曰：詩襲魏文，善爲古語，指事殷勤雅意，深得詩人激刺之旨。	7484頁 第20則
		《硃評詞府靈蛇二集》〈精集衡品下〉： 敘曰：自古詩頌，皆被之金竹，故非調五音，無以諧會，若置酒高堂上，明月照高樓，爲入韻之首，故三祖曹植、曹丕、曹叡之辭，文或不工，而韻入歌唱，此重韻之義也。……	7486頁 第36則
		《硃評詞府靈蛇二集》〈精集衡品下〉： 魏武帝、魏明帝　　評曰：曹公古直，甚有悲涼之句，叡不如丕，亦稱三祖。	7486頁 第38則
		《硃評詞府靈蛇二集》〈精集廣衡〉： 西伯有浮雲　評曰：魏文帝有吞東南之意，軍至揚子江口，見洪濤洶涌，乃歎曰，此天地之所以限南北也，遂賦詩而還。檢魏文集，且無此詩，不知使臣，憑何編錄，且魏文雄才智略，本非庸王，如何有此一篇，示弱於孫權，取笑於劉備。夫詩者，志之所之也。魏文志氣若此，何以纘定洪業，顯致太平耶？足明此詩非魏文所作，陳壽史筆訛謬矣。	7496頁 第88則
		《硃評詞府靈蛇二集》〈氣集獵敘〉： 權德輿〈盛山唱和序〉　昔魏文帝稱劉公幹五言詩之善者，妙絕一時。抱朴子亦云：讀二陸之文，恐其卷盡，今覽盛山之作，有以似之。	7498頁 第6則

七	鍾惺	《硃評詞府靈蛇二集》〈神集辨體〉： 象外比體　「高山有崖，林木有枝，憂來無方，人莫知之。」（魏文帝）	7522 頁 第 52 則
	黃廷鵠	《詩冶》卷 8〈詩人詩・魏樂府〉： 文帝〈善哉行〉鍾嶸評：緩節安歌，靈通幽感，其口角低回，心情溫穎，有含詞未吐，氣若芳蘭之意。	7716 頁 第 91 則
		《詩冶》卷 8〈詩人詩・魏樂府〉： 文帝〈燕歌行〉孫鑛評：七言至此始暢，格調仍古，而風度更長。	7716 頁 第 92 則
		《詩冶》卷 8〈詩人詩・魏樂府〉： 文帝〈陌上桑〉鍾惺評：他篇和雅，此作思路欹崎，有武帝節奏。	7716 頁 第 93 則
		《詩冶》卷 8〈詩人詩・魏樂府〉： 陳思王〈飛龍篇〉鍾惺評：子建柔情麗質，不減文帝，而肝腸氣骨，時有礧塊處，似為過之。	7716 頁 第 95 則
		《詩冶》卷 9〈詩人詩・魏詩〉： 陳思王〈雜詩〉王世貞：子桓〈雜詩〉二首，子建〈雜詩〉六首，可入《十九首》不能辨，仲宣、公幹便遠。	7718 頁 第 105 則
		《詩冶》卷 9〈詩人詩・魏詩〉： 劉楨〈贈五官中郎將〉魏文云：公幹有逸氣，但未遒耳，至五言詩之善者，妙絕時倫。	7718 頁 第 107 則
		《詩冶》卷 12〈詩人詩・晉樂府並詩〉： 〈白紵舞歌〉王世貞評：晉〈白鳩〉〈獨漉〉歌，得孟德父子遺韻。〈白紵歌〉大開齊、梁妙境，有子桓〈燕歌〉之風。	7725 頁 第 156 則
		《詩冶》卷 23〈文人詩・魏〉： 徐幹〈情詩〉魏文云：觀古今文人，鮮能以名節自立，而偉長恬淡寡欲，有箕山之志，可謂彬彬君子矣。又《典論》云：幹時有齊氣。	7739 頁 第 262 則
		《詩冶》卷 23〈文人詩・魏〉： 文帝時〈童謠〉譚元春云：颯颯忽忽，班班駁駁，甚有異色。	7739 頁 第 264 則
八	王昌會	《詩話類編》〈題辭〉： 今著述家人人工詩，人人談詩，詩未易工，亦未易談也。孔門惟端木氏可言詩，其次善說詩者稱匡鼎，能解人頤，言詩也，說詩也，即詩話之祖也。故垂不朽而傳無窮，魏文標大業之論；燭三才而麗萬有，鍾嶸遡動物之源。……	7922 頁
		《詩話類編》卷 1〈雜論體格〉： 〈柏梁〉之後，宋孝武〈華林曲水〉……皆同漢體，惟魏〈懸瓠〉、〈方丈〉、〈竹堂〉、〈讌饗〉則各人二句。帝歌曰：……，彭城王續歌曰：……稍變前體矣。	7956 頁 第 75 則
		《詩話類編》卷 2〈名論上〉： 魏文帝曰：詩有八病，一平頭，謂句首二字並是平聲，是犯，如古詩「朝雲晦初景，丹池晚飛雪。飄披聚還散，吹揚凝且滅」是也。二上尾，謂第五字與第十字同聲，是犯。如古詩云：「蕩子到娼家，秋庭夜月華」，「家」字與「華」字同聲。是韻則不妨，不然即犯也。三蜂腰，謂下句第二字與第五字同聲，是犯。如古詩云「徐步金門旦、言尋上苑春」，「尋」字與「春」字同平聲也。四鶴膝，謂第五字與第十五字同聲，是犯。如古詩云：「陟野看陽春，登樓望初柳。綠池始沾裳，弱葉未映綬。」「春」字與「裳」字同平聲，故曰犯也。上、去、	7975 頁 第 110 則

八	王昌會	入亦然。五大韻，謂上句第四字與第十字同聲，是犯。古詩云：「端坐苦愁思，攬衣起四遊。」「愁」與「遊」是犯也。六小韻，如古詩「薄帷鑒明月，清風吹我襟」，謂十字中有「明」字又用「清」字，是犯也。七正紐，謂十字中有「元」字又用「阮」、「願」字，是犯。古詩云：「我本良家子，來嫁單于庭。」「家」與「嫁」字乃是犯也。八旁紐，謂十字中有「田」字，又用「寅」、「延」字，是犯。古詩云：「田夫亦知禮，寅賓延上坐」是也。	
		《詩話類編》卷4〈帝王上〉： 魏文帝大興軍伐吳，親禡軍龍舟。至廣陵，會暴風，漂蕩幾至覆沒。乃賦詩引還。其詩曰：「西北有浮雲，亭亭如車蓋。惜哉時不遇，適與飄風會。吹我東南行，行行至吳會。吳會非我鄉，安得久留滯？桓置句復陳，客子常畏人。」阮之瑜早亡，帝傷其妻孤寡，爲作詩曰：「霜露紛兮交下，木葉落兮淒淒。候雁叫兮雲中，歸燕翩兮徘徊。妾心感兮惆帳，白日急兮西頹。守長夜兮思君，魂一夕兮九乖。悵延佇兮仰視，星月隨兮天迴。徒引領兮入房，竊自憐兮孤棲。願從君兮終沒，愁何可兮久懷。」帝所愛美人薛靈芸，常山人也。習谷以千金寶賂聘之以獻，帝迎以文車十乘。車徒咽路，塵起蔽月，時人謂爲「塵宵」。行者歌曰：「青槐夾道多塵埃，龍樓鳳闕望崔嵬。清風細雨雜香來，土上出金火照臺。」	8024頁 第249則
		《詩話類編》卷4〈帝王上〉： 文帝嘗欲害陳思王曹植，以其無罪，令七步中作詩，不成者行大法。植應聲便爲詩曰：「煮豆持作羹，漉豉以爲汁。其向釜中燃，豆在釜中泣：本是同根生，相煎何太急！」帝深有慚色。	8024頁 第250則
		《詩話類編》卷4〈帝王上〉： 初，陳思王求甄逸女不遂，太祖回，與五官中郎將。植殊不平，晝思夜想，廢寢與食。黃初中，入朝，帝示甄后玉鏤金帶枕，植不覺泣下。時已爲郭后讒死，帝意亦尋悟，因令太子留宴飲，仍以枕賚植。植還，息洛水上，感而入夢。植悲喜不能自勝，因作賦，名曰〈感甄〉。又作〈蒲生行〉曰：「茱萸自有芳……」後明帝見〈感甄賦〉，改爲〈洛神賦〉。	8025頁 第251則
		《詩話類編》卷12〈宮詞〉： 魏文昭甄皇后，明帝母也。九歲喜書，視字輒識。袁紹據鄴，爲中子熙納焉。及曹操破紹，文帝私納爲夫人，後爲郭后，讒死。臨終詩云：「蒲生我池中，其葉何離離。傍能行仁義，莫若妾自知。眾口鑠黃金，使君生別離。念君去我時，獨愁常不寐。莫以豪賢故，棄捐素所愛。莫以魚肉賤，棄捐蔥與薤。莫以麻枲賤，棄捐管與蒯。出亦復苦愁，入亦復苦愁。邊地多悲風，樹木何修修。思君致獨樂，延年壽千秋。」	8255頁 第890則
		《詩話類編》卷28〈讖異〉： 滕倪苦心爲新詩，聲名早播遠之吉州謁宗人太守邁。邁每吟其句云：「白髮不能容相國，也同閑客滿頭生。」又《題鷺鷥障子》云：「映水有深意，見人無懼心。」邁曰：「魏文惜陳思之學，潘岳裦玉叔之文，貴集一家之盛如此。」倪逼秋試，捧笈告遊，留詩爲別。邁悵然曰：「是必不祥。」倪至秋卒於旅館，聞者莫不傷焉。倪詩曰：「秋初江上別旌旗，故國無家淚欲垂。千里未知投足處，前程便是聽猿時。誤攻文字身空老，卻返樵漁計已遲。羽翼凋零飛不得，丹霄無路接差池。」	8832頁 第2607則

九	董斯張	《吹景集》卷5〈句法有宗〉： 范夫人〈見鄰舟美人戲成一絕〉云：「絮柳鴉黃隱綠隄，相逢暫爾卻相違。相違應復勞相憶，見說明朝是別離。」客謂居士：「此詩相違二字疊用，聲情妙協，並體新詭。」居士曰：「此法亦有所宗。……」客曰：「往足下詩……」居士曰：「曹子桓《雜詩》：『吹我東南行，行行至吳會。』太白《翫月》詩：『贈我數百字，字字凌風飈。』白樂天詩：『新詩三十軸，軸軸金玉聲。』三君皆爲僕筆路啓山矣。」……	9005頁第6則
	費經虞	《雅倫》卷1〈源本〉： 令狐德棻《周天》云：「原夫文章之作，本乎情性，覃思則變化無方，形言則條流遂廣。雖詩賦與奏議異轍，銘誄與書論殊塗，而撮其指要，舉其大抵，莫若以氣爲主，以文傳意。考其殿最，定其區域，摭六經百氏之英華，探屈宋卿雲之秘奧，其調也尚遠，其旨也深，其理也貴當，其辭也欲巧，然後瑩金璧，播芝蘭，文質因其宜，繁約適其變，權衡輕重，斟酌古今，和而能壯，麗而能典，煥乎若五色之成章，紛乎猶八音之繁會，夫然則魏文所謂通才足以備體矣，士衡所謂難能足以逮意矣。」	9562頁
		《雅倫》卷2〈體調〉： 黃初：魏主曹丕年號，與建安相接，其體頗同。（言建安體多氣象、質實與格變。）	9576頁黃初體
		《雅倫》卷7〈格式五〉 ……魏以後，西僸羌胡諸舞彌盛，子桓、仲宣皆有舞歌。晉、宋齊、梁相沿而製。琴曲之歌，自古已有，世稱堯、舜、夔、箕、文、武、周公、孔子，皆有琴歌。……	9710頁樂府
		《雅倫》卷9〈格式〉： （〈七言古詩〉部分引魏文帝〈燕歌行〉二首）費經虞曰：「〈燕歌行〉，每句用韻體；六朝歌行，……	9771頁七言古詩
		《雅倫》卷9〈格式〉： 費經虞曰：「漢孝武帝元封三年作柏梁臺，詔羣臣二千石，能爲七言詩，乃得上座。其詩人各一句，句皆押韻，各述其事，無平仄粘對，後世效之，謂之柏梁體。然後人每句用韻，有平仄粘連者，亦謂柏梁體，非也。扈子窮劫之曲，句踐渡河之歌，魏文燕歌行，乃後世句句用韻詩體，與柏梁有異。」	9771頁柏梁
		《雅倫》卷9〈格式〉： 錄魏文帝〈令詩〉：「喪亂悠悠過紀，白骨從橫萬里，哀哀下民靡恃，吾將以時整理，復子明辟致仕。魏文帝」	9776頁六言
		《雅倫》卷12〈製作〉 魏文帝《詩格》云：「文以意爲主，以氣爲輔，以辭爲衛。」	9863頁命意
		《雅倫》卷14〈時代〉： 沈約《宋書》云：「東周末造，風流彌著。……至於建安基命，二祖陳王，咸蓄盛藻，甫乃以情緯文，以文被質。……」	9945頁
十	張溥	《漢魏六朝百三家集》〈魏武帝集〉： 間讀本集、〈苦寒〉、〈猛虎〉、〈短歌〉、〈對酒〉，樂府稱絕。又助以子桓、子建。帝王之家，文章瑰瑋，前有曹魏，後有蕭梁，然曹氏稱最矣。	10292頁第19則
		《漢魏六朝百三家集》〈魏文帝集〉： 曹子桓生長戎馬之間，善騎馬左右射，又工擊劍、彈棋。技能戲弄，不減若父。其詩歌文辭，仿佛上下。……甄后〈塘上〉，陳王〈豆歌〉，損德非一。崇華、首陽，有餘恨焉。	10292頁第20則

十	張溥	《漢魏六朝百三家集》〈陳思王集〉： 余讀陳思王責躬應詔詩，泫然悲之，以爲「伯奇履霜」、「崔子渡河」之屬。既讀〈升天〉、〈遠遊〉、〈仙人〉、〈飛龍〉諸篇，又何翩然遐征，覽思方外也。……集備眾體，世稱「繡虎」，其名不虛。即自然深致，少遜其父，而才大思麗，兄似不如。	10292 頁 第 21 則
		《漢魏六朝百三家集》〈劉公幹集〉： （曹丕稱）劉楨表章書記，壯而不密。又稱其五言詩絕妙當時。……集詩大悉五言，《詩品》亦云：「其詩出於古詩，思王而下，楨稱獨步。」豈緣本魏文爲之申譽乎？近日詩選，痛貶建安，亦度已跡削他人足耳，未若「南皮」觴酌，「公讌」贈答，當時得失，相知者深也。劉公幹〈贈五官中郎將〉詩有云：「昔我從元后，整駕至南鄉。遇彼豐沛都，與君共翱翔。」王仲宣〈從軍詩〉亦云：「籌邊運帷幄，一由我聖君。」嚴滄浪黜之，謂「元后」、「聖君」，並指曹操，心敢無漢。大義批引，二子固當叩頭服罪。然詩頌鋪張，詞每過實，文人之言，豈必由中情哉？	10293 頁 第 25 則
		《漢魏六朝百三家集》〈梁昭明集〉： 昭明、簡文，同母令德，文學友於，曹子桓兄弟弗如也。昭明夭蔑，簡文序其遺集，頌德十四。……昭明述作，《文選》最有名，後人見其選，即可知其志。	10299 頁 第 63 則
	賀貽孫	《詩筏》： 魏文帝評孔文舉「體氣高妙」，此語甚肖。以「體氣」論詩文，又在「氣格」二字之上。當時與曹父子兄弟並驅者，惟文舉與蔡伯喈二公之詩，綽有風骨耳，王粲諸人，皆所不及。文帝謂孔融、王粲諸人「於學無所遺，於辭無所假」。又云「文以氣爲主」。然則王粲諸人，才與學皆孔北海匹也，所不及北海者，氣耳。北海詩云：「幸託不肖軀，且當猛虎步。」三復此語，浩然之氣，至今尚在。	10400 頁 第 90 則
		《詩筏》： 鄴中諸詩，子不如父，弟不如兄，臣不如君，賓客不如主人。然千古以來，獨陳思與徐、王、應、劉、陳、阮得稱才子者。瞞、丕之才，爲功名所掩，而陳思所遭不幸，故特以詩文著耳。然陳思詩文，豐骨氣概，皆遜父兄一籌，使當時賈翊無屬思之對，楊修成羽翼之謀。又安知繡虎之譽，不在五官中郎將哉！	10400 頁 第 93 則
	蔣一葵	輯錄： 文帝嘗與陳思王同輦出遊，見兩牛在牆間鬥，一牛墜井死，詔植賦詩，不得言牛，不得言鬥，不得言井，不得言死，走馬百步要成四十言，不成即加罪。植策馬而馳，應口而成曰：「兩肉齊逆行，頭上戴橫骨。行至凶土頭，崛起相唐突。二敵不俱剛，一肉臥土窟。非是力不如，盛氣不得泄。」賦成，步猶未竟。	10509 頁 第 2 則
	陳子龍	《安雅堂稿》卷 2〈青陽何生詩稿序〉： 陳子曰：「明其源，審其境，達其情，本也；辨其體，修其辭，次也。」……古人之詩也，不得已而作之；今人之詩也，得已而不已。夫蘇李之別河梁，子建之送白馬，班姬明月之篇，魏武浮雲之作，此境與情會，不得已而發之詠歌，故深言悲思，不期而至。……	10520 頁 第 5 則
	陸時雍	《詩鏡總論》： 子桓王粲，時激《風雅》餘波，子桓逸而近《風》，王粲壯而近《雅》。子建任氣憑材，一往不制，是以有過中之病。劉楨……。鄴下之材，大略如此矣。	10650 頁 第 18 則

十	陸時雍	《詩鏡總論》： 七言古，自魏文梁武以外，未見有佳。鮑明遠……太白……少陵……	10658 頁 第 70 則
		《古詩鏡》卷 4〈魏第一〉： 文帝樂府〈善哉行〉 悠揚澹蕩，似羅綺靡風。湯湯四語，極自在之致。	10673 頁 第 24 則
		《古詩鏡》卷 4〈魏第一〉： 文帝樂府〈燕歌行二首〉 宛轉摧藏，一言一緒居然漢始之音。「憂來思君不敢忘」，何言之拳拳！「仰戴星月觀雲間，飛鳥晨鳴聲可憐，留連顧懷不自存。」不覺形神俱往矣。	10673 頁 第 25 則
		《古詩鏡》卷 4〈魏第一〉： 文帝樂府〈陌上桑〉 鬱屈悲壯，有淮南招隱之餘。	10673 頁 第 26 則
		《古詩鏡》卷 4〈魏第一〉： 文帝樂府〈秋胡行〉 位徙躊躇，有衛風靜女之致。	10673 頁 第 27 則
		《古詩鏡》卷 4〈魏第一〉： 文帝樂府〈大牆上蒿行〉 一往生韻，流注其間。	10673 頁 第 28 則
		《古詩鏡》卷 4〈魏第一〉： 文帝樂府〈豔歌何嘗行〉 酣暢跌蕩。	10674 頁 第 29 則
		《古詩鏡》卷 4〈魏第一〉： 文帝詩〈於譙作〉、〈芙蓉池作〉、〈於玄武陂作〉 五言諸作，風味氣韻貴美，殊不可言。	10674 頁 第 30 則
		《古詩鏡》卷 4〈魏第一〉： 文帝詩〈雜詩二首〉 此詩境不必異，語不必奇，獨以其氣韻綿綿，神情眇眇，一歎一味，大足會心耳。	10674 頁 第 31 則
		《古詩鏡》卷 4〈魏第一〉： 文帝詩〈於盟津作〉 「遙遙山上亭……」（四句）隨境自成，不煩專設。「凱風吹長棘……」（六句）此其托物淺而寄情深矣。漢魏詩無佳句，以所佳不在句也。丹霞爽明月……。此其旨趣平鋪散綴，無處不佳，亦無處見佳耳。後人卻撮入一語一字見奇，又以虛摹巧繪，逼其意像，便拙。	10674 頁 第 32 則
		《古詩鏡》卷 5〈魏第二〉： 陳思王植樂府〈吁嗟篇〉 中多蕪穢不治，後云「願為中林草……」斯言痛哀殊甚。子桓取，譬浮雲；子建取，譬轉蓬。皆無聊語，意要皆托。意既淺，作用亦自不深。如關雎鵲巢，何其深厚。	10675 頁 第 37 則
		《古詩鏡》卷 6〈魏第三〉： 王粲詩〈從軍詩〉 俛首依人，不覺詞色俱隕，烈士風雷不如是。余嘗謂相如〈封禪頌〉都是無是。公語長於貢諛。王粲〈從軍詩〉喋喋作阿附語，幾於獻諛。子建高華，子桓和厚，二者未知誰勝。王粲文溫深，其如玉。世云曹劉，吾未之敢信。	10677 頁 第 55 則
		《古詩鏡》卷 8〈晉第一〉： 傅玄詩〈雜詩〉 風味不減魏文，但魏文氣韻流美，傅玄以格力當之。	10682 頁 第 99 則
	謝天瑞	《詩法大成》卷 10： 錄魏文帝〈上留田〉詩，只是以其作為舉例。	11260 頁 上留田

二、綜論明詩話建構之詩人曹丕

　　明詩話論述曹丕的文學功業，所涉及體式、內容廣泛而全面；如樂府、五言、七言、文學理論等。而這些細節論述背後，潛藏著明詩話對曹丕評點的一致性，即由評價曹丕的詩歌入手，從而展現曹丕在中國詩歌發展中的價值。一方面針對曹丕的詩歌展開，包含其風格特點、格調等；一方面又會結合詩歌史，定位曹丕詩歌在其中的地位。具體而言，明詩話認爲，曹丕的詩歌介於漢代文學的本色與魏晉六朝文學的綺靡之間，而風格近於漢人詩歌，文學觀念下啓六朝詩風。對曹丕詩歌特點的評價，不僅明白地指出曹丕詩歌的獨特性與價值，更清晰地體現出明詩話的詩學觀念與傾向。

　　以風格形式言，明詩話以爲，曹丕之詩歌或附於漢詩，或是漢詩與六朝詩之過渡。在明前、中期〔註44〕之詩話中，曹丕的詩歌格調被認爲與父親曹操接近，是「渾樸」

　　（胡續宗語）〔註45〕、「高古」（謝榛語）〔註46〕、「樂府本色」

〔註44〕對明代前、中、後之分期參考明清史學家孟森之觀點，即以明太祖洪武至明孝宗弘治年間，即西元 1368～1505，爲開國及上昇期；中期爲明武宗正德、世宗嘉靖、穆宗隆慶三朝，即西元 1506～1572，爲由盛轉衰期；明神宗年號萬曆以後，即西元 1573 以後，爲衰亡期。孟森有言：「武宗荒惑，以致無後。不能效法孝宗，明運已大可危，賴有世宗起而振之，尚得爲中葉守文之世。……故以正德、嘉靖、隆慶三朝爲一段落，此尚未入危亡之限也，至萬歷曆之世，乃當別議明之所由亡矣。」參見孟森，《明清史講義》，臺北：裡仁書局，1983 年，頁 177。此亦可用於明代文學之之分期。袁震宇、劉明今便以明初至李東陽爲明代文學前期，以前後七子活動爲中期，以公安派之後的文學發展及七子派後期諸人作爲晚期。李東陽，西元 1447～1516，爲弘治間內閣的任職二十幾年，是重要人物；公安派代表性人物袁宏道，西元 1568～1610，萬曆二十年進士，可見袁、劉對於明代文學分期之看法。參見袁震宇、劉明今著，王運熙、顧易生主編，《中國文學批評通史‧明代卷》，上海：上海古籍出版社，1996 年，「目錄」部分。

〔註45〕胡續宗在〈陳思王集序〉中認爲「曹氏父子兄弟，固魏之源，實漢之支也。體被文質，詞兼雅怨，而渾樸典則，溫厚雋永。」參見《鳥鼠山人後集》卷 2，《明詩話全編》冊三，頁 2979，第 19 則。

（王世貞語）〔註47〕的。這種認定實則肯定曹丕詩歌承繼漢詩、甚至《詩經》的格調。整體而言，明代中期詩話對曹丕詩歌風格的評述多褒揚，體現詩評家追慕漢魏的傾向。而強調曹丕詩歌格調高古的觀點，在明代晚期的詩話中有所緩和，它們在承認曹丕詩歌格高的同時，亦注意到曹丕詩歌開闢創新的方向，肯定其在辭采方面的創作，然而對曹丕詞采方面的特點，並非完全贊同。屠隆、胡應麟、許學夷都受到王世貞的影響，詩學上持復古觀點〔註48〕，在論及曹丕詩歌時更為具體，強調其詩具建安時代特點，從而發現與漢詩之不同。屠隆，將曹丕與曹操一起評論，但認為其詩歌風格是「高華」。〔註49〕從「高古」至「高華」，一字之改，實是觀點的改變：古者，是以其詩格而論，近於樸者為古；華者，則以其具體詞采而言，有修飾者為華。可見屠隆論及曹丕詩歌時便不再只論風格，亦言詞采。胡應麟評論曹丕樂府時說它們「酷是本色，時有俚語」，且認為這是曹丕樂府最易與漢詩（樂府）相混的方面；然在具體評論時則有「較之雅頌則遠」、「以詞勝者」、「工語甚多」等語。〔註50〕許學夷對曹丕詩歌的觀點與其對建安詩歌的觀點類似：近於漢，然初顯雕琢痕跡。另外，陸時雍、馮復京等復古論者亦對曹丕詩歌風格形式有評論，陸時雍認為〈燕歌行〉「居然漢始之音」，而〈善哉行〉「羅綺靡

〔註46〕謝榛在評論曹丕〈猛虎行〉詩時認為「全篇高古」。參見《詩家直說》卷1，《明詩話全編》冊三，頁3133，第105則。

〔註47〕王世貞的話見其《藝苑卮言》：「子桓小藻，自是樂府本色。」《明詩話全編》冊四，頁4222，第146則。

〔註48〕三人的詩學觀點參見表一。

〔註49〕屠隆言：「氣運尚隨世遞遷，天地有劫，滄桑有改，而況詩乎？……漢魏悽惋如蘇李，沈至如《十九首》，高華如曹氏父子，何必《三百篇》？……」參見《鴻苞節錄》卷6〈論詩文〉，《明詩話全編》冊五，頁4955～4956，第26則。

〔註50〕皆是胡應麟語，分別參見胡應麟，《詩藪內編》卷2，《明詩話全編》冊五，頁5460，第143則；《詩藪內編》卷1，《明詩話全編》冊五，頁5443，第52則；《詩藪內編》卷2，《明詩話全編》冊五，頁5456，第115則；《詩藪內編》卷2，《明詩話全編》冊五，頁5462，第157則。

風」，〈陌上桑〉「鬱屈悲壯」〔註51〕；馮復京則認爲其詩歌「啓緣情
於齊梁，而無傷大雅。」〔註52〕可以說，明代詩話晚期對曹丕詩歌
風格形式的建構更細緻，亦更全面，既討論其中承繼漢詩的因素，
亦探討其中開啓六朝詩歌「緣情」的特點，從而將曹丕詩歌建構爲
漢詩與六朝詩間的過渡。

　　然而，以文學觀念與作品內容言，明詩話闡明曹丕詩歌，多不同於
漢詩，而是開啓詩歌新時代的。而明詩話對曹丕文學觀念的論述，較之
詩歌風格形式爲少。對文學觀念的建構，往往需以具體詩歌內容與文學
理論評述爲基礎，作品內容是文學觀念的具體體現，而文學理論是文學
觀念的直接表述。明代前、中期的詩話，對曹丕文學觀念的建構多從作
品內容方面進行，具體分析曹丕詩歌的內容及思想，如黃溥《詩學權輿》
對〈善哉行〉、〈燕歌行〉的分析，指出曹詩寫「憂感之懷」、「情義之正」
等〔註53〕，如徐獻忠《樂府原》分析曹丕〈十五〉、〈燕歌行〉等詩，認
爲詩中頗多新意，大多涉及曹丕之生活。〔註54〕至於明晚期，具體分析
曹丕詩歌內容者較少，僅見鍾惺分析〈豔歌何嘗行〉，認爲其「享用人
心中，各有一段缺陷不自快處」〔註55〕，顯然認爲〈豔歌何嘗行〉是抒
情之作，表達心中憂愁（「不自快處」）是詩歌的內容。可以看出，不管
是明代前、中期還是晚期，都將「情」作爲曹丕詩歌的主要內容，以抒
情爲其詩歌的特點。在文學理論方面，明詩話接受曹丕文氣論的主張，

〔註51〕陸時雍編「詩鏡」之目的是爲留一些優秀優秀作品，其中選曹丕詩
　　　歌十一首，分別是〈善哉行〉、〈燕歌行〉二首、〈陌上桑〉、〈秋胡行〉、
　　　〈大牆上蒿行〉、〈豔歌何嘗行〉、〈於譙作〉、〈雜詩〉二首、〈於盟津
　　　作〉。參見陸時雍，《古詩鏡》卷4，《明詩話全編》冊十，頁10673
　　　～10674，第25則、第26則、第27則、第28則等。
〔註52〕馮復京，《說詩補遺》卷2，《明詩話全編》冊七，頁7189，第160
　　　則。
〔註53〕參見黃溥，《詩學權輿》卷12，《明詩話全編》冊二，頁1169、1171，
　　　第471則、第475則。
〔註54〕參見徐獻忠，《樂府原》卷5、7等，《明詩話全編》冊三，頁3049、
　　　3054，第84則、第103則。
〔註55〕鍾惺，《古詩歸》卷7，《明詩話全編》冊七，頁7328，第32則。

即文學與個人之才情相關，還對曹丕「詩賦欲麗」的觀點進行討論，頗有微詞。鍾惺認爲「詩賦欲麗」開啓六朝文學之「綺靡」，乃文學的一種倒退。〔註56〕至於對「文氣論」的接受與對「詩賦欲麗」的非議，事實上都建立在對曹丕文學理論抒發性情思想的基礎認知上。接受「文氣論」，因爲「文氣」有可闡釋性，可以將之解釋爲詩之氣格，亦可解釋爲詩人之才、識等；非議「詩賦欲麗」是因爲其意義明確，且被明代詩評家作爲一種悖離高古、質樸的詩學觀念看待。由上可知，不管是內容還是文學理論，明詩話中建構的曹丕之文學觀念都以性情爲特點，並認爲其直接影響到六朝文學的創作。

總而言之，明詩話分開評述魏文帝曹丕與文學家曹丕，並以詩人曹丕的整體性建構爲基礎，認爲曹丕詩歌在風格形式上多承繼漢詩之高古，文學觀念方面以性情爲特點，對六朝詩風頗多影響。對詩人曹丕的評點中，明詩話更多評述其詩歌風格形式，而對文學觀念的論述較少，且有非議。總而言之，明詩話對曹丕詩歌風格形式的大量論述，以及所建構曹丕詩歌風格形式——高古但不夠質樸自然，都體現著明詩話的詩學傾向。

三、明詩話對曹丕的評點所顯示之詩學傾向

既然明詩話對曹丕評論的觀點呈現出邏輯一致性，那麼一致性的內在邏輯是什麼？其中蘊涵著明代詩學怎樣的傾向呢？明詩話建構的文學家曹丕形象是：詩學格調上承漢以及漢以前詩歌風格，高古而不失雅正；然而在內容上傾向於書寫個人內心感情，摹寫性情，並在

〔註56〕馮復京評論「詩賦欲麗」說時指出「固漢詩之渣穢也」，實指此思想是對漢詩高格的一種倒退。而明詩話言其倒退者實際上並非對詩歌創作、內容、觀念而言，而是對詩體詩格而言。謝肇淛正是從文體論的角度來理解曹丕這一思想，所以說：「魏文帝亦曰：『詩賦欲麗。』賦麗可也；詩而求麗，何啻千里！」馮、謝的話分別參見馮復京，《說詩補遺》卷2，《明詩話全編》冊七，頁7198，第141則；謝肇淛，《小草齋詩話》卷2〈外篇〉，《明詩話全編》冊六，頁6673，第34則。

文學理論中對此加以總結。鑒於明詩話對曹丕文學成就的褒揚態度，此建構在理論上對應著兩個支點：一、是否合於古代（相對於曹丕之建安時代）之詩歌特點；二、詩歌內容是否摹寫性情。

　　復古，是整個明代持續討論並具影響力的詩學觀念。〔註57〕明詩話對曹丕的論說及評點是明代詩壇論述的一部分，帶有復古傾向本不是讓人奇怪的事情。而明詩話之曹丕論說的復古傾向，正是明代詩學復古傾向的體現，甚至可說是其極端的體現。首先表現於論說者的身份，本文表一對明詩話中曹丕論說者的生平及詩學主張有詳細論說。表中，明詩話中論及曹丕的詩話作家共三十七位，其中能明確辨識其詩學主張的有二十八位〔註58〕，其中不僅有「前、後七子」的重要人物，如徐禎卿、王世貞、謝榛等，更有「七子派」影響所及之「末五子」的重要人物，如屠隆、胡應麟等，亦有持復古論者的詩評家，如胡纘宗、許學夷、馮復京、陸時雍等。可見復古論者在明詩話曹丕評點中的重要性。其中王世貞、胡應麟、許學夷詩話中論述曹丕的條目多於其餘詩話作者，使復古論的曹丕論述在數量上更遠多於其他觀點的論述。

　　對曹丕詩歌風格形式的建構亦是復古論的，體現明詩話在評點曹丕時的復古傾向。明詩話認為，曹丕詩歌格調近古，近於甚至同於漢詩。這顯然不同於今世對曹丕風格特點的認定。〔註59〕因此可以說，明詩話對曹丕詩歌風格的評價與贊揚是獨特的現象，而它並非偶然，是明代詩學復古傾向的體現。

〔註57〕廖可斌，《復古派與明代文學思潮》，臺北：文津出版社，1994年。

〔註58〕九位詩話作家的詩學主張本文沒有列出，原因如下：湯胤勣、沈鍊、王昌會沒有系統的詩學論著；李蓘、宋懋澄是藏書家，並不以詩歌見長；董斯張、費經虞、蔣一葵、謝天瑞生活於明末亂世難以考見其詩學主張。

〔註59〕無論是專著還是論文，多數認為，曹丕的詩歌以抒情性、文人化辭采造作，乃魏晉六朝詩歌辭藻華麗的開端。具體參見本文第一章。與明詩話評價曹丕詩歌相類的觀點出自曹文心、劉傳增合寫的論文〈漢音・魏響〉，將曹丕詩歌認定為漢詩與魏詩的重要過渡。參見曹文心、劉傳增，〈漢音・魏響〉，朱東潤編，《建安文學研究論文集》，合肥：黃山書社，1984年，頁207～212。

　　就符合古代詩歌特點而言,明詩話對曹丕評點時具有明顯的復古論傾向。曹丕詩歌亦因近於古代詩歌特點而受到明詩話的認同。而在摹寫性情問題上,明詩話之曹丕評點同樣有此傾向。

　　摹寫性情問題涉及到文學與性情之關係,涉及到對詩歌本質的認識。在摹寫性情問題上,明詩話對曹丕評點呈現出較為一致的態度:一方面承認曹丕文學觀念中有抒發性情的因素;另一方面,當詩歌的情感內容影響到文體形式——因性情的放縱致辭采、文體不自然時便加以非議。從明詩話對曹丕文學觀念的建構可知,明詩話評價曹丕的作品內容時肯定其對個人心緒、情感之描寫,並認為不失「情義之正」;涉及到曹丕文學理論時往往加以褒揚,接受曹丕文學理論的基礎觀點——「文氣論」。「文氣論」本身便是對個人才性、情感的開掘,儘管明詩話對「文氣論」的理解與曹丕並不相同,但明詩話亦對曹丕重視性情的文學觀念有所理解與解釋。事實上,明詩話在摹寫性情問題上,對曹丕的認同僅限於詩歌內容,一旦論述形式時便批駁曹丕摹寫性情的詩歌觀念,典型的表現是對「詩賦欲麗」觀點的論說。明詩話認為,「詩賦欲麗」是曹丕關於詩、賦文體形式特點的論述,但此論述卻是不恰當的。詩歌作為語言藝術,以辭采來定位其特性,無可厚非。明詩話對「詩賦欲麗」的批駁顯然與明詩話復古論對「格高調古」的追求相關,是明詩話曹丕評論傾向復古論的明證。

　　簡而言之,明詩話對曹丕的評點,在摹寫性情方面,反映出明復古詩學在文學與情感之關係上的觀點〔註60〕:性情是文學之重要因素,然並非詩歌的本質問題。此實為明代復古派與革新派〔註61〕(以

〔註60〕袁震宇、劉明今著論及明代文學批評之特點時將「情感論的流行與發展」作為四個特點之一,可見「性情與文學之關係」在明代文學批評中的重要性。參見袁震宇、劉明今著,王運熙、顧易生主編,《中國文學批評通史‧明代卷》(上海:上海古籍出版社,1996年),頁9～16。

〔註61〕郭紹虞、認為:明代文壇有兩種趨勢,復古與革新,前者以「前、後七

公安派爲代表）之間的根本區別。復古派將詩歌體制等作爲詩歌之第一義，故其核心是格調說；革新派則主張性情爲詩歌（文學）第一義，故有「性靈說」〔註62〕、「眞詩者，精神所爲也」〔註63〕等論點。

綜上可見，明詩話儘管承認曹丕詩歌表現情感、才性之觀念，但並非完全持贊同態度，只有當其僅僅是詩歌內容，而非詩歌本質時才加以認可。這固然是明代詩學復古傾向的一種表現，亦是對明代復古觀有所表明。易言之，明代詩學復古觀對詩的認識主要從形式上入手，且比較讚賞較爲古樸的詩歌形式，然而並不排斥摹寫性情，只是不以性情爲詩學的核心問題。具體來說，復古派占較絕大優勢，故所建構出之曹丕詩歌承接漢詩與六朝詩歌、以風格近古爲特點，並基於此受到肯定。至於曹丕詩歌中摹寫性情之因素，雖得到明詩話之承認，但明詩話並不當作重要問題看待。

第三節　詩學定位

明詩話對曹丕評點之態度、觀察特點以及論述理念，不同面向呈現了明詩話所具有的文化價值與思想面向。然而，它們並不足以解釋，明詩話何以要襃揚曹丕的詩歌創作，並將曹丕視爲重要的文學家。這一問題的答案，只能從建安時代，以及明代詩學的內在精神中去尋找。了解建安時代在明詩話中的意涵，才能了解曹丕在明詩話中

子」爲代表，後者以公安派爲代表，前者以古代文學爲學習對象，以古代文學的風格形式爲文學標準，後者則主張文學抒寫情眞，並以之爲衡量文學之標準。在詩歌來說，明代革新派的詩論較爲薄弱，復古派占極大優勢；而且郭紹虞的觀點較看重革新派，故有失偏頗。

〔註62〕「性靈說」是公安派的核心觀點，其核心理念是眞，即個人性情之眞，亦擺脫一切外在束縛的個性，參見袁震宇、劉明今著，王運熙、顧易生主編，《中國文學批評通史・明代卷》，上海：上海古籍出版社，1996年，頁455～457。

〔註63〕「眞詩者，其精神所爲也」是鍾惺的觀點，將性情、精神作爲詩歌之本眞。參見袁震宇、劉明今著，王運熙、顧易生主編，《中國文學批評通史・明代卷》，上海：上海古籍出版社，1996年，頁516～518。

的定位，更明白曹丕詩歌在建安時代的重要性，以及在曹丕評點面向上，明代復古詩學傾向的思想內涵與詩學傳統。

一、明人視野中的曹丕與建安文學

明詩話出現大量關於曹丕的論述，與明代文學批評中瀰漫的文學復古思想有關係，亦與曹丕本身所處的時代，以及文學成就關係密切。明詩話之曹丕論說在褒貶態度、建構形象等諸方面，與明以前對曹丕之論說有著極大的不同。而這種不同，更深的原因在於明詩話對建安文學的理解，與明以前各時代大不相同。

建安文學，在文學體裁、文學觀念等諸多方面直接影響，並啟發了魏晉六朝之文學，自然在六朝會被認可與讚賞。唐代同樣看重建安文學，「鑒賞、品評乃至摹擬建安作家的創作，已經形成一種文學源流」，從而建構以「風骨」為核心的建安文學精神，遂有「建安風骨」之語。〔註64〕明代亦常論及建安時期文學，但只有將之作為漢詩之附庸時方有較高評價，大多時候持貶抑態度，將之作為文學發展歷程中，漸次疏離古詩高格的階段並加以批駁。另外，明詩話對文學世次〔註65〕中「建安」、「魏」之使用頗為猶疑，經常混同使用。〔註66〕而這種混同亦符合實情，魏文學本以曹操、曹丕、曹植及建安七子為

〔註64〕 楊永：《唐人論建安文學——建安文學研究學術史考察（唐代）》，鄭州：鄭州大學中國古代文學專業碩士學位論文，2005年，頁1。

〔註65〕 世次，指歷史上時代的排列，如西漢、東漢、魏、晉等等；此處結合詩歌史上各重要時代的排列次序，參考歷史中的世次，但會略有不同，明顯的例子便是「建安」。參見許學夷，《詩源辯體》，《明詩話全編》冊六，頁6040～6052，「世次」。

〔註66〕 「建安」本是東漢最後一位皇帝漢獻帝的年號，共二十五年，指西元196～220年，是一個武將擁兵自重，紛亂割據的時代，大多數時間裏（西元206年以後）由曹操主政。「建安文學」即指此期間的文學作品，實際上由曹氏權力統治下的文人創作，而其中的代表性詩人曹植、曹丕於曹魏政權建立（西元220年）後仍有大量創作，因此，建安文學甚至可以涵蓋曹魏時期的一些作品。明詩話中譚浚、胡應麟、許學夷等人在文學世次上對建安、魏皆有所區分，然實際上反而更說明了二者之混同。

代表，他們幾乎可代表建安文學的全部，故本文將與明詩話一樣，不區分「魏」與「建安」，即「魏文學」與「建安文學」皆指以曹氏父子、建安七子爲代表的文學。

　　明詩話認爲，魏文學或建安文學本爲漢代文學的附庸。此在徐禎卿、胡纘宗、胡應麟、許學夷等人的論述中可明顯發現。徐禎卿《談藝錄》云：「魏詩，門戶也；漢詩，堂奧也。入戶升堂，固其機也。」〔註67〕門戶爲堂奧之依附、表皮，可知魏詩與漢詩之高下表裏。胡應麟亦言：「漢魏並稱，非篤論也。」〔註68〕其《詩藪外編》評價各個時代之重要詩歌作品以及格調時是按照詩歌世次來進行的，而論述建安文學的部分被稱爲「周漢」，可見其對建安文學之看法。胡纘宗則說得更直接：

> 主讀詩者，一則曰漢、魏，二則曰漢、魏。平時讀漢、魏
> 詩，以爲魏猶漢也。及讀樂府，則漢自爲漢而魏不能及
> 也。……魏詩可讀者三曹爾矣。然操、丕、植固漢人也，
> 故附之漢。苟評前代之詩，亦唯曰漢而已矣。〔註69〕

胡纘宗直言漢詩乃魏詩所不及，且駁斥那些將漢魏混爲一談的說法，甚至認爲曹丕父子兄弟三人皆是漢之附屬。這當然是極端復古論者的觀點。明代詩壇，正是復古論者的園地。許學夷對之則採用「先總而後分」的辦法，其《詩源辯體》說：

> 論漢、魏詩，先總而後分，……蓋漢、魏詩體渾淪，另無
> 蹊徑，然要其終，亦不免有異，故先總而後分。〔註70〕

可見許學夷論述漢、魏詩關係的觀點。以其「渾淪」看，魏詩爲漢詩之附；但從細節分辨則能找尋到差異。此觀點不同於徐、胡諸人。徐、胡等將魏詩「可讀者」歸之於漢，而對其餘加以貶抑；許學夷相對公正，以魏詩中有漢詩渾淪之格，亦有不同於漢詩之處，二者同爲魏詩

〔註67〕徐禎卿，《談藝錄》，《明詩話全編》冊三，頁2178，第4則。
〔註68〕胡應麟，《詩藪內編》卷1，《明詩話全編》冊五，頁5462，第158則。
〔註69〕胡纘宗，《鳥鼠山人小集》卷14〈跋漢詩後〉：《明詩話全編》冊三，頁2975，第14則。
〔註70〕許學夷，《詩源辯體》〈凡例〉，《明詩話全編》冊六，頁6036，第1則。

所具。不管以魏詩爲漢詩之附，還是以魏詩區別於漢詩，明詩話中，特別是復古派的詩話，都認爲魏詩——即建安文學的優秀處在於承繼漢詩，但其中不免有格低於漢詩的部分。

這樣的風氣下，明詩話所認定的建安文學之優點自然不同於《文心雕龍》、唐代以「風骨」標示的建安文學特點：「梗概而多氣」〔註71〕；而是近於嚴羽所聲稱的文學風格「高古」。〔註72〕至於建安文學格調質樸的優點，明詩話亦只在其近於漢詩之面向上同意，更多時候是因其改變古詩格調而加以指責。胡應麟論及建安文學時，先從漢樂府雜詩說起：

> 漢樂府雜詩，自郊祀、鐃歌、李陵、蘇武外，大率裡巷風謠……矢口成言，絕無文飾，故渾樸眞至，獨擅古今。自曹氏父子以文章自命，賓僚綴屬，雲集建安。然薦紳之體，既異民間；擬議之詞，又乖天造；華藻既盛，眞樸漸灘。……獨五言短什，……句格音響，尚有漢風。〔註73〕

曹氏父子之文章爲建安文學的代表。此處胡應麟認爲漢之「裡巷風謠」都「獨擅古今」，更不用說明人公認爲格調高古的郊祀、鐃歌、李陵蘇武的詩歌等〔註74〕；而建安文學卻「眞樸漸灘」，僅「五言」「尚有漢風」，故仍獲讚賞，可見其對建安文學之看法爲：失諸眞樸，

〔註71〕分別參見劉勰《文心雕龍・時序》，周振甫注，臺北：里仁書局，1984年，頁790；陳子昂，〈與東方左史虯修竹篇序〉，《陳子昂集》，北京：中華書局，1960年，頁15等。

〔註72〕嚴羽，《滄浪詩話・詩評十二》，有言：「黃初之後，惟阮籍〈詠懷〉之作，極爲高古，有建安風骨。」郭紹虞以解釋這段詩評便認爲，此以高古形容建安風骨，實以氣格爲標準，不同於劉勰兼含風人之旨的風骨。參見嚴羽著，郭紹虞注釋，《滄浪詩話校釋》，臺北：里仁書局，1987年，頁155、156。

〔註73〕胡應麟，《詩藪內編》卷6，《明詩話全編》冊五，頁5524～5525，則483。

〔註74〕「郊祀、鐃歌」，本指漢樂府郊祀歌〈鐃歌十八曲〉，胡應麟當藉以泛指漢樂府；李陵、蘇武相皆西漢人，李陵因被俘而降匈奴，蘇武則因出使而被滯留匈奴，相傳二人有贈答詩數首，爲五言詩之開端，胡應麟藉以指漢古詩。

漸有華藻，頗不當學。許學夷的觀點近於胡應麟，取漢魏詩相同的
風格特點評論時頗爲贊賞。他說：「漢、魏五言，本乎情興，故其體
委婉而語悠圓，有天成之妙」〔註75〕、「於國風爲近，此變之善者」
〔註76〕、「氣格自在」。〔註77〕對於漢、魏五言頗爲推許，認爲其較
好者承繼國風的詩格與情興。然而，許學夷的視點放在漢、魏詩歌
相異處時則說：

> 漢、魏同者，情興所至，以情爲詩，故於古爲近；魏人異
> 者，情興未至，以意爲詩，故於古爲遠。同者乃風人之遺
> 響，異者爲唐古之先驅。〔註78〕

「以意爲詩」，指詩人按意圖寫詩，造作辭語，而不是內心感情自然
抒發而創作、寫詩。「以意爲」的詩雖名爲詩，然氣格已下，自然不
如「情興所至」的詩。就魏詩獨特性而言，許學夷顯然認爲建安文學
「以意爲詩」，變古而趨近，是漢詩與唐人古詩之過渡。

　　胡應麟、許學夷等的觀點實足代表明人對建安文學之看法。明人
視野下，建安文學頗爲複雜，其優者近於漢詩，「眞樸」而「本乎情
興」，但失諸「以意爲詩」，體格敷敍，變古詩之格。而曹丕被廣爲論
說、褒揚、接受，實在因曹丕詩歌創作、文學觀念更符合明人視野下
的建安文學特點：有承繼漢詩的因素，亦有開啓後世詩歌的詩學觀
念。此從明詩話對曹丕風格之「渾樸」、「高古」等評語、對「不可力
強而致」的「文氣」理論與「情性之正」的肯定都可知之甚明。可見
明詩話對曹丕之評點，其實是明人重評建安文學的重要佐證，明詩話
評點曹丕時，所認同的形象，實是明人視野下，建安文學的代表性詩
人形象。明代經由曹丕建構的建安文學，顯然不同於明代之前，由「建

〔註75〕許學夷，《詩源辯體》卷3，《明詩話全編》冊六，頁6083，第101
　　　則。
〔註76〕許學夷，《詩源辯體》卷3，《明詩話全編》冊六，頁6083，第102
　　　則。
〔註77〕許學夷，《詩源辯體》卷3，《明詩話全編》冊六，頁6084，第105
　　　則。
〔註78〕同上，卷4，《明詩話全編》冊六，頁6101，第177則。

安風骨」標示的建安文學，而更偏於格調形式與文學傳承；而這種不同又指示著明代奉持的詩學傳統，不同於劉勰倡導、唐宋等所秉承的重視思想內容的詩學傳統。

二、「古雅」：明代詩學傳統之一

明詩話對曹丕的評價不同於明代之前的觀點，這些不同的根源在於，和前代相比，明代的詩學更注重詩歌形式，即使談論思想內容（如性情），亦終歸之於形式技巧。明代以前之詩學傳統可稱之為「風」。此傳統之意涵經由《詩經》中「國風」演化而來，重視詩歌的思想內容，強調詩歌應反映時代的政教風俗得失，具有現實性。此可從孔子「興觀群怨」、劉勰對「風骨」的定義以及唐人對此之接受等文學理論中一目了然。〔註79〕至宋代，理學之發展曾力保宋代詩學（特別是北宋詩學）較少偏離儒家為基礎的詩學觀念，直至江西詩派崛起，才偏向藝術形式的探索，並影響到宋末的詩論，催生出嚴羽的詩論。〔註80〕

〔註79〕 劉勰《文心雕龍‧風骨》篇云：「詩總六義，風冠其首，斯乃化感之本源，志氣之符契也。……若瘠義肥辭，繁雜失統，則無骨之徵也；思不環周，索莫乏氣，則無風之驗也。……能鑒斯要，可以定文，茲術或違，無務繁采。」可見，「風」在「風骨」審美範疇中的核心地位，以及其與《詩經》「國風」之重要淵源關係。參見劉勰著，周振甫注，《文心雕龍注釋》〈風骨〉，臺北：里仁書局，1984 年，頁594。唐人對建安文學的接受體現於「建安風骨」的建構上，認為建安文學內容翔實，音聲頓挫，亦是重視思想內涵的理論觀點。參見王玫，〈建安文學在唐代的傳播與接受〉，《廈門教育學院學報》第 5 卷第 2 期，2003 年 6 月。

〔註80〕 北宋的文學理論可分為道學家、理學家與古文家，不管是哪一家，都離不開理學，故多儒家觀念。南宋的詩學以江西詩派為主，受黃庭堅影響，其理論核心是「活法」與「悟入」，儘管注重詩歌語言詞彙與文體形式，但不同於明代復古詩學欲擬古代之詩歌形式、風格，而是要變詩歌的形式風格。郭紹虞認為，宋代文學理論家都注重聖人之道，然而因為偏重點不同而變出不同的思想路向：偏重於道之「體」者為道學家，偏重於道之「用」者是政治家，偏重於道之「文」者是古文家。參見郭紹虞的《中國文學批評史》，臺北：文史哲出版社，1989 年，頁 172。

明代詩學亦曾受到「風」之詩學傳統的影響，特別在明代初期。蔡婧妍《從明詩話中理解風骨的演變與評述》談及明初期詩論特點時說：

> 一系列開國要臣談論《詩》的時代意義，突顯詩歌政教的
> 絕對影響力，付給詩與文人一份教化責任與約束，讓詩歌
> 發揮全面社會力量，「風人之體」、「風人之義」等又被喚醒
> 了。〔註81〕

然而，這僅是曇花一現，明代詩學的主導是復古，是對古代詩歌形式風格的追慕與學習。顯然，復古以及追慕學習古代詩歌形式的詩學，因爲追求可傳承性，必然強調詩歌的格調形式因素，並將之作爲詩歌之核心要素；然而其追求的形式因素，並非對於新形式的創造，而是對古代格調形式的重生。因此可以說，明代復古詩學不是天才的、注重眞性情的詩學，重視性情的言論只是客套語；而且其追求往往導向摹擬剽竊，難以再現詩歌的繁榮景象。明代對古代詩歌形式風格的詩學追求，亦是曹丕在明代廣爲被認同的內在原因。

　　基於明詩話對曹丕評點的論述，明代詩學的傳統可用「雅」來概括。類似於「風」之詩學傳統與「國風」間的聯繫，「雅」之詩學傳統與《詩經》之「雅」亦有著密切關係。《詩經》的「雅」有兩種意義，一是貴族階層的製作，一是具有教化天下的形式。〔註82〕「雅」的意涵與詩學傳統，在明詩話對曹丕的評點中被大量使用，體現於語

〔註81〕蔡婧妍，《從明詩話中理解風骨的演變與評述》，國立彰化師範大學國文學系碩士論文，2004 年度，頁 31。

〔註82〕《詩經》之「雅」亦具有內容正義、性情之正的涵義，儒家的詩學傳統對「雅」的解釋尤其如此，可參見《詩大序》：「是以一國之事，係一人之本，謂之風。言天下之事，形四方之風，謂之雅。雅者，正也。言王政之所由廢興也。政有大小，故有小雅焉，有大雅焉。」此論將雅仍放入「風」的傳統中論述，僅僅說明「雅」的涵義，未將之作爲獨立的審美概念對待。參見，鄭玄，《毛詩鄭箋》，臺北：新興書局，1990 年，〈詩大序〉頁 2。另從《文心雕龍·頌贊》：「夫化偃一國謂之風，風正四方謂之雅，容告神明謂之頌。」可知，「雅」爲可教化天下的詩歌內容。參見劉勰著，周振甫注，《文心雕龍注釋》〈頌贊〉，臺北：里仁書局，1984 年，頁 171。因《詩經》中「雅」部分皆是貴族之樂歌，故具知識階層製作的涵義。

言與詩學觀念上。在語言方面，馮復京、鍾惺有「無傷大雅」〔註83〕、「一肚文雅」等表述〔註84〕；胡纘宗、譚浚、胡應麟、陸時雍、費經虞等在評論曹丕及相關文學時使用「雅」，且意思近於《詩經》中的「雅」。胡纘宗評價建安文學時說「體被文質，詞兼雅怨」〔註85〕，譚浚則以「風度高雅」為七言古的特點〔註86〕，胡應麟不止一次評論曹丕詩歌「較之雅頌則遠」〔註87〕，費經虞的詩話專著題名是《雅倫》，開篇即說：「雅頌之間，王者製作，禮樂盛德成功，……」〔註88〕胡纘宗、譚浚的用法僅使用「雅」的意涵，胡應麟與費經虞則承襲《詩經》之「雅」。可以看出，在語言面向上，明詩評家們更強調「雅」作為高層次文化的意涵與價值。

詩學觀念上，明詩話對曹丕的評點中更多體現出「雅」的形式要素，更加重視詩歌的格調形式。明詩話評點曹丕時，對曹丕詩歌的首先定位是風格方面的，如「高古」、「渾樸典則」、「高華」等，其次的評語是「工語甚多」、「有作用之跡」等。「高古」、「渾樸典則」等風格具有形式意涵，其參考標準是古代詩歌的風格形式，而非詩之為詩的本身質素；「工語甚多」、「有作用之跡」指曹丕做詩時刻意修飾，學習古詩之語言、風格不夠圓融，其背後的詩學標準仍是形式的，且是以古代詩歌為參照的摹擬形式。而這種風格、這類評語背後所隱含的詩學觀念是復古論的，其詩學標準來源於復古派的重要理論——「格調說」。它啓端於明初之高棅，成於李東陽，盛於明

〔註83〕 參見馮復京，《說詩補遺》卷2，《明詩話全編》冊七，頁7198，第160則。

〔註84〕 參見鍾惺，《古詩歸》卷7，《明詩話全編》冊七，頁7328，第34則。

〔註85〕 胡纘宗，《鳥鼠山人後集》卷2，《明詩話全編》冊三，頁2979，第19則。

〔註86〕 譚浚，《說詩》卷中，《明詩話全編》冊四，頁4036，〈章句・古篇七言〉。

〔註87〕 胡應麟，《詩藪內編》卷1，《明詩話全編》冊五，頁5442、5443，第46、52等則。

〔註88〕 費經虞，《雅倫》，《明詩話全編》冊九，頁9541，〈自序〉。

代前後七子，影響所及至清初不絕。〔註89〕袁振宇、劉明今論「格調說」云：

> 格調一詞由格與調二字組成，其意義含糊而多歧。稱格者……稱調者……大致可分爲兩類，其一如體格、句格、律調、聲調等主要指詩歌的體裁、句法、音韻、聲律等外在形式方面的問題；其二如骨格、意格、氣調、風調等則主要用來形容詩歌內在的氣度、意蘊。……明代的格調說又與當時盛行的復古思潮有關，它以規摹古代，主要指漢魏盛唐時期詩歌的體制風格，爲其創作的鵠的。〔註90〕

袁、劉二人認爲，涉及「格」、「調」兩字的詞意義有兩類：「外在形式」與「內在氣度、意蘊」，構成「格調」的基本意義。雖然「格調」含有「內在氣度、意蘊」的內容意涵，但實際上以體制風格爲「創作的鵠的」，即格調說的根本在於體制風格，是形式論的。〔註91〕故明代復古派之「格調說」以詩歌的體制風格爲根本價值，更精確的說，是以古人詩歌之體制風格爲根本價值。依此「格調說」而創

〔註89〕　袁震宇、劉明今說：「明代格調之說源於高棅，成於李東陽而盛於七子」。袁震宇、劉明今著，王運熙、顧易生主編，《中國文學批評通史・明代卷》，上海：上海古籍出版社，1996 年，頁 265。

〔註90〕　引文參見袁震宇、劉明今著，王運熙、顧易生主編，《中國文學批評通史・明代卷》，上海：上海古籍出版社，1996 年，頁 18～19。

〔註91〕　以字義論「格調」必然使「格調說」過於含糊，過於寬泛，自然認爲「格調說」本身便有內容意蘊之指稱；而在復古派的理論中，「格調說」則更具體，意義更明瞭，強調規摹古人詩歌之句法音聲形式，絕少思想內容的指稱。參見郭紹虞，《中國詩的神韻、格調、性靈說》，臺北：華正書局，1981 年。
另外，蔡婧妍將「格調」與「風骨」加以對比，認爲「格調」由「『風骨』延伸、演變」，肯定「格調」具有的內容意蘊。蔡婧妍的觀點便是依字義論「格調」，忽略了其理論體系背景，故方有這種理解。事實上，蔡婧妍文中亦不得不承認，「格調說」並非單純要表義述情，還包含「依類附著比方，義法變化」、「理解規則」等「詩歌藝術創作的標準」。實則，復古派詩論中，義法、規則等創作標準要比述情表義更重要，故倡言高古，聲稱追慕漢魏盛唐。參見蔡婧妍，《從明詩話中理解風骨的演變與評述》，國立彰化師範大學國文學系碩士論文，2005 年，頁 65、77 等。

作出之詩歌，自然崇尚格高、博識（即對古代語彙的理解及風格認知），亦可不待天才而成；其美學特質，正是欲以可教化天下的詩歌形式，開創中國詩歌另一波高潮。因此可以說，儘管明代沒有明確提出以「雅」作爲審美概念，但明詩話對曹丕評點的詩學觀念可以「雅」來說明：追求高古的詩歌製作，重視詩歌的形式因素。這樣的詩學觀念與傳統，顯然不同於明代之前，詩人建構的重視思想內容的詩學傳統。

事實上，對高古風格的詩學追求，可以追溯至嚴羽之詩論，而後影響及清代的詩學理論，而在明代詩壇蔚然成風。〔註92〕這種欲重現古代詩歌風格形式的詩學傳統，顯然不同於以思想內容爲主旨的「風」之詩學傳統。對此一詩學傳統，清末的王國維進一步發揮稱之爲「古雅」。

王國維說：

　　「美術者天才之製作也。」此汗德以來百餘年間學者之定論也。然天下之物，有決非眞正之美術品而又非利用品者，以其製作之人決非必爲天才，而吾人之視之也若與天才製作之美術無異者。無以名之，名之曰古雅。

又言：

　　藝術中古雅之部分不必盡俟天才，而亦得以人力致之。苟其人格誠高學問誠博，則雖無藝術上之天才者，其製作亦不失爲古雅。……今古第三流以下之藝術家大抵能雅而不能美且壯者，職是故也。……若宋之山谷，明之青邱、歷

〔註92〕目前研究大多稱明代重視詩歌風格形式的詩學爲復古派詩學，如夏崇璞、鈴木虎雄、簡錦松、陳國球等。然而亦有稱此詩學爲「格調派」的，代表人物爲郭紹虞，其以「格調」指稱李東陽、李夢陽與何景明的論見，並認爲其理論源頭可追溯至嚴羽，向後影響到王漁洋。故「格調說」往往被看作明代復古派的核心論見。參見郭紹虞，《中國詩的神韻、格調、性靈説》，臺北：華正書局，1981年；陳國球，〈明清格調說的現代研究〉，《古代文論研究的回顧與前瞻》，上海，復旦大學出版社，2002年，頁139～167。

下，國朝之新城等，其去文學上之天才蓋遠，徒以有文學
上之修養，故其所作遂帶一種典雅之性質，而後之無藝術
上之天才者，亦以其典雅故，遂與第一流之文學家等類而
觀之。然其製作之負於天分者十之二三，而負於人力者十
之七八，則固不難分析而得之。〔註93〕

王國維頗擅長從中國傳統詩學中發掘審美概念，從而揭示中國美學之
精神與特徵。「古雅」，還有「境界」都是王國維對中國詩學特質的總
結。由王國維看來，「古雅」作爲美學概念，是指介於「眞正之藝術
品」與「利用品」〔註94〕之間的物品，其所具有的審美特點；指格高
學富之人所製作的，趨向於天才、自然製作出的美。「古雅」之美可
透過學習累積、淵博學識等方式製作出來，是追求天才創作之美的結
果，但不是天才創作的美。以詩歌來說，王國維以黃庭堅、李攀龍、
王漁洋等好學識的文學家爲例——其中李攀龍是明代復古派的代
表，而王漁洋是明代復古詩學的傳人；用翻刻的字畫、碑帖表示「古
雅」的藝術。在王國維看來，用來評價復古文學、翻刻字畫、碑帖的
「神」「韻」「氣」「味」皆是「古雅」之具體化。〔註95〕由此可知，「古

〔註93〕王國維，〈古雅在美學上之位置〉，參見《王國維先生全集》（臺北：
　　　　大通書局，1976 年）初編冊五《靜安文集續編》，頁 1902～1903、
　　　　1908～1910。引文中，「汗德」，即康得（Immanuel Kant，西元 1724
　　　　～1804），德國哲學家；「宋之山谷」指黃庭堅（西元 1045～1105），
　　　　宋代文學家，江西詩派的詩祖，其詩以有學問名世；「明之青邱、歷
　　　　下」，分別指高啓（西元 1336～1373，明初著名詩人，自號青邱子）、
　　　　李攀龍（西元 1514～1570，歷下人，今山東省濟南人，明代「後七
　　　　子」之一，著名復古論者）；「國朝之新城」指王漁洋（即王士禛，
　　　　西元 1634～1711，山東新城人，清初著名詩人，創詩學之「神韻說」）。
〔註94〕王國維崇尚康得的美學理論，認爲美是無目的性（無功利）的製作，
　　　　「眞正的藝術品」是美的；而「利用品」是功利目的的，二者是相
　　　　對手極端。參見王國維，〈古雅在美學上之位置〉，參見《王國維先
　　　　生全集》（臺北：大通書局，1976 年）初編冊五《靜安文集續編》，
　　　　頁 1903；〔德〕康得，《判斷力批判》，牟宗三譯，臺北：學生書局，
　　　　1992 年。
〔註95〕王國維說：「雖第一形式之本不美者，得由其第二形式之美（雅）而
　　　　得一獨立價值。……此以低度之美術（如書法等）爲尤甚。三代之

雅」之審美意涵有二：一係由上層知識階層（格高學富之人）製作，二是具有可學習、賞玩之形式技巧與典則。而「古雅」之詩學傳統當起於詩歌繁盛到極致之日，詩人遂以學識作詩，漸發展出復古好古之風氣。具體來說，宋代之江西詩派啓其端，明代詩歌復古續於後，而王國維則是第一個將之當作獨立審美概念來對待的文學理論家。王國維的「古雅」概念，是《詩經》之「雅」在美學中的延伸，貴族階層的製作被改換成道德家與博學者——王國維所謂「人格誠高學問誠博」者的製作，教化天下的形式被改換成古典詩歌形式的風格才調。王國維的「古雅」概念亦是對復古美學傳統的總結，能恰當地解釋明代復古詩學的特質及詩學傳統。明詩話評點曹丕時使用的詩學概念，評價曹丕所依據的詩學理論，都可在「古雅」相關詩學概念中得到解釋。

　　明詩話對曹丕之評點以明代復古詩學爲背景，並在評論觀點中體現出明代復古派詩學的詩學傳統。此傳統注重詩歌的體制形式、詩學風格的文化傳承，而不注重詩之思想情感。雖然此詩學傳統的審美特質在明代滅亡後數百年才被王國維明確論述，但在明代詩學，特別是復古派詩學中得到彰顯是不爭的事實。正因爲明代詩學隱含「古雅」之詩學傳統，曹丕作爲建安詩人的價值才得到提高，並被接受，甚至會被認爲才情高於曹植。

第四節　求眞重情

　　明詩話對曹丕之評點，固然顯示明代文人之心態，並在建構文學家曹丕時顯示了明代之詩學傾向，然而並不意味著明詩話之曹丕論說只是自圓其說。明詩話對曹丕之評點，亦不缺少實事求是的態度，即

鍾鼎、秦漢之摹印、漢魏六朝唐宋之碑帖、宋元之書籍等，其美之大部實存於第二形式。……凡吾人所加於彫刻書畫之品評，曰神、曰韻、曰氣、曰味，皆就第二形式言之者。」王國維，〈古雅在美學上之位置〉，參見《王國維先生全集》（臺北：大通書局，1976 年）初編冊五《靜安文集續編》，頁 1907。

求眞的理念。此可從明詩話曹丕論說中反覆討論、辨僞以及重新認知等方面一窺究竟。

一、討論、比較與辨僞

　　討論、辨僞以及比較，是將問題呈現出多種面向與觀點，摒除訛誤並得到眞相的方法。明詩話對曹丕之評點經常採用此類方法。

　　討論指針對某一問題或對象，基於不同觀點展開的論說，且各種論說間有互補或歧異的關係，從而呈現出不同面向的結果。明詩話關於曹丕的討論，主要針對曹丕的樂府及七言詩。其中，關於樂府的討論在王世貞、胡應麟、許學夷三位不同時期，但詩論一脈相承的詩評家之間展開。王世貞以樂府爲曹丕詩歌之代表，胡應麟以樂府爲曹丕勝過曹植的體裁，許學夷則對二人觀點予以反駁，以爲曹丕樂府中僅〈雜詩〉可與曹植匹敵。〔註96〕三人的論述未必予曹丕樂府定評，但足以使人認識到曹丕樂府的重要性。曹丕的七言詩〈燕歌行〉及其在七言詩發展中的地位，亦是明詩話數次討論的問題，如孫賁、徐禎卿、胡應麟、許學夷、胡震亨、黃廷鵠、費經虞、陸時雍等皆有評述，或以曹丕〈燕歌行〉爲七言之祖，或以爲七言成型之標識。可以說，明詩話對曹丕七言詩的討論，不僅進一步確立曹丕在七言詩發展過程中的地位，更肯定曹丕七言詩的價值，及其在明代詩壇的影響力，從而使人更明確認識曹丕的七言詩。

　　至於比較，存在於明詩話曹丕之論說與評價之各段中，尤其是針對其才華、作品在文學品級的定位時。明詩話論述曹丕之文學成就時，往往將之與同時代人進行比較，如曹操、曹植以及徐幹、劉楨等。透過比較，曹丕被定位爲建安時代極重要的詩人，在建安七子之上，而與曹操、曹植並列或僅略遜一籌，只是文學風格更近於曹操而遠於曹植。可以看出，比較方法讓明詩話對曹丕之論說，不致脫離曹丕所

〔註96〕王世貞、胡應麟、許學夷三人皆持復古觀，胡、許二人更是受王世貞的影響頗深。三人關於曹丕樂府的討論於本文第三章中有詳論。

處之時代,從而使曹丕更近於本來之面目;又可突出顯示曹丕之特點,做出相應評價,定位其文學風格。這些對準確認知曹丕,都具有非常重要的意義,可以說,與討論一樣,比較的方法同樣使明詩話對曹丕之評點更近於眞實,且更爲豐富。

另外,明詩話之曹丕論說在討論與比較中,還對一些論點與觀念進行辨僞,此亦是明詩話對曹丕評點時,求實求眞態度的展現。辨僞針對的是「六志、八對、三例、八病」的文論觀點,且辨僞者不僅一人,皇甫汸在《解頤新語》據魏文帝詩格引此語,但評價說「恐出僞託」﹝註97﹞,許學夷亦云:「世傳魏文帝詩格……乃至竊沈約『八病』之說……蓋村學盲師所爲,不足辯也。」﹝註98﹞由上述可知,明時有頗多人認爲《詩格》爲曹丕作品,故需加以辨僞。其次是對明代誤傳的曹丕詩作的指正,如田藝衡駁《廣文選》錄曹丕〈遊宴〉、〈堯任舜禹〉等詩,以爲皆訛誤,皆加以指正。﹝註99﹞

二、重新發現與整合

明詩話對曹丕的評點所展現的求眞理念,不僅體現於對曹丕的定位、評價等方面,還體現於對曹丕的重新發現,以及形象的整合方面。

明詩話中關於曹丕之論述可謂面向極廣,其中便多有前人所未涉及者,如六言詩、雜言詩等。皇甫汸在《解頤新語》重新考證曹丕之軼詩〈馬上作〉與六言詩〈令詩〉﹝註100﹞,費經虞在其《雅倫》中

﹝註97﹞ 皇甫汸,《解頤新語》,《明詩話全編》冊三,頁 3256,第 70 則。

﹝註98﹞ 許學夷,《詩源辯體》卷 35〈總論〉,《明詩話全編》冊六,頁 6267,第 854 則。

﹝註99﹞ 田藝衡《詩談初編》云:「《廣文選》誤,如……魏文帝「置酒坐飛閣」,《文選》本江淹〈雜體〉,而此直云文帝〈遊宴〉。……又文帝〈堯任舜禹〉一篇,本集八卷作《歌魏德》,十二卷又作《秋胡行》,重復可厭。……眞小兒之作也,不直一笑。」《明詩話全編》冊四,頁 3955,第 24 則。

﹝註100﹞ 皇甫汸,《解頤新語》,《明詩話全編》冊三,頁 3263,第 128 則、第 129 則。

將曹丕之〈令詩〉作爲六言詩之典範〔註101〕，而謝天瑞則以〈上留田〉作雜體詩學標準「體式」之一。〔註102〕皇甫汸重新發掘曹丕的詩，費氏與謝氏不僅發掘曹丕的詩，還予以較高評價。此或許不能影響明詩話曹丕論說之基本觀點，然可豐富論說之論據，可證明明詩話對曹丕評點的全面性。

明詩話對曹丕之重新發現與整合，更重要地體現於曹丕之生平經歷方面。其中有明代之前不被重視的史實，有明代之前較少被論及的性格特點等，都可當作明詩話評論曹丕時的重新發現。曹丕作爲帝王的內心惶惑，之前少有人論及，胡應麟則借曹沖的故事予以形象說明。胡應麟說：「今人僅知魏武欲傳位陳王植，而不知其始欲傳鄧王沖也。……及（曹沖）亡，哀甚。文帝寬喻，太祖曰：此我之不幸，而汝曹之幸也。魏武愛沖若此，殆數倍陳思。使長，奪嫡必矣。而夭，信天意在丕也。……」〔註103〕胡應麟此處固然在稱贊曹沖之價值，然亦借史實說明曹操立儲曾多方考量，曹丕太子之位幾經波折，並非易得。這在客觀上使人更易理解曹丕作爲太子或帝王的內心惶恐。楊慎《升庵集》中所論述的曹丕「不惑仙術」行爲亦是其他人極少論及的。另外，明人張溥還整理出一份曹丕小傳，放在其編錄的《漢魏六朝百三家集·魏文帝集》前面。這份小傳綜合明代之前歷史紀錄與野史傳說而成，並且取捨流傳於世的曹丕事蹟，歸納了明代對曹丕文學之評價，可謂是《三國志》後曹丕的第一篇傳記。這篇傳記不同於《三

〔註101〕 費經虞，《雅倫》卷 9，《明詩話全編》冊九，頁 9776，「格式·令詩」。

〔註102〕 謝天瑞，《詩法大成》卷 10，《明詩話全編》冊十，頁 11260，「雜體」。在《詩法大成·序》中，謝天瑞說：「詩法爲作者之標準」，其《詩法大成》中主要列舉「古名家體式」，參見《明詩話全編》冊十，頁 11145。

〔註103〕 曹沖，曹操少子，少聰穎仁和，頗受曹操喜愛，不幸少年（十三歲）夭折。引文參見胡應麟，《詩藪外編》卷 1，《明詩話全編》冊五，頁 5552，則 647。胡應麟所引曹操話及史實見《三國志·魏書》〈武文世王公傳第二十〉，北京：中華書局，1959 年，頁 580。

國志》中的〈魏文帝本紀〉，更著重於對曹丕文學成就的敘述與評價。因此，這亦可被看作現存第一篇「文學家曹丕小傳」。

討論、探究以及新發現，都讓明詩話之曹丕形象更豐富，更全面，亦更近於歷史中具體存在的文學家形象。明詩話對曹丕相關事蹟的重新發現，儘管會出現偏差，如甄后形象的建構：將歷史上具有爭議的后妃，建構為有才有識的奇女子並加以褒揚，但整體上呈現為求真意識與研究探討之理念。而此求真意識與研究探討理念亦是明代文學批評之重要特點。明代之文學批評中確有不少關於古代文學風格以及文學作品的求真、溯源性工作。畢竟，復古，首先便是認知古代。此從《詩學權輿》、《樂府原》、《詩源辯體》等詩話專著的題名可知。當然，正如鍾惺對復古者之攻擊所說：「今非無學古者，大要取古人之極膚、極狹、極熟便於口手者，以為古人在是。」〔註104〕明代復古的求真並非全面深入的，而明詩話對曹丕評點時的「求實求真」觀念亦並非貫徹始終，否則便不會有選擇性的建構。

第五節　修辭表現

在明詩話曹丕論說中，映襯、摘例、譬喻與引用是出現較多的修辭種類。它們是評論——特別是文學評論中常用的修辭。藉由映襯，可以凸顯受評論者特點與本質；至於摘例、譬喻、引用則增加評論觀點的可信度，與生動形象的說明。

一、映襯、排比以顯品級、特色

明詩話對曹丕評點時較常使用的修辭是映襯。沈謙定義「映襯」說：

> 在語文中，將兩種相反的觀念或事物，對立比較，從而使語氣增強，意義顯明的修辭方法，是為映襯。……〔註105〕

〔註104〕鍾惺，《古詩歸》，《明詩話全編》冊七，頁7321，「序」。
〔註105〕沈謙，《修辭學上冊》，臺北：國立空中大學，頁118。

　　沈謙又分類爲三：反襯、對襯、雙襯，茲舉本節相應之辭格，引述如下：

　　　　對襯：對兩種不同的人、事、物，從兩種不同的觀點予以
　　　　　　　形容描寫，恰恰形成強烈的對比。

　　　　雙襯：針對同一個人或同一件事物，從兩種不同的觀點予
　　　　　　　以形容描寫，著眼點迥異，結果適成其反。〔註106〕

　　至於映襯的原則，沈謙指出：

　　　　映襯的原則有二：（一）透視矛盾，對比鮮明。（二）緊扣
　　　　主題，目標明確。〔註107〕

可知，映襯修辭的特點是用對襯（對比）或反襯、雙襯（一體兩面）的辦法表現主體的特點，從而凸顯主體。明詩話對曹丕評點時的映襯往往以曹丕及其詩歌爲主體，以建安時代的文學家爲襯體，從而凸顯文學家曹丕之特點。而其在使用映襯法時，有時亦間雜排比法。沈謙定義「排比」說：「用結構相似的句法，接二連三地表達同範圍同性質的意向的修辭方法，是爲「排比」。〔註108〕排比有「敘事寫人，清晰鮮明。」「說理透徹，具體深刻。」〔註109〕的功能。下面是較爲典型的映襯法、排比法使用舉例：

　　　　漢、魏之交，文人特茂，然衰世叔運，終鮮粹才。孔融……
　　　　應瑒巧思逶迤，失之靡靡。休璉《百一》，微能自振，然傷
　　　　媚焉。仲宣流宕，……鮮可誦者。

　　　　……曹丕資近美媛，遠不逮植。然植之才，不堪整栗，亦
　　　　有憾焉。〔註110〕

徐禎卿的話是對建安時代諸文學家的評論。曹丕既可與曹植一起被當作主體，用建安時三曹之外的文人來映襯曹氏兄弟的才華，若作爲襯

〔註106〕沈謙，《修辭學上冊》，臺北：國立空中大學，頁118。
〔註107〕沈謙，《修辭學上冊》，臺北：國立空中大學，頁118。
〔註108〕沈謙，《修辭學下冊》，臺北：國立空中大學，頁46。
〔註109〕沈謙，《修辭學下冊》，臺北：國立空中大學，頁46。
〔註110〕徐禎卿，《談藝錄》，《明詩話全編》冊三，頁2181～2182，第21則。

體，則用以表現曹植在建安文學中的特出地位。將七子與曹丕排比並陳，則更能清晰鮮明的呈現每個人的文學特色。又如

> 曹公莽莽，古直悲涼；子桓小藻，自是樂府本色。子建天才流麗，雖譽冠千古，而實遜父兄。何以故？材太高，辭太華。〔註111〕

> ……嘗與于鱗言，子建才敏于父兄，然不如其父兄質。漢樂府之變，自子建始。……〔註112〕

王世貞以「華」、「質」概括曹丕和曹植作品，曹植之於曹丕，一華一質，以對襯法來凸顯兩人文章本質的不同，以雙襯法來凸顯曹植詩才敏、辭華的特色，以排比法來呈現三人的異同。可謂對比鮮明，條理清楚。再觀：

> 文帝〈善哉行〉、〈丹霞蔽日〉等，得靈氣於厥考，而加之綺藻，〈燕歌行〉，啓緣情於齊梁，而無傷大雅。五言〈芙蓉池〉，文勝質，故梁世推美。〈黎陽〉、〈於譙〉、〈廣陵〉、〈玄武〉，質勝文。故近代始重，雜詩二首，雖謝漢人，可以對揚厥弟，篤而論之，必在劉王之上。〔註113〕

馮復京從「文」、「質」兩個面向來探討曹丕的作品。以雙襯法來描寫曹丕詩歌的特點，並指出其除了承繼父親的「靈氣」，並有自己的特色——「綺藻」。同時使用了類比法，凸顯出曹丕在建安文學中的地位，一在劉楨、王粲之上，二則不低於曹植。

　　由以上論述可見，明詩話對曹丕評點時的映襯法多以曹丕為主體。映襯法的廣泛採用說明了明詩話將曹丕作為重要對象，甚至以主體來評點。映襯法因為顯示主體與襯體之比較，故往往使明詩話之曹丕更易於品評、定位，從而突出曹丕之獨特性。

〔註111〕王世貞，《藝苑卮言》卷3，《明詩話全編》冊四，頁4222，第146則。

〔註112〕王世貞，《藝苑卮言》輯錄，《明詩話全編》冊四，頁4426，第125則。

〔註113〕馮復京，《說詩補遺》卷2，《明詩話全編》冊七，頁7198，第160則。

另外，映襯法能彰顯曹丕近於建安時代的風格。如：

> 子桓「去去勿復陳，客子常畏人」等句，詩流率短其才，
> 然此實漢人語也。他如〈黎陽〉、〈於譙〉、〈廣陵〉、〈玄武〉
> 諸作，句格縱橫，節奏縝密，殊有人主氣象。高古不如魏
> 武，宏贍不及陳思，而斟酌二者，政得其中，過仲宣、公
> 幹遠甚。惜昭明皆置不錄。〔註114〕

胡應麟的評論中亦以曹丕爲主體，以曹操、曹植、王粲與劉楨爲襯體，通過襯體曹操、曹植凸顯曹丕文學的風格特點：介於「高古」與「宏贍」之間。曹丕之才情品級是映襯強化的結果，而曹丕與建安時代之聯繫亦透過映襯得到表達，曹丕詩歌之特點與價值才得以呈現。

二、摘例、譬喻以示詩歌特點，引用以彰曹丕文學理論

明詩話評價曹丕的詩歌作品時，亦常採用摘例與譬喻等修辭。其中，摘例是對曹丕作品的具體引證評論，而譬喻則是對曹丕文學風格的綜合性生動評價。

明詩話對曹丕的評點，涉及到曹丕之具體作品，詩句格調等時，多數以摘例方式出現。明詩話中，論述曹丕之條目數量以胡應麟、許學夷爲最多，二人論述曹丕的條目出現大量曹丕詩例。胡應麟論及四言句法高古者有「漫爾筆之。……魏武……文帝：『丹霞蔽日，彩虹垂天，山谷潺潺，葉落翩翩。』『上山採薇，薄暮苦饑，溪谷多風，霜露沾衣。』『芙蓉含芳，菡萏垂榮，朝采其實，夕佩其英。』東阿……右諸語，或類古詩，或類樂府，或近文詞，較之雅頌則遠，皆四言變體之工者。典午以後，即此類不易得矣。」〔註115〕論五言詩有「魏文『朝與佳人期，日久殊未來』。康樂……愈衍愈工」、〔註116〕「子

〔註114〕胡應麟，《詩藪外編》卷1，《明詩話全編》冊五，頁5551，第642則。

〔註115〕胡應麟，《詩藪內編》卷1，《明詩話全編》冊五，頁5443，卷1，第52則。其中「典午」即「司馬」，代指晉朝。

〔註116〕胡應麟，《詩藪內編》卷1，《明詩話全編》冊五，頁5462，卷2，第156則。

建、子桓工語甚多，如『丹霞夾明月』，……」等論。〔註117〕許學夷
論五言詩亦說：

> 漢人五言，體皆委婉，而語皆悠圓，有天成之妙。魏如曹
> 子桓〈雜詩〉二首及〈長歌行〉二首……亦有天成之妙。
> 如子桓〈兄弟共行遊〉、〈清夜延貴客〉、〈良辰啓初節〉……
> 始見作用之跡。至如子桓〈觀兵臨江水〉……益見作用之
> 跡。〔註118〕

以上皆例舉，以曹丕之具體作品做為觀點之支撐，同時亦是對具體作
品風格特點的認定。明詩話中的例舉，不僅論述曹丕詩歌的風格特
點，同時又廣泛使用曹丕的詩歌，從而使曹丕的詩歌重新出現在閱讀
視野中。

譬喻相對較少，然對其詩歌風格有整體性評價。如周敍說：

> 觀古今藝苑，具載名勝歌詩。緣其才調，各殊是致，詞華
> 頓別，……魏文帝如唐、晉遺民，憂生感慨。〔註119〕

周敍論述曹丕時使用譬喻修辭，以曹丕為本體，以「唐、晉遺民」為
喻體，喻解是詩歌的「才調」「詞華」等。可知，此論述以「唐、晉
遺民」形容曹丕詩歌中之沉鬱才調。陸時雍《古詩鏡》評價詩歌善用
譬喻，涉及曹丕處亦多用譬喻，如喻曹丕〈善哉行〉為「羅綺靡風」
〔註120〕、喻〈秋胡行〉為「衛風靜女」等〔註121〕。羅與綺皆為絲織
品，借代以喻女子，羅綺靡風，即能形成風潮的美麗女子，意思是曹
丕的〈善哉行〉是能形成風氣的好詩；衛風靜女，本是《詩經》中詩，
語出《詩經·邶風·靜女》：「靜女其姝，俟我於城隅。」詩中描寫操

〔註117〕胡應麟，《詩藪內編》卷1，《明詩話全編》冊五，頁5462，卷2，
第157則。
〔註118〕許學夷，《詩源辯體》，《明詩話全編》冊六，頁6101～6102，第178則。
〔註119〕周敍，《詩學梯航》〈品藻〉，《明詩話全編》冊二，頁985，第7則。
〔註120〕陸時雍，《古詩鏡》〈魏第一〉，《明詩話全編》冊十，頁10673，第
24則。
〔註121〕陸時雍，《古詩鏡》〈魏第一〉，《明詩話全編》冊十，頁10673，第
27則。

守貞潔，舉止安詳的女子，此用來喻指曹丕詩〈秋胡行〉的善寫感情與動人，隱含曹丕對成就大事業與求賢若渴之思，可以看出，譬喻之使用不僅使曹丕之詩歌風格更形象，亦使評論觀點更具古典詩歌文化內涵。

　　引用，是「說話或寫文章時，引取其他和本題有關的語言、文字，以充實內容、佐證或加強自己的觀點、見解，或妥切地表示自己的感情，所引內容必須符合或依據引文的原意使用。」〔註122〕這意味著，引用固然以加強自身觀點爲目的，但以接受引文爲基礎。明詩話對曹丕的評點，在文學理論方面，較多地使用引用修辭，體現曹丕文學理論的重要價值與影響。

　　皇甫汸《解頤新語》乃論詩之專著，認爲論詩難於「作詩」、「知詩」，然對曹丕之文論以極高評價，亦不止一次引用曹丕的文論，如「詩賦欲麗」、「文非一體」、曹丕對建安七子的評論，甚至還將「六志、八對、三例、八病」等錯當成曹丕之觀點引用。〔註123〕皇甫汸只是最典型的引用者，王世貞、馮復京、黃廷鵠等專門詩話中無不引用曹丕論文語，或強調文章之不朽，或評價建安七子之風格。這些引用背後正是他們對曹丕文論的接受。

　　另外，有一種引用者並非爲加強自己觀點進行引用，而是引用曹丕的論述文字，以進行批駁或重新解釋，如許學夷。許學夷論及劉楨、王粲優劣時說：「文帝《典論》稱『應瑒和而不壯，劉楨壯而不密。』竊謂以仲宣代應瑒更切。」〔註124〕論及「建安七子」時說：

〔註122〕黃麗貞，《實用修辭學》，臺北：國家出版社，頁357、371。
〔註123〕皇甫汸《解頤新語》開頭言：「夫詩匪作之難，知之惟難；匪知之難，論之尤難。」可見對能論詩者之推崇。參見《明詩話全編》冊三，頁3244，則1。其引用曹丕論文語有四處：一是文中所列的錯引「六志、八對」等內容，二是引「詩賦欲麗」的觀點，三是引「文非一體，鮮能善備」以證詩人才華的多樣，四引曹丕評論應瑒等的話「應瑒和而不壯」等，依次參見《明詩話全編》冊三，頁3256、3259、3260，第70則、第93則、第96則、第97則等。
〔註124〕許學夷，《詩源辯體》卷4，《明詩話全編》冊六，頁6109，第209

　　七子之中，徐幹、陳琳、阮瑀五言既無天成之妙，又少作
　　用之功，此雖其才力不逮，亦是各有所長耳。按：文帝《典
　　論》稱徐幹之賦，琳、瑀之章表書記，可見七子之名，非
　　皆以其詩也。〔註125〕

前者引曹丕語而加以改造，後者則重新解釋曹丕《典論・論文》之對
象。這些引用中，許學夷儘管以引用曹丕的文學理論作為質疑的對
象，但亦體現其對曹丕文學理論的接受。

　　則。
〔註125〕許學夷，《詩源辯體》卷4，《明詩話全編》冊六，頁6109，第210
　　則。

第五章　結　論

　　建安，是漢獻帝的年號，也是兩漢王朝最後一個年號。雖然在政治上，群雄割據，戰亂連年，導致民不聊生，是一段昏暗的時代。然而，由於建安文學的鼎盛與發展，使這時期成爲文學史上璀璨耀眼的一頁。建安文學，因爲詩歌體裁的革新、五言詩創作的繁榮，開啓了中國詩歌發展的新時代，所以屢成歷代詩評家論說與研究的焦點。曹丕，不惟是建安及曹魏時期重要的政治人物，亦是建安文學的重要詩人，理所當然是詩評家論說與研究的重要人物。但是歷代對曹丕的論述都失之偏頗，直到明代才出現整體性的評述。本文即以明詩話爲基礎，研究明代對曹丕的論說與評點，並從文學接受的視角，來分析明詩話對曹丕評點中所體現的當代思想內涵、文化價值以及文學批評理論等。本章作爲結論，是對全文內容與觀點的一個總結，包括明詩話中的曹丕形象、明詩話對曹丕評點的思想內涵，以及其所體現的明代文學批評理論特點、明詩話評點曹丕對後世的影響，最後則扼要歸納明詩話曹丕研究的特色。

第一節　明詩話之曹丕總體形象

　　明詩話論述曹丕的面向廣泛，幾乎包括所有方面：身份、性格、創作、體裁、影響以及文學理論思想等等。通過這些論述，明詩話

重新審視曹丕的形象：包含歷代前人的觀點，亦展現明代的獨特視角。

政治身分在明詩話的曹丕形象中，佔有相當重要的地位。具體而言，明詩話在論述曹丕作為魏文帝時，繼承了前人的觀點，故多持貶抑態度。明詩話認為，儘管曹丕極富文學才情，但在政治、道德品性上並不值得效仿，是一個心胸狹窄、無義無行且好色重利的皇帝。明詩話以嫌忌兄弟來表現魏文帝的心胸狹隘；以處置甄后事來表現其無義無行；從詩歌內容等方面推斷曹丕的好色重利。但除了重新考證建安七子，來指證對曹植之「忌」，已從政治擴展到文學上，以及藉甄妃之死，來塑造其無義好色之外，其他屢見於前代評論。換言之，政治上的貶抑，僅是前代曹丕評點態度的延續而已。

事實上，將曹丕視為文學家，甚至以此為其主要身分，才是明詩話較前人突出之處。抽離了政治，明人更能客觀的評價曹丕的詩文，且將觸角伸於各種創作，如前代即多所論述的文學理論及文學批評，冠絕建安的樂府創作以及四言、五言、六言、雜詩等。對這些作品，明人或通論、或引用，或具體評述。此外，還與建安時期文人相較，品評其文學才情高低。明詩話認為，曹丕極具文學才情，甚至是最具文學才情的帝王之一，是建安文學的代表性人物。曹丕的詩歌創作與才情與曹植相匹敵，縱或略遜一籌，亦肯定高於「建安七子」。

本研究的分析表明：明詩話從文學作品的風格與語言特點、詩歌的體裁及其淵源、文學創作的成就與影響、文學理論及批評等四個方面對曹丕的文學展開具體論述。在風格與語言特點方面，明詩話所建構的文學家曹丕，既具有建安詩歌的風格特點，又獨立於外，擁有自己的特色。曹丕所代表的建安詩歌風格，在於詩歌中的情感與詩歌語言的「構結」〔註1〕：即風格華麗，飽含詩人的思緒與情

〔註1〕構結即注重於詞語結構，有刻意之嫌，體現於風格方面便是注重情深與辭采。詳見本論文第三章，頁50。

感，但在語言中，特意突出表現情感的飽滿，致使語言「構結」，不夠自然本色。曹丕詩歌的獨特性在於：其部分作品不同於建安文學的特徵，如情感過於飽滿而近於「綺麗」、語言鄙俗而近於本色等等。可以說，對曹丕的詩歌風格及語言的觀點，明詩話將其定位於：既是建安文學的傑出代表，亦表現出鮮明、獨特的個性，而卓然一家。在詩歌體裁及淵源上，明詩話認為，曹丕詩歌體裁豐富，在五言詩與七言詩方面都有很優秀的作品，而且其創作較接近於建安之前的詩歌特點，特別受到漢樂府詩的影響。至於在文學創作與影響方面，明詩話不僅從作品內容、數量等視角對曹丕詩歌進行討論，而且從風格上論述其影響，並舉例說明魏晉六朝時期，詩人對曹丕作品的模仿，如認為嵇康、應璩之「出於魏文」（詩歌風格繼承自曹丕）等等。

另外，明代之前便受到重視的曹丕文學理論與文學批評，在明詩話也加以論述。對曹丕文學理論的評述，明詩話使曹丕文學形象更為豐富：曹丕不僅能創作，而且在文學本質方面有獨到的見解。明詩話分別對曹丕的文學理論與文學觀念進行評論，首先，在文學理論方面，以曹丕的文學批評為主，往往引用其觀點來評價建安七子，可見明人對曹丕文學理論的推崇。其次，對曹丕文學觀念的評論，則強調其對情感、個人才情方面的論述。可知明詩話不僅承認曹丕文學觀念創新，同時亦接受其部分文學觀念。

總括而言，明詩話對曹丕的論說，實則是對曹丕形象的重新建構，其形象是相當完整與豐富的。不僅繼承前代論述較多的政治形象與文學理論家形象，更從文學的視點，審視其身為文學家的一面。而以評價態度而言，明詩話之曹丕形象又是二元的，一是針對曹丕的政治身份，承續明代之前的觀點持貶抑態度，呈現為政治、道德視角下的曹丕；一是站在文學的視野上去評價曹丕，從才情、創作、體裁、影響、文學理論等多方面給予讚揚，肯定其為優秀的文學家。

第二節　明詩話對曹丕評點的思想內涵

　　以明詩話對曹丕論說爲基礎,本研究還對明詩話評論曹丕時所採觀點、對曹丕評點的思想內涵與詩學觀念進行具體分析。其中,從明詩話對曹丕評論的觀點,如褒貶態度與對象取捨,皆體現出明詩評家的心態,也解釋了曹丕在明代能得到廣泛接受的原因。至於明詩話對曹丕評點的思想內涵,筆者主要爬梳明代對曹丕評點體現的政治與社會文化邏輯,從而展現明代社會的思想特徵,並從而認知明代詩學理論的特點。以下是對本文分析的總結。

　　論述曹丕的明代詩評家,各個時期皆有,而以明代中晚期的詩評家最多。儘管時間有所遞嬗,但明詩話對曹丕的論述,還是呈現出具邏輯一致性,如對曹丕評述的褒貶態度,以及評點曹丕中的文化理念。

　　在褒貶態度上,明詩話對曹丕形象的二個面向呈現截然相反的態度:貶抑其身爲帝王的政治身分及作爲,褒揚其身爲文學家、詩人的傑出表現,從而使明代對曹丕評點呈現出獨特性。筆者認爲,明詩話評點曹丕的態度,體現明代社會政治與思想的兩大特點,其一是文學與政治的逐漸分離,其二是明代對文學的偏愛。顯然,明詩話對曹丕的貶低,與對其文學成就的強調,不僅僅是因爲曹丕的身份與文學創作,也是因爲明代詩評家的心態,亦即對政治、文學不同身份採用完全不同的態度、視點與立場。明詩話曹丕論述對其帝王、詩人身分採用完全不同的評點態度,說明明代詩評家將文學與政治相分離的心態。明詩話對文學家曹丕的推崇還說明:在文學與政治的分離中,明詩評家更願意從文學的視角去評論、理解、接受,從而體現明代文學逐漸具有的獨立性地位與價值。

　　當然,明代詩評家將文學從政治中分離出來並加以強調的心態,並非憑空而來,有其深刻的社會政治原因,與明代文人的生活世界密切相關。具體而言,中國古代政治制度——從漢代開始確立並發揮作用的「士階層輔翼的皇帝集權制度」〔註2〕——在明代逐漸走向極端,

─────────────

〔註 2〕錢穆,《國史大綱》〈引論〉,臺北:商務印書館,1995 年,頁 15。

變成由皇帝過度集權的政治制度。這種變化，致使主要由文人構成的士階層出現身份焦慮。明代的士階層被迫分化，一部分失去尊嚴成爲皇帝的家奴，另一部分則向個人心性追求，注重內心世界，專意於文學、藝術等。後一部分便是文人與藝術家，脫離政治，造成明代文學藝術逐漸獨立於政治之外的局面。詩評家往往歸屬於後一部分人。他們有士人安天下之理想，但迫於現實，不能實現，便獨善其身專意於文學，故多持文學觀點，評論時自然偏重文學。可見，明代詩評家本身便是與政治疏離的一群，所以才會在評價曹丕時，將文學與政治身份分開，並強調其文學成就。這也是明詩話評點曹丕所體現的文化心態。

　　明詩話對曹丕的評點還呈現出明代的文化觀念、思想特點，是以復古觀念，以及相關的文化傳統的建構爲主。筆者通過爬疏對曹丕有論述的明代詩評家（生平與詩學思想）發現，明詩話評點曹丕具有明顯的復古論傾向。復古傾向不僅表現在明詩話對曹丕評點，亦是明代評價建安文學的重要理念，具體表現爲不贊賞建安文學的創新，而推崇其繼承漢代詩歌的部份。明詩話評點曹丕的復古傾向是明代文化觀念的表徵，文化的重要內容應該是討論古代的文化傳統，進而對其加以評價與重新建構。所以復古，是希望從古代文學、藝術中去挖掘出典範的審美形式，使之煥發新的生命。通過分析，本文認爲，明代文化不同於唐、宋時期，唐、宋時期總是尋找新的精神與思想，進而具有道德與教化的「風人之旨」；而明代是刻意地探論形式因素，具有「純藝術論」的內涵，追求典雅格調。

　　詩學理論不僅是文化觀念的一部分，更是其精粹的呈現。明詩話對曹丕評點時的詩學觀念，與其呈現出的文化觀念一致，但更爲具體：復古派詩學理論，試圖由詩歌形式出發，建構明代獨特的詩學理論。這體現於明詩話對曹丕詩歌風格的定位，與評價曹丕詩歌使用的詩學概念。在評論曹丕詩歌的風格時，明詩話認爲，它是漢詩與六朝詩歌的過渡，而且更接近於漢詩，是「高古」或「近於高古」的，從

而給予較高評價。對曹丕風格的認定，是復古論詩學的展現：因近於「古」而受讚賞。明詩話在評價曹丕詩歌時，使用的詩學理論更是復古論的主張。評價面向有二：一是風格上是否合於古；一是內容上是否摹寫性情。前者自然是復古論的理論。在摹寫性情問題上，明詩話對曹丕詩歌的評價亦受復古論的影響：明詩話所評論曹丕的詩學理論中，並不反對詩歌摹寫性情，然而當性情影響到形式時（如詞藻之「麗」與「造語」），便應受到批評。這仍是復古論的觀點。事實上，復古派詩學理論亦不反對性情，但對詩歌本質、文學本質的看法，完全不同於「性靈說」及竟陵派，以性情爲本質的論調，僅將性情當作表現的內容，性情在根本上不能超出詩歌形式的要求。

呈現明代文人的二元心態、印證明代文化的復古傾向與對審美形式的追求，以及復古論的詩學理論，都是本論文將明詩話曹丕論述與明代社會政治、文化結合研究的結果。它們呈現文學接受研究的思想深度與文化廣度，是明詩話對曹丕評點態度的體現。除此之外，明詩話對曹丕評點中，尚具有一些特點，如論說態度的求眞重情、映襯等語言修辭的使用等，亦爲明詩話曹丕的重要展現。

第三節　明詩話評點曹丕的影響

明詩話評點曹丕的影響應該有兩方面：

首先，明詩話對曹丕的論述中，呈現完整的曹丕形象，使評點曹丕走出政治化、道德性的狹隘，對曹丕的評價更爲公允；使曹丕論說大量出現。這方面的影響在清代以及現代的研究都能發現。在清代，評點曹丕同樣有政治與文學兩個面向：與明代以指責曹丕性格行事的道德不同，清代評點曹丕的政治傾向更明顯，以指責其篡位爲核心；而在文學面向上，清代評點曹丕承續明詩話評點曹丕的態度與觀點，以曹丕的文學及成就爲主要論說方面。宋戰利的《曹丕研究》敘述明清兩代的曹丕形象時便認爲，明清對曹丕的評點具有三個特點，一是

「曹丕奸臣形象的定型」，一是「政治形象與文學形象的分離」，最後特別強調清代對曹丕文學的認可。〔註3〕宋戰利的觀點表明，明清兩代對曹丕評點具有延續性，清代在曹丕的政治形象、文學創作方面延續明代的觀點，而且特別強調其文學面向。

事實上，明代以後，對曹丕的評價與論說，基本沒有超出明詩話對曹丕評點的範圍：政治性格上的指責，文學成就——包括文學創作、文學批評等的推崇。

其次，明詩話對曹丕文學創作成就的重視，確立了曹丕文學（詩歌）創作的價值以及歷史地位。這明顯表現在清代對曹丕評點中，所以宋戰利敘述明清的曹丕評點時，特別強調清代對曹丕文學的認可。清代對曹丕文學創作與才情論述，以王夫之的觀點最具代表性。王夫之在《薑齋詩話》中，不止一次讚揚曹丕的文學。他說：「曹子建之於子桓，有仙凡之隔，而人稱子建，不知有子桓，俗論大抵如此」，還說：「建立門庭，自建安始。曹子建鋪排整飾，立階級以賺人升堂，用此致諸趨赴之客，容易成名，伸紙揮毫，雷同一律。子桓精思逸韻，以絕人攀躋，故人不樂從，反爲所掩。子建以是壓倒阿兄，奪其名譽。」〔註4〕由此可知，王夫之對曹丕文學之推崇，不僅認爲其可與曹植一爭高下，並且認爲曹丕的文學創作除語言韻調秀逸外，還能「精思」，達到常人絕難達到的思想深度。除《薑齋詩話》外，《船山古詩評選》也不止一次評價曹丕的詩歌，且都給予極高的評價，大抵與以上引文類似。

王夫之外，馮班、陳祚明、沈德潛等人都對曹丕的詩歌給予讚揚。馮班評價七言詩時提及曹丕，說「七言創於漢代，魏文有〈燕

〔註3〕宋戰利，《曹丕研究》，鄭州：河南大學研究生博士學位論文，2007年，頁132～139。

〔註4〕〔清〕王夫之，西元1619～1692，字而農，號薑齋，晚年隱居於湖南石船山，故又被稱爲「船山先生」，明末清初的重要知識分子。引文參見王夫之，《薑齋詩話》卷下，〔清〕丁福保編，《清詩話》，上海：上海古籍出版社，1966年，頁15。則30。

歌行〉」〔註5〕。陳祚明對曹丕詩歌的評述更多，幾乎點評到曹丕的每一首詩歌，認為其詩「筆姿輕俊，能轉能藏……轉則變宕不恒，藏則含蘊無盡。」〔註6〕陳祚明認為曹丕詩歌的風格是「輕俊」，多變化且情義頗深。沈德潛不僅定位曹丕詩歌的歷史地位，還評價說：「孟德詩猶是漢音，子桓以下，純乎魏響。……子桓詩有文士氣，一變乃父悲壯之習矣。要其便娟婉約，能移人情。」〔註7〕在沈德潛看來，曹丕是漢魏詩歌變革的第一人；一變曹操詩歌（作為漢詩的一部分）的悲壯，而為婉約，為情感動人。事實上，王夫之、馮班、陳祚明都是清初的詩評家。其對曹丕的評價，可以看作明詩話曹丕評點的遺韻，也是清代對曹丕評點的開端，沈德潛便承繼此而重視曹丕的文學創作。

可以說，明詩話對曹丕之評點一方面繼承明代之前的曹丕評點觀念，補充其未加強調的文學成就方面，從而呈現出完整的曹丕形象，奠基曹丕接受的範圍；另一方面開啓曹丕評點的新起點，從明代之前強調其政治身份轉向強調其文學創作成就。

第四節　本研究的特色

本研究緣於對曹丕的關注，透過歷史上各朝代對曹丕的評論，發現明代曹丕評點的獨特性。具體而言，本研究的特色體現在三個方面：重新認識曹丕形象、理論方法的運用以及思想意義的挖掘。

首先，本文透過明詩話之曹丕論說重新定義曹丕形象——詩人曹丕的形象，這頗不同於中國古代正史與小說中的曹丕。歸納來說，史筆曹丕形象於正史《三國志》與小說《三國演義》中最為鮮明及廣為

〔註5〕〔清〕馮班，《鈍吟雜錄·古今樂府論》，〔清〕丁福保編，《清詩話》，上海：上海古籍出版社，1966年，頁30。

〔註6〕〔清〕陳祚明，《采菽堂古詩選》卷5，上海：上海古籍出版社，2008年，頁140。

〔註7〕〔清〕沈德潛，《古詩源》卷5，台北：中華書局，2009年，頁90、93。對曹操與曹丕的總評。

人知。《三國志‧魏書》有〈文帝紀〉，對曹丕的總評是：「天資文藻，下筆成章，博聞疆識，才藝兼該；若加之曠大之度，勵以公平之誠，邁志存道，克廣德心，則古之賢主，何遠之有哉？」〔註8〕意思是，曹丕文學天賦頗高，知識技藝亦強，然在政治上失之偏狹，故難成大器。事實上，整篇〈文帝紀〉僅結尾一段數十字言及曹丕之文學，絕大多數篇章皆敘述曹丕的政治生涯。可以說，《三國志》是以史學的視角來敘述曹丕，著重於以政治觀來評論其是否為明主，亦兼及其文學、技藝特長。史學的視角同樣出現在明代小說《三國演義》中。其中，對於曹丕著墨較多的情節有「納甄后」、「立太子」、曹操病逝時的「勸曹彰」與「貶曹植」、「廢帝篡炎劉」等。〔註9〕在《三國演義》中，曹丕初出場時，是位「有逸才」、「善騎射」的青年才俊〔註10〕，但之後大部分的情景則都被塑造為偏狹、缺少英雄氣概、沒有正義的篡位帝王。《三國志》與《三國演義》中的曹丕都是史筆視角下的形象，評價的重心在於政治地位與政治標準。而本文的價值之一便是發現不同於歷史視角的曹丕形象，一個文學視角的曹丕、詩人曹丕。筆者透過爬梳明詩話呈現曹丕的創作、文學成就以及影響，從而論述明詩評家提出的不同於傳統歷史視角，更為全面而完整的曹丕形象。

　　其次，在理論方法方面，是以文學接受理論研究中國古代文學的應用實驗。如何理解古代文學的價值，如何理解古代社會的政治、文化狀況，一直都是困擾研究者的難題。文學接受理論，是通過考察古代某一時期的文學或文學家，在其後各朝代的影響與接受來確定其價值，相對公正地解釋其在歷史、文學史上的地位。同時這還可以解釋，接受時代的思想特徵與社會政治文化特點——評論家的觀點必然與所

〔註 8〕〔晉〕陳壽撰，《三國志‧魏書》〈文帝紀第二〉，北京：中華書局，1959 年，頁 89。

〔註 9〕《三國演義》的第三十三、六十八、七十八至八十回集中演繹曹丕的事跡。參見〔明〕羅貫中著，《三國演義》，臺北：桂冠圖書，1993 年。

〔註 10〕〔明〕羅貫中著，《三國演義》，臺北：桂冠圖書，1993 年，頁 268。

處的時代思想、文化有著密切的聯繫，體現著時代的思想文化。筆者研究詩人曹丕的價值，通過魏晉之後對曹丕的評點發現，詩人曹丕的價值在明代才被獨立評論，並得以確立建安代表詩人的地位。透過分析明詩話對曹丕評點的態度、觀點，本文進一步探析詩人曹丕得到明代詩評家重視的原因，有明代詩評家自覺疏離極端專制的心態，以及明代社會文化充滿復古傾向。綜合而言，本文使用文學接受理論串起明代的思想內在邏輯，通過其對建安時期詩人的評價觀點，展現明代的思想傾向與詩學觀念、詩學傳統，從而解釋詩人的價值與詩歌特點。

第三，在思想意義方面，本文結合明代社會的政治制度特點，展現明代詩評家的二元心態，由詩評家的觀點，研究明代社會的文化傳統與詩學觀念。具體而言，這包含以下內容：一是對明代文人心態的呈現，二是對明代復古詩學傳統及思想意義的探討，三是重新定義明代詩學思想的本質，以及其在中國古代詩學理論發展中具有的轉折性意義。

文人心態頗能反映時代的政治、文化特徵，因爲它往往體現了當時人們的整體性思想。明代的文人心態正是明代政治專制、文學趨向獨立的體現。由明詩話曹丕評點了解明代的文人心態，進而研究明代社會，是本文的重要論點。古代文學批評史認爲，明代復古詩學居於重要地位，本文則以曹丕評點的具體實例，證明明代復古詩學的廣泛影響。以此爲基礎，本文研究明代復古詩學注重形式的特點，說明明代詩學對情感的論述，並沒有逾越以詩歌形式爲主的範圍。在研究明詩話對曹丕評點與明代詩學理論時，本文還發現明代詩學理念產生的轉折性改變：從前代源出於「風」，注重思想內容的的詩學傳統，轉而爲注重審美形式因素的、以「雅」爲標誌的詩學傳統。這不僅是本文對明代詩學理論的發現，亦是本文對明代詩學理念的重新定義與理解，相信可以啓發研究者從新的角度去認知明代詩學。

總之，本文在研究視角、理論方法與思想價值三個方面黽勉而爲，在曹丕與明詩話研究上另闢視野與途徑，並請大方之家加以斧正。

參考文獻

一、古代典籍（按朝代順序）

1. 〔三國‧魏〕曹操、曹丕、曹植著，（明）張溥輯評：《三曹集》，長沙市，岳麓書社，1995年。

2. 〔晉〕陳壽撰：《三國志‧魏書》，北京，中華書局，1959年。

3. 〔晉〕謝靈運：《謝靈運集》，台北，里仁書局，2004年。

4. 〔晉〕葛洪編纂，成林、程章燦譯注：《西京雜記》，台北，地球出版社，1994年

5. 〔南朝‧宋〕劉義慶著，楊勇校箋：《世說新語校箋》，台北，宏業書局，1972年。

6. 〔梁〕蕭子顯著：二十四史全譯‧南齊書，北京，漢語大辭典出版社，2004年

7. 〔梁〕鍾嶸：《詩品》，台中，五南出版社，1997年。

8. 〔梁〕劉勰著，周振甫注：《文心雕龍注釋》，台北，里仁書局，1984年。

9. 〔梁〕蕭統編李善注《文選》：台中，五南出版社，1991年。

10. 〔唐〕鄭玄：《毛詩鄭箋》，台北，新興書局，1990年。

11. 〔唐〕陳子昂：《陳子昂集》，北京，中華書局，1960年。

12. 〔宋〕嚴羽著，郭紹虞注釋：《滄浪詩話校釋》，台北，里仁書局，1987年。

13. 〔宋〕郭茂倩：《樂府詩集》，台灣：里仁書局，1999年。

14. 〔明〕張溥：《漢魏六朝百三名家集‧魏文帝集》，台北，文津出版社，1979年。

15. 〔清〕王夫之：《王夫之品詩三種：明詩評選》，北京，文化藝術出版

社，1997年。

16. 〔清〕黃宗羲：《明夷待訪錄》，台北，中華書局，1969年。

17. 〔清〕張廷玉等編：《明史》卷287〈文苑傳〉，台北，藝文印書館據清乾隆武英殿刊本影印，1982年。

18. 〔清〕董浩編：《全唐文》，上海，上海古籍出版社，1990年。

19. 〔清〕章學誠：《文史通義》，台北，台灣中華書局，1970年。

20. 〔清〕彭定求編：《全唐詩》，台北，中華書局，1996年。

21. 〔清〕嚴可均輯：《全上古三代全漢三國六朝文》，台北，世界書局出版社，1982年。

22. 〔清〕紀昀、永瑢編：《文淵閣四庫全書》第1065冊，台北，台灣商務印書館，1986年版。

二、現代文獻（按出版時間）

（一）曹丕、建安文學相關專書

1. 《建安文學概論》：沈達材，北平樸社，1932年。

2. 《三曹資料彙編》：河北師範學院中文系古典文學教研組編，北京，中華書局，1980年。

3. 《建安七子學述》：江建俊，台北，文史哲出版社，1982年。

4. 《建安文學研究論文集》：朱東潤編，合肥，黃山書社，1984年。

5. 《建安文學研究文集》：於志彬等編，合肥，黃山書社，1984年。

6. 《建安文學編年史》：劉知新，重慶，1985年。

7. 《曹丕》：章新建，合肥，黃山書社，1985年。

8. 《建安文學論稿》：張可禮，濟南，山東教育出版社，1986年。

9. 《文氣論研究》：朱榮智，台北，學生書局，1986年。

10. 《魏文帝曹丕年譜暨作品繫年》：洪順隆，台北，商務印書館，1989年。

11. 《曹丕新傳》：方北辰，台北，國際文化出版事業有限公司，1990年。

12. 《建安文學概論》：王巍，瀋陽，遼寧教育出版社，1991年。

13. 《曹氏父子和建安文學》：李寶均，台北，萬卷樓書局，1993年。

14. 《曹丕》：高海夫等編，台北，地球出版社，1993年。

15. 《建安文學述評》：李景華，北京，首都師範大學出版社，1994年。

16. 《三曹評傳》：王巍，瀋陽，遼寧古籍出版社，1995年。

17.《三曹詩文全集譯注》：傅亞庶：，吉林，文史出版社，1997 年。

18.《魏文帝曹丕評傳》：潘兆賢，香港，向日葵出版社，2000 年。

19.《曹丕集逐字索引》：劉殿爵主編，香港，中文大學出版社，2000 年。

20.《建安辭賦之傳承與拓新——以題材及主題爲範圍》：廖國棟，台北，文津出版社，2000 年。

21.《曹操評傳》：張作耀，南京，南京大學出版社，2001 年。

（二）詩話相關專書

1.《宋詩話考》：郭紹虞，台北，中華書局，1979 年。

2.《歷代詩話》：何文煥編，台北，漢京文化公司，1983 年。

3.《清詩話續編》：郭紹虞編，臺北，木鐸出版社，1983 年。

4.《詩話初探》：龔顯宗，台南，鳳凰城出版公司，1984 年。

5.《歷代詩話續編》：丁福保編，台北，木鐸出版社，1988 年。

6.《中國詩話史》：蔡鎮楚，長沙市，湖南文藝出版社，1988 年。

7.《詩話學》：蔡鎮楚，湖南，湖南教育出版社，1990 年。

8.《明詩話全編》：吳文治主編，南京，江蘇古籍出版社，1997 年。

9.《宋詩話全編》：吳文治主編，南京，江蘇古籍出版社，1998 年。

10.《五朝詩話概說》：吳文治，合肥，黃山書社，2002 年。

11.《詩話續探》：龔顯宗，高雄，復文圖書出版社，2003 年。

12.《遼金元詩話全編》：吳文治主編，南京，鳳凰出版社，2006 年

（三）文學理論、文學史、思想史相關專書

1.《中國藝術精神》：徐復觀，台北，學生書局，1967 年。

2.《歷史與思想》：余英時，台北，聯經出版事業公司，1976 年。

3.《中國文學思想史》：〔日〕青木正兒著，鄭梁生、張仁青譯，台北，台灣開明書局，1977 年。

4.《中國文學批評史》：郭紹虞，台北，盤庚出版社，1978 年。

5.《中國知識階層史論：古代篇》：余英時，台北，聯經出版公司，1980 年。

6.《中國詩的神韻、格調、性靈說》：郭紹虞，台北，華正書局，1981 年。

7.《漢魏六朝樂府文學史》：蕭滌非，台北，長安出版社，1981 年。

8.《明清史講義》：孟森，台北，里仁書局，1983 年。

9.《明清文學批評》：張健，台北，國家出版社，1983年。

10.《照隅室古典文學論集》：郭紹虞，上海，上海古籍出版社，1983年。

11.《隋唐五代文學思想史》：羅宗強，上海，古籍出版社，1986年。

12.《接受美學與接受理論》：〔德〕H.R姚斯、〔美〕R.C霍拉勃著，周寧、金元浦譯：，瀋陽，遼寧人民出版社，1987年。

13.《士與中國文化》：余英時，上海，上海人民出版社，1987年。

14.《中國思想史》：錢穆，台北，學生書局，1988年。

15.《明代文學批評研究——成化、嘉靖中期篇》：簡錦松，台北：學生書局，1989年。

16.《中國文學論集》：徐復觀，台北，學生書局，1990年。

17.《文學批評的視野》：龔鵬程，台北，大安出版社，1990年。

18.《神韻論》：吳調公，北京，人民出版社，1991年。

19.《抒情傳統的省思與探索》：張淑香，台北，大安出版社，1992年。

20.《判斷力批判》：〔德〕康得著，牟宗三譯，台北，學生書局，1992年。

21.《晚明思潮》：龔鵬程，台北，里仁書局，1994年。

22.《復古派與明代文學思潮》：廖可斌，台北，文津出版社，1994年。

23.《中國思想史》：韋政通，台北，水牛出版社，1995年。

24.《中國古代文體學》：褚斌傑，台北，學生書局，1995年。

25.《國史大綱》：錢穆，台北，商務印書館，1995年。

26.《中國文學批評通史‧明代卷》：袁震宇、劉明今著，王運熙、顧易生主編，上海，上海古籍出版社，1996年。

27.《古代散文文體概論》：陳必祥，台北，文史哲出版社，1997年。

28.《漢魏六朝詩講錄》：葉嘉瑩，石家莊，河北教育出版社，1997年。

29.《中國古典詩歌接受史研究》：陳文忠，合肥，安徽大學出版社，1998年。

30.《中國古代文學史》：馬積高、黃鈞，台北，萬卷樓圖書公司，1998年。

31.《中國現代學術之建立》：陳平原，北京，北京大學出版社，1998年。

32.《王學與中晚明士人心態》：左東嶺，北京，人民文學出版社，2000年。

33.《漢魏六朝文學研究》：李文初，〈從人的覺醒到「文學的覺醒」—論「文學的自覺」始於魏晉〉，廣州，廣東人民出版社，2000年。

34.《中國文學批評史大綱》：朱東潤，上海，上海古籍出版社，2001年。

35. 《七言詩的起源與發展》：李立信，台北，新文豐出版股份有限公司，2001 年。

36. 《明代詩學》：陳文新，長沙，湖南人民出版社，2001 年。

37. 《中國文學批評史》：羅根澤，上海，上海書店，2003 年。

38. 《晚明心學思潮與士風變異研究》：李興源，台北，花木蘭文化出版社，2009 年。

（四）其他

1. 《王國維先生全集》：王國維著，台北，大通書局，1976 年。

2. 《蘇東坡全集》：蘇軾，北京，中國書店，1986 年。

3. 《修辭學》：沈謙，台北，國立空中大學，1991 年。

4. 《實用修辭學》：黃麗貞，台北，國家出版社，1999 年。

三、論文

（一）學位論文（按畢業時間）

台灣地區

1. 《謝茂秦之生平及其文學觀》：龔顯宗，台北，政治大學中文所碩士論文，1973 年。

2. 《晚明性靈文學思想研究》：陳萬益，台北，台灣大學中文所博士論文，1977 年。

3. 《明七子詩文及其評論之研究》：龔顯宗，台北，中國文化學院博士論文，1979 年。

4. 《六朝「風格論」之理論與實踐探究》：蔡英俊，台北，台灣大學中文所碩士論文，1980 年。

5. 《三曹時代北地文士「惜時生命觀」研究—以建安七子與曹氏父子之詩歌爲研究對象》：丁威仁著，台中，國立中興大學中國文學研究所碩士論文，1999 年。

6. 《曹丕及其詩文研究》：王弘先，台北，中國文化大學中國文學研究所碩士論文，1999 年。

7. 《盛唐邊塞詩的審美特質研究》：蘇珊玉，高雄，國立高雄師範大學國文研究所博士論文，2000 年。

8. 《明代詩學精神與神韻傳統》：黃如焄，嘉義，國立中正大學中國文學系博士論文，2000 年。

9. 《曹丕詩賦研究》：金昭熙，台北，台灣大學中國文學研究所，碩士論文，2002 年。

10. 《曹丕思想研究》：李韋民，彰化，彰化師範大學中國文學研究所，碩士論文，2004。

11. 《從明詩話中理解風骨的演變與評述》：蔡婧妍，彰化，彰化師範大學國文學系碩士論文，2005 年。

12. 《曹丕《典論・論文》之研究》：黃銀珠，嘉義，南華大學文學研究所碩士論文，2006 年。

大陸地區：

1. 《建安文學接受史研究》：王玫，福州，福建師範大學中文系博士論文，2002 年。

2. 《唐人論建安文學——建安文學研究學術史考察（唐代）》：楊永，鄭州，鄭州大學中國古代文學專業碩士學位論文，2005 年。

3. 《曹丕研究》：宋戰利，鄭州，河南大學研究生博士論文，2007 年。

（二）期刊論文：（按出版時間）

台灣地區

1. 〈釋曹丕論文體〉：杜顯揚，《中國世紀》，1971 年 7 月。

2. 〈曹丕及其典論論文〉：沈謙，《自由青年》49 卷 1 期，1973 年 1 月。

3. 〈曹丕與曹植〉：林文月，《中國文選》，1976 年 12 月。

4. 〈試論曹丕怎樣發見文氣〉：王夢鷗，《中外文學》8 卷 4 期，1979 年 9 月。

5. 〈曹丕「典論論文」析論〉：蔡英俊，《中外文學》8 卷 12 期，1980 年 5 月。

6. 〈論曹丕的才華和器識〉：袁宙宗，《中華文化復興月刊》，1982 年 7 月。

7. 〈典論論文探究〉：劉遠智，《中國語文》51 卷 5 期，1982 年 11 月。

8. 〈關於三曹的文學評價〉：張亞新，《貴州社會科學》，1983 年 2 月。

9. 〈典論論文與文學的自覺〉：蔡鍾翔，《文學評論》，1983 年 5 期。

10. 〈曹丕典論論文對魏晉文風的影響〉：黃錦鋐，《書目季刊》17 卷 3 期，1983 年 12 月。

11. 〈由曹丕典論論文淺析其文學觀〉：王保芸，《中國語文》，1984 年 5 月。

12. 〈曹丕典論論文「氣」義探微〉：莊耀郎，《古典文學》，1984 年 12 月。

13. 〈曹丕生平事跡論考（上）──中平四年至建安十九年──作者研究、經歷研究〉：洪順隆，《華岡文科學報》17 期，1989 年 12 月。

14. 〈論曹丕的出生年代──大陸學者楊栩生「曹丕生年一辨」商榷〉：洪順隆著，《大陸雜誌》81 卷 2 期，1990 年 8 月。

15. 〈曹丕「典論論文」〉：江舉謙，《明道文藝》，1991 年 7 月。

16. 〈曹丕生平事跡論考（中）〉：洪順隆，《華岡文科學報》18 期，1991 年 11 月。

17. 〈曹丕典論論文等文立言論〉：楊鴻銘，《孔孟月刊》，1993 年 1 月。

18. 〈曹丕典論論文創意論〉：楊鴻銘，《孔孟月刊》，1993 年 4 月。

19. 〈曹丕生平事跡論考（下）〉：洪順隆，《華岡文科學報》19 期，1993 年 7 月。

20. 〈建安文學理論之傳承與開展〉：張芳鈴，《黃埔學報》，1999 年 8 月。

21. 〈「文心雕龍」論曹丕〉：方元珍，《逢甲人文社會學報》，2001 年 5 月。

22. 〈明代文人辨析〉：陳寶良，《漢學研究》19 卷 1 期，2001 年 6 月。

23. 〈試論曹丕、曹植詩中人稱代詞的語用特質──從代言體詩篇中的人稱代詞語法再論「抑丕揚植」說〉：李錫鎮，《台大文史哲學報》第六十八期，2008 年 5 月。

大陸地區

1. 〈論曹氏父子和建安文學〉：呂美生，《安徽大學學報》哲社版，1982 年 3 期。

2. 〈漢魏六朝文體論的發展〉：穆克宏，《文學遺產》，1989 年 1 月。

3. 〈曹丕文學不朽的新意識及其「文章」、「文人」觀念〉：于迎春，《學術研究》，1996 年。

4. 〈盛唐風骨與建安風骨的比較〉：文堅，《湖南商學院學報》第 8 卷第 3 期，2001 年 5 月。

5. 〈試析曹丕《典論・論文》的歷史價值〉：王春喜，《山西教育學院學報》，2002 年第 3 期。

6. 〈「抑丕揚植」傾向的形成與演變〉：王玫，《廈門大學學報》（哲社版），總第 158 期，2003 年第 4 期。

7. 〈建安文學在唐代的傳播與接受〉：王玫，《廈門教育學院學報》5 卷 2 期，2003 年 6 月。

8. 〈《三國演義》中曹丕形象簡論〉：鄒瑩，《安徽師範大學文學院》24 卷 1 期，2004 年 3 月。